小說點線面

敘事中的空間原理

范銘如——著

陳芳明主編

台灣與東亞

台灣
與東亞

獻給敬愛的老師

Susan Stanford Friedman

《台灣與東亞》叢刊發行旨趣

陳芳明

「東亞」觀念進入台灣學術界，大約是近十年的事。但歷史上的東亞，其實像幽靈一樣，早就籠罩在這海島之上。在戰爭結束以前，東亞一詞，挾帶著相當程度的侵略性與壟斷性。它是屬於帝國主義論述不可分割的一環，用來概括日本殖民者所具有的權力視野。傲慢的帝國氣象終於禁不起檢驗，而在太平洋戰爭中一敗塗地。所謂東亞概念，從此再也不能由日本單方面來解釋。尤其在跨入一九八〇年代之後，整個東亞地區，包括前殖民地的台灣與韓國，開始經歷史無前例的資本主義改造與民主政治變革。一個新的東亞時期於焉展開。

二十一世紀的國際學界，開始浮現「後東亞」一詞，顯然是相應於後結構主義的思考。所謂「後」，在於強調新的客觀條件已經與過去的歷史情境產生極大差異。在新形勢的要求下，東亞已經成為一個複數的名詞。確切而言，東亞不再是屬於帝國的獨占，而是由東亞不同國家所構成的共同觀念。每一個國家的知識分子都站在自己的立場重新出發，注入殖民時期與戰爭時期的記憶，再定義東亞的政經內容與文化意涵。他們在受害的經驗之外，又具備信心重建主體的價值觀念。因此東亞是一個頗具挑戰性的概念，不僅要找到本身的歷史定位，同時也要照顧到東亞範圍內不同國籍知識分子所提出的文化反省。

東亞的觀念，其實富有繁複的現代性意義。所謂現代性，一方面與西方中心論有千絲萬縷的關係，一方面又與資本主義的引介有相當程度的共謀。當台灣學界開始討論東亞議題時，便立即觸及現代性的核心問題。在歷史上不斷受到帝國支配的台灣，不可能永遠處在被壓抑、被領導的位置。進入一九八〇年代以後，台灣學界開始呈現活潑生動的狀態，許多學術工作已經不能只是限制在海島的格局。凡是發出聲音就必然可以回應國際的學術生態，甚至也可以分庭抗禮。這是一個重要的歷史轉折時期，不僅台灣要與國際接軌，國際也要與台灣接軌。

「台灣與東亞」叢刊的成立，正是鑑於國內學術風氣的日漸成熟，而且也見證研究成果的日益豐碩。這套叢刊希望能夠結合不同領域的研究者，從各自的專業領域嘗試探索東亞議題的可能性。無論是文學、歷史、哲學、社會學、政治學的專業訓練，都可以藉由東亞作為媒介，展開跨領域的對話。東亞的視野極為龐大，現代性的議題則極為複雜，尤其進入全球化的歷史階段，台灣學術研究也因而更加豐富。小小的海島，其實也牽動著當代許多敏感的議題，從歷史記憶到文學審美，從環保行動到反核運動，從民主改革到公民社會，從本土立場到兩岸關係，從經濟升級到勞工遷徙，無不細膩且細緻地開啟東亞思維。本叢刊強調嚴謹的學術精神，卻又不偏廢入世的人文關懷。站在台灣的立場，以開放態度與當代知識分子開啟無盡止的對話。

序

小說裡的空間有那些類型？不同類型的空間上通常會發生什麼樣的事件，在小說的敘述和主旨上發揮何種功能？空間的配置和結構會不會對故事的推進產生影響？點、線、面是我界定小說空間的三種基本類型，《小說點線面》即是我就這三種基本型及其變異型觀察出的空間敘事理論。毫無頭緒的初始，我將台灣代表性的小說家文本，逐篇逐篇分鏡，標示出小說中每個事件的所在空間，試圖從這些分散的點線走向和羅列窺探出某種規則。每次翻閱這兩本筆記裡的空間標記，猶如凝視浩瀚星空裡的點點星辰，凌亂雜佈，孤懸間若有某種組織性的牽連。起初，總是像墜落無垠的黑洞，無力又無望，深不可測的黝暗裡卻又綻發著迷魅性的引力，讓我別不開眼。端詳久了，隱隱地，北極星透漏些微光，指引出星點和星點之間的連線，星群的維面終於勾勒得出輪廓。

這本著作的研究方法是以百年來的台灣小說作爲資料庫，分析出小說創作的普遍性原則。這樣的研究方式正如歐美理論家以其國內或熟悉的語文傳統歸納出一般性的文學理論。誰規定只有從美、英、法、德、俄這些大國文學文化才能抽取出普世性的理論，小國和第三世界國家的文本就不行？即使我的能力未逮，但我不想讓知識權力不均等的國際慣例限制了種種問學的可能。在以台灣文學爲範例淬鍊出小說創作的法則時，我也會適度以台灣的歷史和地理做輔助性說明，以便讓域外的讀者理解文本生產的脈絡，未來在理論應用時能與該國時空條件相互參照，避免敘事理論只談普遍性而排除特殊性的陳規。儘管只能交出粗糙甚或令人詬病訕笑的研究成果，我也必須踏出充滿愚勇的一步。

這本學術著作主要的讀者當然是學院裡的文學研究者。然而說故事，並不僅限於小說家，電影、電視、話劇、動畫、漫畫、紀錄片以至於新媒體等等，同樣操持說故事的技藝，皆是敘事研究能夠涵蓋的領域。雖然與文字媒介側重的空間表現不盡相同，小說示範的空間運用模式，亦能提供比較參考。學術論文枯燥艱澀，連學院中人都自嘲讀者只有寥寥數人，本書或許逃離不了這個宿命。即便希望渺茫，筆者並不想放棄與小說家或有興趣寫作小說的普通讀者產生對話的可能，不管是當作創作時如何安排運用空間的示例，或是作爲推翻改寫空間常規的案牒。因此撰寫的時候，儘量降低詰屈聱牙的理論術語和論述官腔，佐以通俗影像或文本的案例解釋，期望一般讀者有意願來理解這些其實很生活化又有趣的學術概念。

摸索的蒙昧和不安中，所幸有一些同僚和朋友願意傾聽我的構想，甚至提供我心得和文本。感謝的名單包括吳慧玲、林佩蓉、林秀蘭、潘秀宜、張毓如、戴華萱、呂明純、洪士慧、羅淑薇、葉希文和平路，妳們盲目的信任和鼓勵，讓我不至於深陷於自我懷疑的泥淖。學術研討會裡給予意見的認識與不認識的眾多同僚以及各篇論文暨專書的匿名審查人們，和聯經出版公司的編輯群，難以一一列舉，在此一併致謝。一切的動心起念要歸功於我的老師Susan

Stanford Friedman，在我還不相信自己的青年時期，是她督促我去開創自己的理論，我才有勇氣逐夢，一頭栽進空間文學理論的研發。雖然這本書來不及在老師生前出版，只來得及在她臥病時告訴她這本書是獻給她的，老師的風範與教誨將會持續指引著我。

投入空間理論至今，倏忽二十年頭，生命中得此重量定錨，何其靜安幸福。只不過，爲了更有系統、更深入地鑽研空間理論，這期間即使有其他有意思的學術議題，我也無法分心，形同自困於空間的牢籠。這是我的第三本空間專著，沒意外的話，應該就是我最後一本空間專著了，假設將來意猶未盡，頂多再發表一兩個單篇罷了。此書已經是我個人將空間理論推展到極致的論述，對自己和對這個課題都算有交代，能放下了。本書的發想和撰寫，承蒙國科會多年來的經費補助。除了導論外，各章皆曾於國內外學刊發表。成書之際參酌各方賢達的指教，並就章節內容和各章間的連貫性與補充性略做增刪調整，也是概念的最終定案。希望閱讀此書的讀者，能像我一樣感受到空間理論的深邃與趣味，接續發展尚有無盡潛力的領域。

目次

變異空間

第一章

導論　小說幾何

閱讀一篇小說，可不可能從文本中的空間型態和配置，看出故事的重點或某些情節的走向？上個世紀的理論家顯然不作如是想。從二十世紀伊始，一代代的小說家與批評家，從人物、情節、敘述和時間等等重要的敘事機制，闡述小說藝術的特徵，屢屢翻新表義和表現模式的想像框架，再再讓讀者驚異於這個文類的涵納能量。唯獨空間，始終在敘事研究中乏人問津。所幸空間與敘事這兩個學術議題在二十一世紀的重要性遽增並逐漸合流，只不過轉變的契機既非源自於小說批評領域裡的驅動，至今也尚未結合成系統性的小說理論。精準地說，敘事轉向（narrative turn）與空間轉向（spatial turn）是兩股主客場不同的跨學科應用趨勢。敘事轉向主要是文學研究之外的學科認識到敘事的重要性，借重人文領域的敘事模式作為呈現或治療的手段，法律學、社會學、心理學等屬性相近的學科固不待言，甚至連認知科學都開始積極探索人的心智如何運用敘事構築完整的認知世界。空間轉向則是文學批評注意到其他學科對於空間的重視，例如社會學、地理學、建築學和人類學，試圖將這些空間概念挪用和轉化到文學文化研究領域裡。不管是從本科輸出或自其他學科輸入，對文學研究者皆為樂事。一來，敘事研究這種素來被鄙薄為無益於社稷民生的專業，終於對其他實用性學科具有參考價值，佐證了人文學科的存在感。再者，由眾社會科學裡轉借的空間理論則能補強文學批評中較為薄弱的現實性和物質面的論述，讓文本內緣的象徵空間與外圍社會空間的關聯有更具體多維的觀照。受惠於新興學潮的同時，文學研究也面臨了嚴峻的衝擊和挑戰。異學科語境下發展出的空間論述和分析模組被援引借用過來，難免挾帶著原學科的認識論及偏重，跨學科的思維差異必須謹慎地辨識和長期磨合，最終方能將社會實證導向的空間論述轉化為美學屬性的空間理論。畢竟，文學書寫依循參照的象徵系統和敘述模式源遠流長，超過一時一地的物質條件，影響不限於單一世代和單一國度的寫作者。如何運用和表述空間、何處來哪裡去、用工筆或飛白，文學藝術的內在法則終究得回到文學體系裡解答。小說理論中空白的一章，空間論，是文學研究者遲早得填補的缺頁。

話雖如此，倘若文學批評傳統裡留存著空間研究的資產，我們何必偷師其他學科的方法？在惋惜文學批評傳統的盲點時，我們不禁懷疑是否事出有因。人、事、時、地不是構成一則故事的基本元素嗎？為什麼空間這似乎再明顯不過的面向，在悠久浩瀚的小說研究中被獨漏。為什麼眾多小說批評的博學鴻儒，深入人、事、時以至種種語言結構層次與細節，竟對空間此一要素略而不談，或僅止於略談？究竟有什麼迷障遮蔽了批評大師們對空間的視線？在發展出結合敘事與空間的新的小說理論之前，省視批評傳統裡的空間意識應該是個必要的起點。

一、小說研究的空間迷向

當文學研究者試圖從小說研究的典籍中尋找空間議題的傳統時，我們會發現空間不是被排除於關注最多的人物、情節、敘述與時間議題之外，就是以擦邊球的方式被夾帶在這些專題之間。當小說批評尚在草創之期，小說家以自己或同行的著作和經驗理念為小說理論奠基時，偏重的是小說技藝的層面，譬如亨利詹姆斯（Henry James）的〈小說的藝術〉（The Art of Fiction）談論故事與情節，[1] 佛斯特（E. M. Forster）的《小說面面觀》（*Aspects of the Novel*）解析了人物，[2] 中期在形式主義、新批評、敘事學世代輪替主導文學研究後，小說研究的議題和術語愈臻細密與學術化。潮來潮往，空間總是不入大家之眼，關鍵主因或許在於多數學者認定，小說的本質就是時間性的。韋勒克（Rene Wellek）和華倫（Austin Warren）在他們影響深遠的教科書《文學論》（*Theory of Literature*）中宣稱文學是時間藝術，有別於繪畫雕刻等空間藝術。[3] 斯高（Robert Schole）和基洛（Robert Kellogg）在他們同屬教科書等級的《敘事的本

---

1 Henry James, "The Art of Fiction（1884, 1888）," in *The Art of Criticism: Henry James on the Theory and the Practice of Fiction*, edited by William Veeder and Susan M. Griffin（Chicago: The University of Chicago Press, 1986）, pp. 165-196.

2 E. M. Forster, *Aspects of the Novel*（New York: Harcourt Brace & World, 1927）. 中文翻譯可參見佛斯特著，李文彬譯，《小說面面觀》（台北：志文出版社，一九七三）。

3 Rene Wellek and Austin Warren, *A Theory of Literature*（New York: Penguin, 1942）. 中文版見韋勒克、華倫著，王夢鷗、許國衡譯，《文學論》（台北：志文出版社，一九七六）。

質》（*The Nature of Narrtive*）裡明白地將連續性、動態的元素視為敘事的核心。他們認為，最能夠由連續性關聯製造出動態效果的首推情節，人物或其他具備動態性的部分亦可歸入情節之類。他們認同韋勒克與華論的二分法，主張時間性的文學對立於其他空間藝術，因為後者的本質在於以同時性或隨機次序展現材料。只有少數的空間藝術，如電影和某些系列性展示的繪畫，會以畫面的連續性呈現製造出情節般的動態效益。[4]簡奈特（Gerard Genette）的敘事學經典《敘事論述》（*Narrative Discourse*）的五章分別談次序（Order）、時限（Duration）、頻率（Frequency）、語氣（Mood）、聲音（Voice），前三章著重討論時間遊戲（game of time），後兩章則是誰說故事的分析。[5]米勒（Hillis J. Miller）明明指出簡奈特落入一般研究者的窠臼，只看到小說的時間性，忽略了寫作本身顯然具有時間性與空間性的雙重特質。然而他的解構經典《閱讀敘事》（*Reading Narrative*）的作法卻是把故事線切斷，重新檢查結尾、開頭、中段以及各種不同曲線和斷線的組成，將時間遊戲玩得淋漓盡致，空間依舊缺席於敘事法則之中。[6]

小說批評獨尊時間性的作法不能不說有其文類特徵上的專業理由，只不過空間再怎麼屈居後場，總是支撐整個故事發展的地基，何況當我們談到小說「世界」時，如何能無視這個詞彙裡清清楚楚的空間屬性？有一些批評家倒是試圖將空間整合進來，可惜似乎越解釋越把空間跟其他元素混合在一起。韋勒克和華倫並非完全沒看到空間，卻排擠了空間。他們指稱，「『世界』一詞的用法，有人是用作空間的名稱，然而『敘事的小說』（narrative fiction）——或者用故事一詞更好，因為這會使我們注意到時間，而且是一種時間的連續。」[7]時間至上的思維，不僅使他們稀釋掉「小說世界」的空間性，甚至將之替代為敘事或故事的代名詞。根據他們的細部闡述，「小說家的『世界』，亦即kosmos—他的組織或構造的情形，包括著情節、人物、配景、世界觀、情調（tone）」。[8]空間只是小說世界／宇宙的枝微元素，而且是隸屬在配景（setting）這個環節裡。進一步分析，在他們的認知裡，配景的重點也不在於空間。所謂的配景，指的是周圍狀況的「描寫」，有的是內景有的是外景的詳細描寫，因而可以看作換喻式的人物的現形，或人物意志的投射。另外，「配景又可以作為強大的決定力——亦即環境，有如物質的或社會的因果關係，而為超過個人所能控制小我的力量。」[9]簡言之，配景的重要成分是描寫，即使空間被描述也只是作為烘托人物性格、心理或者影射外部社會力量的間接喻示。

韋勒克與華倫的觀點頗能代表早期小說研究對空間的含糊分類。不少當代文學研究者，當

---

4 Robert Scholes and Robert Kellogg, *The Nature of Narrative*（New York: Oxford University Press, 1966）, P. 207.

5 Gerard Genette, *The Narrative Discourse: An Essay in Method*, translated by Jane E. Lewin（Ithaca, NY: Cornell University Press, 1980）.

6 Hillis J. Miller, *Reading Narrative*（Norman: University of Oklahoma Press, 1998）. 雖然米勒在這本討論敘事原理的專書中並沒有運用空間去解構敘事學，但是他在詩學和文學論中卻大力探討地方和地誌的元素，對後繼的空間文學批評研究極具貢獻。見Hillis J. Miller, *Topographies*（Stanford: Stanford University Press, 1995）.

7 韋勒克、華倫著，王夢鷗、許國衡譯，《文學論》，頁三五五。

8 同上註。

9 同上註，頁三六九。

開始注意空間重要性的同時，不免也納悶空間議題長期缺席的原因。菲蘭（James Phelan）和羅畢索威茲（Peter Rabisowitz）推測，空間雖然重要，理論上卻含混不自在的原因有二。其一，配景常常跟背景混淆，不然就是跟人物重疊；其二，配景會牽扯到描述，所以又會跟敘述混在一塊，捲進小說研究裡關於描述與敘述的論述之爭。[10]他們的觀察確能部分解釋早期的批評家即使有談論到空間卻沒有發展下去的原因，因為一旦扯到人物塑造或是描述／敘述——小說研究的兩大焦點，論述焦點就容易被轉移。在熱門議題的光環下，空間往往就隱身其後。此外，我認為長期隸屬在配景此一子項，更造成空間的妾身不明。畢竟，配景一詞包羅萬象，除了有空間成分（實際的地理位置、景觀、布置），也廣泛地指涉人物（背景和言行條件）與時間成分（事件的歷史時期或季節晨昏）等，[11]空間仍舊會被人物或另一個小說研究的寵兒——時間——給邊緣化。空間跟批評傳統中許多主導議題的疊合，一方面顯現出空間研究發展的多重面向，這種糾纏卻也持續困擾著後續的小說研究。

在文學批評家受到其他學科發軔的空間轉向啟發之前，有少數慧眼獨具的小說研究者注意到空間在敘事裡的分量，留下寶貴的論述資產。最高瞻遠矚的先行者首推巴赫金（Mikhail Bakhtin），他起草於一九三〇年代的〈小說的時間形式和時空體形式〉將空間與時間並列，獨創出時空型（chronotope）一詞，指稱文學裡以藝術技巧呈現的時空關係，為人物和故事提供相互的聯繫並且折射不同歷史社會中的思維認知。巴赫金從西方文學史上主要的敘事文類歸納出種種不同的時空型的組合、流變和意義，以時空型的敘述模式辨識各種敘事類型及其次文類。[12]巴赫金首度將此前猶如無意義背景的空間賦予重要性，讓時間與空間成為支持敘事的兩股缺一不可的元素。他從希臘羅馬神話爬梳到十九世紀現代小說的實際分析中，有力地說服讀者不管是什麼時代、主題和類型的敘事都有時空型態，其組織和寓意的關鍵性有時甚至超過了人物和事件。巴赫金將時間與空間並列的做法一舉抬高了空間的能見度，但也讓空間無法獨立於時間之外。由於空間面向是巴赫金發人所未見的創新性觀察，討論空間型態的篇幅難免不及相對成熟、前行研究豐富的時間，對於想從這篇如今已成文學批評經典中獲得更多空間論述的研究者而言，多少覺得意猶未盡。

將空間獨立作為一個學術議題的先驅，要等到稍後的法蘭克（Joseph Frank）。他在四〇年代至七〇年代間以「空間形式」（spatial form）為題陸續發表的一系列論文，分析現代主義詩人和小說家如何運用空間形式傳達出美學理念。他反對批評主流獨尊時間的偏見，斷言現代藝

10 James Phelan and Peter J. Rabisowitz, "Narrative Worlds: Space, Setting, Perspective," in *Narrative Theory: Core Concepts & Critical Debates*, edited, David Herman, James Phelan, Peter J. Rabinowitz, Brian Richardson and Robyn Warhol（Columbus: The Ohio State University Press, 2012）, pp. 84-85.

11 Suzanne Keen, "Levels: Realm of Existence," in *Narrative Form*（New York: Palgrave Macmillan, 2003）, pp. 108-115.

12 M.M Bakhtin, "Forms of Time and of the Chronotope in the Novel," in M.M. Bakhtin, Michael Holquist, ed., Caryl Emerson and Michael Holquist trans., *The Dialogic Imagination: Four Essays*（Austin: University of Texas Press, 1981）, pp. 84-258. 中文版可參見巴赫金，〈小說的時間形式和時空體形式〉，《巴赫金全集》第三卷（石家庄：河北教育出版社，一九九八），頁二七四—四六〇。

術是逐漸朝空間性邁進，文學的空間形式只會越來越顯著。[13] 他新穎的觀點引來一些討論，不過爭論似乎局限在關於現代主義文本的批評詮釋，空間形式這個詮釋角度並未形成論述焦距，當然也不如同時期主導的新批評和結構主義一般獲得廣泛迴響。七〇年代以後的敘事研究以解構為主，有的破解形式與意義的固定單一，有的重視文本外緣的意識形態、權力關係或生產傳播媒介。研究方法上的不變，使得小說文體與審美的內緣研究被打入文學批評的冷宮，直到近幾年才逐漸解凍回溫。

幸運的是，八〇年代有幾篇試圖將文學空間理論化的論文。尹必許（Elrud Ibsch）〈文學文本裡空間描寫功能的歷史性改變〉（Historical Changes of the Function of Spatial Description in Literary Texts）探討十九世紀以迄二十世紀中期的小說流派，包括寫實主義、自然主義、世紀末小說、表現主義、現代主義和新小說，如何調配空間描寫與行動的關係。這篇論文論證描述的內部組織、被描述的空間及其與行動層的關聯，尤其前兩者如何支持後者。不過他所謂的空間描述主要談論的是關於空間的修辭性描述，空間本身及其物質性並沒有被仔細分類和考慮。整體來說，雖是延續傳統小說研究中將空間置於描述與人物的框架，但是將兩者的結構性範示作為觀察文類的指標，借重敘事學模式又兼顧文學史流變的作法，創新又有說服力。[14] 史丹澤（F. K. Stanzel）在他的《敘事理論》（*A Theory of Narrative*）中約略提醒，使用第一人稱和第三人稱的敘述者，在小說中造成的時空指示會有差異。[15] 左然（Gabriel Zoran）〈邁向敘事裡的空間理論〉（Toward a Theory of Space in Narrative）一文中指出，空間模式（spatial pattern）是連接起文本中不連續的單元，宛如將空間同時性地組織起來。情節不只是時間的結構，還包含路徑（route）、運動（movement）、方向（direction）、數量（volume）、同時性（simultaneity），因此也是空間結構的活動模式。他指出文本的空間有三層結構。一層是地形學層次的，空間如靜止的整體；另一層是時空層次的，事件和運動注入空間裡，即時空間；第三層則是文本層，空間的結構是由文本裡的言辭表述出來。這篇論文詳盡地畫分空間分層，可惜這麼廣泛的空間範圍顯然無法僅用單篇論文涵蓋，僅能概念性地點出空間議題在敘事研究中能夠輻射的面向。[16]帕維（Thomas Pavel）《虛構世界》（*Fictional World*）主要是探討小說世界跟真實世界的關係以及不同類型小說世界的異同，其中一章特別運用地理概念，如邊界、距離、尺寸等來分析文本世界如何與真實世界互動，或自外於真實世界卻能在保持自身獨立性的同時引發讀者共鳴。[17]空間雖然並非此書的關鍵詞彙，他卻注意到空間在小說世界中扮演的作用，並且如何隱喻性地支撐虛構世界的真實感。普林斯（Gerald Prince）在《敘事學》

---

13 Joseph Frank, *The Idea of Spatial Form*（New Jersey: Rutgers University Press, 1991）.

14 Elrud Ibsch, "Historical Changes of the Function of Spatial Description in Literary Texts,"*Poetic Today* Vol.3. No.4（Autumn, 1982）: 97-113.

15 F. K. Stanzel, translated by Charlotte Goedsche, *A Theory of Narrative*（Cambridge: University of Cambridge, 1986）, pp. 91-92.

16 Gabriel Zoran, "Towards a Theory of Space in Narrative,"*Poetics Today* Vol.5, No.2（1984）: 309-335.

17 Thomas G. Pavel, "Border, Distance, Size and Incompleteness," in *Fictional Worlds*（Cambridge: Harvard University Press, 1986）, pp. 73-113.

（*Narratology*）裡也有一個子項標舉空間。他談到許多小說會省略地點，但有些小說卻會特別標註出在什麼地方敘述或發生事件，這類小說中的地點會被主題性的運用，必須要注意。[18]可惜這個小節不到兩頁，無法深談。

九〇年代以降，文學批評家越來越注意到以前這塊被忽略的領域，空間也從意象化、象徵化的修辭性概念類比逐漸延伸至實質化、物質化的地理範疇，全面性思考文本內外緣空間的各種關係面向。二十一世紀後，以空間為主題的文學批評專書漸次增加，其中莫拉提（Franco Moretti）是最持續探討敘事與空間關係的先鋒性學者。莫拉提除了在他編輯的《小說》（*The Novel*）上下兩冊中各有一章選入跟空間有關的論文，[19]他自己嘗試從多種空間角度切入小說研究的三本專書更具啟發性。《歐洲小說圖誌》（*Atlas of the European Novel 1800-1900*）研究十九世紀歐洲小說裡的地理空間，如巴爾札克的巴黎、殖民地羅曼史裡的非洲、珍奧斯汀的英國，以及在歷史空間上的文學創作、生產與傳播，兩者間各自獨立和重疊奧援之處，前者討論的是「文學裡的空間」，後者處理的則是「空間裡的文學」。[20]在《圖表、地圖和樹》（*Graphs, Maps, Trees*）裡，他延續前作即已頻繁使用的地圖和統計圖表，並參考數位人文的研究方法加入大量統計數據，說明十八至二十世紀間幾大城市裡小說出版的數量、類型和流通模式間的相似性，從地理系統（system of geography）顯示出的小說宗譜和演化重新理解文學史。[21]他提倡以拉出大距離、結構性框架的遠距閱讀，反轉學院行之有年的細讀（close reading）傳統，並進一步在下一本獲得國家批評書卷獎的《遠距閱讀》（*Distant Reading*）中，依據質或量意義上的風格、網絡和情節模式，將歐洲現代文學與其他洲際連接起文化地理學意義上的世界文學。[22]

單是從上述幾位重量級學者談論的空間，不難感覺到所謂小說空間的複雜性，較之小說時間有過之而無不及。他們研究的空間從實質的到隱喻性質的，甚至包括世界觀和宇宙觀；有的聚焦在文本內故事層的空間，有的是敘述層的空間，還有文本外圍的各種人文社會的、生物的與自然界的範疇，層面豐富堆疊。空間議題展現出來的學術寬度和潛力漸次吸引更多研究者正視空間在敘事中的位置。在近期幾本關於敘事研究的教科書或彙編中，明顯增加一些關於空間的比例。對敘事研究時有洞見的赫曼（David Herman），在他論述《故事邏輯》（*Story Logic*）的九章中給予「空間性」一章的篇幅，而他合編的《敘事理論：核心概念與批評爭議》（*Narrative Theory: Core Concepts & Critical Debates*）七章中有一章部分談論空間，另一本《敘事理論百科》（*Routledge Encyclopedia of Narrative Theory*）中加入〈敘事中的空間〉的六頁詞條。[23]長年致力敘事研究與推廣的金恩（Suzanne Keen），在十一章《敘事形式》（*Narrative*

---

18 Gerald Prince, *Narratology: The Form and Functioning of Narrative*（Berlin: Mouton Publishers, 1982）, pp. 32-33.

19 Franco Moretti, ed., chapter 1.1 & 2.4 in *The Novel*（Princeton: Princeton University Press, 2006）.

20 Franco Moretti, *Atlas of the European Novel 1800-1900*（London: Verso, 1998）.

21 Franco Moretti, *Graphs, Maps, Trees*（London: Verso, 2005）.

22 Franco Moretti, *Distant Reading*（London: Verso, 2013）.

23 David Herman, chapter 7 of *Story Logic*（Lincoln: University of Nebraska Press, 2002）, 263-299; chapter 4 entitled "Narrative world: space, setting, perspective," in *Narrative Theory: Core Concepts & Critical Debates*, edited, David

Form）的綜論中開闢了探究空間面向的兩章。[24]《劍橋敘事導讀》（*The Cambridge Introduction to Narrative*）一書，十四章中有一小節專論敘事空間。[25]小說空間的複雜度賦予其學術方法上的多維與延展，可以用於修辭或語言學式的文本內緣詮釋、社會學或地理學取向的文本與空間性的互涉、心理學或哲學性地探問文本世界觀和宇宙論，甚至馬克思、民族學或數位人文方向地追溯地域、地緣上的生產再生產、傳播翻譯、架接與在地。當空間終於從文學批評的冷宮中冒出頭，研究者越鑽研就越知覺到這個新興領域的廣袤博通，層次巒疊又乒接多路。麻煩的是，空間的歧異性也讓空間的理論化益發糾纏，遑論在敘事研究裡整合成一套可茲具體應用的分析模式。有志於空間批評的文學研究者遂迷所向路，無法確定當我們談論空間，我們指涉的是哪一種向度的空間？

二、原型、變異型和主輔空間

筆者之前的兩本空間專書中即曾嘗試結合上述不同空間面向和方法學，開拓台灣文學批評的多種新視角。小說內裡的空間如何與外部的空間實踐和政治產生動態的連結角力，由於是傳統文學批評的未竟之處，特別是我用力所在。十幾年來實際操作的經驗，雖然在文本空間與社會空間的互涉研究上有所進展，但也深刻感受到文學批評的形式美學無法完全援引其他學科方法解決，以及小說理論傳統缺乏空間觀點的後遺症。象徵空間的建構，除了受外部空間的影響，更根本、初始的生成原因在其美學系統，若不能釐清空間再現與構成等習而未察的慣例，符號空間的意義是無法被指認與解構的。諷刺地，我可以回答諸如象徵空間與空間政治的折射與折衝、或是文化場域對文本的空間生產和流動的影響等龐大複雜的議題，卻無法單純地就作品本身的構造解釋小說形式的空間原理。譬如，小說事件為什麼會設置在這個空間而不是那個空間，除了合理性的解釋之外有無其他深層邏輯？除了充當舞台或背景，空間的設置和整體組織對小說人物以至敘事結構具有什麼作用？這類理當是文學批評家輕易就能說明的問題，我不僅無言以對，還求助無門。我的學術偏重及其局限雖然是個人的問題，背後更結構性的因素反映了八〇年代以降學院主流關注權力政治甚於美學形式，否定普遍、穩定性的結構體系而熱衷小眾、流動與解構性論述的趨勢。我認為是時候做一點方法學上的調整。職是之故，本書返回文學批評最根本的形式美學，但聚焦在文本內基礎的物理性、生活性空間，如房間、家庭、學校、公司、街道、馬路、村莊、城鎮等日常地點，探討小說中不同型態的空間功能及其美學邏輯。文本裡角色、情節、行動與思想直接有關的物質性空間如何組織出一個讓讀者得以辨認信服的地基，再由此微觀的物質空間上建構出宏觀的故事世界及寓意。借用莫拉提的分類，我在本書的研究方向將從以往由社科取徑的「空間裡的小說」，轉往形式美學導向的「小說裡的空

Herman, James Phelan, Peter J. Rabinowitz, Brian Richardson and Robyn Warhol, 84-91; David Herman, Manfred Jahn and Marie-Laure Ryan, *Routledge Encyclopedia of Narrative Theory*（London: Routledge Press, 2005）, pp. 551-556.

24 Suzanne Keen, chapter 8-9 in *Narrative Form*, pp. 108-127.

25 H. Porter Abbott, *The Cambridge Introduction to Narrative*（UK: Cambridge University Press, 2008）.〈敘述空間〉一節是放在第十二章的〈敘述世界〉中。

間」。

即使是聚焦在小說裡的空間，空間範疇可大可小的特性還是容易造成研究對象的含糊。小說裡的空間包括好幾種層面。根據《敘事理論百科》的定義，最基礎的敘事空間就是故事內部角色移動和居住的環境。敘述世界裡的空間組織可以分成三種。第一種是文本裡包含連續的次空間，角色可以自由地從一處移到另一處。第二種是文本裡有不連續、本質上差異的空間，只有透過特殊狀況才能溝通的，比如靈界。第三種是差異空間的溝通不被允許，除非是經由取代法（metalepsis），如小說中的小說。[26]《敘事化空間／空間化敘事》（*Narrativing space/spatializing narrative*）裡面更細分出五種。第一種是空間框架（spatial frame），是人物的直接環境，當情節變換時就隨之移動，如從沙龍到臥室。第二種是配景（setting），指涉比較大的社會地理歷史環境，如二十世紀初中產階級的都柏林。第三層是故事空間（story space），被人物行動與思想標誌出來的、與情節相關的空間，包括真實事件發生的地方和想像中去的地方。第四層是故事世界（story world），是經由讀者在想像完成的故事空間，不管文本描繪的現實中的地方或是烏有之邦，在讀者腦海中可以組織成是一個連續而完整的世界。第五層是敘事宇宙（narrative universe），文本中真實世界以及反事實世界（counterfactual worlds）的組合，包括各種象徵信仰、希望、恐懼、幻想的角色和想像生物等等。[27]本文所論述的小說中的空間主要是《敘事理論百科》和《敘事化空間／空間化敘事》分類中第一種，角色們直接居住和活動的空間框架，基本上相應現實生活裡的空間、亦是絕大多數小說描繪的空間世界，但並不排除幻想、虛擬和超現實的空間，只要這些空間也有運用到物質性的地點。畢竟，當一篇小說要加入另一個世界，不管是靈界、夢境或小說中的小說，還是得依靠合理的地點配置來製造擬真的幻覺。即使這些空間在文本中分屬不同的世界維度，它們運用的空間型態和邏輯是類似的。我並不直接討論配景（**setting**）這種浮泛的社會歷史背景，我認為文本中人物活動和移動的空間型態和配置才是最首要的空間構成，也必須經由這層空間框架的連結才可能營造出大環境的時空意義。具體地說，本書感興趣的是吳濁流如何安排他的主角在哪裡、去那裡做什麼事導致出《亞細亞的孤兒》的孤絕感，蔡素芬《鹽田兒女》或王聰威的《濱線女兒》的活動空間有哪些，足以顯示角色成長地區的屬性。

小說裡的空間是角色居住和移動所構成的範圍，我將之區分為兩類空間型態，基本型和變異型。基本型態由點、線、面三種基礎元素所組合，變異型則是由點線面混用或挪用的特殊空間。點（**point or spot**），包含小面積的居室、單一功能建築體和特定園區，如房間、家庭、學校、工作、公園和娛樂場所等，偏向個人的日常活動領域。線（**line or route**），是路徑，既是不同空間距離的往返，也是時間歷程中的流動，來去中（**in between**）同時包括某些暫時性停留的橋梁和中介區（**contact zone**），具有聯結、憩止、衝突、逃逸、抉擇性質的中途性空間。面（**plane or domain**）則是較大範圍的空間，是由許多定點與路徑組織而成偏向集體的公共活動領

26 David Herman, Manfred Jahn and Marie-Laure Ryan, *Routledge Encyclopedia of Narrative Theory*, pp. 552.

27 Marie-Laure Ryan, Kenneth Foote and Maoz Azaryahu, *Narrativing Space/Spatializing Narrative*（Columbus: The Ohio University Press, 2016）, pp. 23-25.

域，包括社區、區域、城市和鄉村、自然地理空間等，側重於呈現集合性的特徵。正如現實世界裡既定空間未必能滿足所有需求，空間功能和意義並非牢不可破，空間總是在劃界與越界的重整中產生。小說空間裡也會出現某些變異空間，讓點線面的基本功能產生混淆或質變，以秩序的曖昧或轉變指涉角色的生活、心理或社會的狀態與調整。本書主要分析兩種常見的變異空間，第一種是複合空間，第二種是邊界。複合空間是點線面的分野、屬性與功能混亂、混合與流動的狀況，反映出角色及其社會環境的變動性階段。邊界則是模糊點線面三種空間型態卻同時具備三者功能、寓意宏觀深遠的變異空間，折射角色對於本國與外國的想像關係。這些具有特殊性意義的變異空間，有時襯托出角色個人的某種處境、有時體現台灣特殊歷史、經濟、文化條件與政治生態的時期。它是地理的、歷史的與美學的交織空間。所謂小說世界就是人物在點線面的配置、組合和混用間，活動與移動時發展的事件與心情構設出的文本幻境。

種種不同的空間型態，根據其文本中占據的比重，又可區分為主要空間和輔助空間。如同小說中出現頻率最高或故事重心的人物稱之為主角、其餘陪襯角色稱為配角一樣，小說中最常出現或人物活動重心的場所我稱之為主要空間，其他次要性和浮掠過的地點統稱為輔助空間。主要空間的設置須配合人物身分和個性或彰顯情節主旨，是整個故事的發動、危機或轉機之處。絕大比例的小說是將定點當作主要空間去展演或推動情節，少部分設置在路徑（線）、更少比例是以面作為主要空間。同一篇小說中的定點與定點間也會有主要空間和輔助空間之別。由於線是定點和定點間的過渡性通道，線大多退居為輔助空間。變異空間通常也是充當輔助空間，篇幅不多而易被忽略，不過往往在文本中蘊含特別重要的訊息。本書的五大章將分別說明這三種空間基本型和兩種變異型在敘事中的作用。

定點，可說是小說空間裡最重要的基礎形式。相當大比例的小說是由定點加定點加定點……組織而成，甚至連線都不會出現。定點通常是根據人物活動或事件發生的合理性設置的地點，定點至定點間的串聯不僅透露角色個性與行動，更能「自然而然」引導出小說的主旨，發揮某種意在言外的次文本（subtext）功能。舉例說，同樣將小說主人公身分設定為學生，第一篇主角移動的空間組合是家庭—學校—補習班—家庭，第二篇的主角足跡則是家庭—學校—電影院—家庭，光是一個活動定點的差異，我們大概就能感覺主角的個性或興趣的區別；即使兩個主人翁去補習班或是去電影院的理由都是為了打工，無法以活動空間判別個性與興趣上的趨向，他們會遭遇到的人和事也會因地點的不同產生變化。單單是一個定點的替換就能激發出小說的不一樣內容。

在同一篇小說中，即使只由定點連接起人物足跡，如果作者將較多篇幅放在某個定點，這個點就是主要空間，其他定點皆可歸為輔助空間。一旦指認出小說的主要空間是哪裡，小說的主旨也就不難猜測。一般而言，若是小說主角的身分是某類職場的上班族、而且此身分與故事主題有關時，主要空間多會是與之相應的工作地點；若小說側重的是主角的家庭倫理身分，主要空間就會設置在家庭或家族有關的場地。所以當讀者能察覺主要空間的設定跟職場或是倫理身分有關時，小說探討的傾向約莫是角色們在工作或家庭場所內遭遇到的問題、衝突與解決方式。輔助空間則是主要空間的延伸或者對照，可能由一個明顯的定點或許多零碎分散的定點來擔任。輔助空間的功能除了是角色活動的範圍，還是各情節發展需要的場合，可以浮光掠影式的點點跳接，不必要是一個明確單一的空間或清楚的範圍。由於主要空間與小說主旨的緊密關係，設置上的考慮相對設限；輔助空間的自由度大、無須服膺必然的邏輯，只要是作者覺得情節需要即可提上一筆。相對地，輔助空間的描寫刻畫不會如主要空間那般仔細，作者可以只是簡單兩三個字交代小說角色來到何處，情節結束後這個場景即不復出現，除非是這個空間在小說中有特別的涵意。

小說中主輔空間的數量與形式變化無窮，姿態萬千。不過，篇幅、創作流派和小說主旨對文本中的空間數量和組織皆會產生某種程度的影響。短篇小說的字數少，大多是一個主要空間搭配兩三個輔助空間，空間的類型與組合不會太複雜，也較少企圖形構一個全面向的空間。長篇小說的主要空間數量可增至兩三個或以上，輔助空間更可隨著人物和情節的需求不斷增加。多數長篇小說會在故事開展的前幾章就將定點逐漸組織成一個完整自足的空間，用以反映某種社會環境或意象境界。某些長篇小說是以幾篇可單獨成立但相關的系列短篇組成的，若這類小說有意建構起一個較全面完整的文本世界，則會出現個別短篇只有零星定點、最後連綴成整體空間面的變化。如果再加上創作流派與小說主旨的變數，又會牽動到文本中空間數量與組合的設計，有的無限增衍，有的是刪減循環，甚或模糊主輔空間的配置。然而，撇開少數實驗性質強烈的小說，大部分小說的主輔空間似乎有一個明顯的基本組合。如果主要空間的屬性是私領域，輔助空間通常會有公領域的性質；如果主要空間具有公眾性，輔助空間就會偏向私領域屬性。二元對立的空間屬性可說是敘事中空間設計的邏輯，但並非是古典語言學指稱的在差異中確認符號身分的嚴格法則，僅是一種鬆散的、相對性的空間參照。第二章會再針對定點的功能、組合與各種變數進行個別深入的論述。

在各式各樣的定點裡，除了主輔空間外，還有一種特別值得注意的功能，就是節點。節點（node）是我借助凱文林奇（Kevin Lynch）從都市規劃的元素轉化而來定位小說空間與功能的概念。節點，在社會空間的位置上通常是處於道路的交叉匯集點或轉換點，具有連結和集中的功能。[28]小說為了讓人物們有個定期或不定期碰面的中介點，同樣必須安排一個在移動範圍內的中介地點，讓角色各自的故事在此連結收束、整合後再繼續推展下一波情節。節點兼具定點和線的個別優點，既有點的常態性又有線的變化性，可以偶然地讓人物邂逅，亦能讓人物定期地聚首。因此，節點在小說中不僅是空間性的、亦有敘述性上的意義。小說中的空間節點既有連接人物也有匯集情節的雙重功能。不過相較於現實空間的節點偏向地理和交通位置的便利性，象徵空間的節點選擇更必須合乎地域與歷史的特殊性，才能說服讀者那些角色是會在那些地點聚會的。故此，不同時代與題材的台灣小說會出現不同的節點。鄉土文學裡常會出現廟埕、雜貨店或甚至就是某棵榕樹下；都市背景裡的節點的時代性與文化性鮮明，咖啡廳、小酒館或深夜食堂不只是都市小說屢見不鮮的節點，也是時下各種都會電影、劇集裡必備的故事連

---

28 凱文．林奇著，方益萍、何小軍譯，《城市意象》（*The Image of the City*）（北京：華夏出版社，二〇〇一），頁三六。在林奇的定義中，節點的空間尺度彈性可大可小，端看衡量的空間範疇而定。大者，某個城市可以是國家或洲際的節點；小者，可以是某個定點式的街角、車站、廣場或是某一段道路。所以就理論上說，節點可以是點、線或是面。不過小說必須在一定時間內讓人物往來互動，處理的人物暨其活動空間範疇有限，操作上通常會選擇定點，這類允許人物有較長停留和活動的空間型態來作為節點。

結點。當這個節點的某種特徵十分鮮明獨特時，這個空間甚至得以躍升為小說中重要的核心與象徵，例如《孽子》裡的新公園。大多數的節點只是輔助空間，在普通短篇小說中看起來跟一般定點無異，但對於那類企圖織造出一個整體性空間面向的小說特別重要，具有畫龍點睛的效果。我在第四章針對面的析論中，會詳述節點對打造空間面的關鍵功能。

相較於定點的顯著性與多樣性，線大多時候是居於輔助性的功能，作為人物在定點與定點間通行遊歷的過渡。這個移動的過場往往還能省略，作者只要提及人物將去哪個定點，直接以跳行或跳段的方式，敘述就能從下一個定點開始。點和線的不成比例的重要性並非是小說世界的偏心，而是相符於現實世界中人類在這兩種空間原型裡活動的比重。由於定點是具備特定用途與範圍的行為空間，範域內的舒適性、安全性與認同性意味著某種同質性、封閉性與規範性，小說中的定點因之跟角色身分密切連結。相反地，線的功能是要讓人物偏離其社會性或日常性的範疇，脫離常態位置與行動思維的局限。定點作為已被編碼的空間秩序、定型化的位階與權力位址，道路上的角色人物因之是處於一種動態（in motion）的狀態，離開某種定點的規範藩籬、且尚未抵達歸位的過程中。空間的流動觸發秩序的破口，為靜態的空間注入時間的多種意義，也讓敘述的頻率與張力產生更靈活的動態變化，開啟故事的新可能。較之靜態的、符碼性的點，線蘊含未知的變數。因此，有少部分的小說會反客為主，將線作為主要空間。一旦小說的主要空間設置在路途中，通常意味著某些變動、折衝或脫軌即將上路了。線的流動性與意外性讓敘事補充定點缺乏的效果。

以線作為主要敘事空間的第一種類型，是以路上實際可能遭遇到的狀況去做文學性的引申比喻，有一類側重描述浪跡道途的境況及其原由，或者是半途上遭逢危機時的處理方式與心理轉折，另一小類則以遇險犯難的挑戰作為自我成長的考驗。由於道路／戶外，性質上即是具有公共性的社會空間，這些文本某種程度上都會牽涉到集體與個人的關係或衝突，不過後一類的重點較為側重在個人的成長與蛻變。第二種以路為主要空間的寫法是以路的中介隱喻，作為人生處境的比喻。這一型的主角也會像第一類半路上遇到偶發離奇的事件，但這些事件基本上皆不重要，重要的是這個延遲過程的哲思性隱喻。這一型側重的即是路本身未被定位、沒有歸屬、中間地帶的隱喻。兩造之間擺盪和猶疑、連接又衝撞的矛盾，吻合人生命的某些階段與狀態。

第三種路的性質非關明喻與隱喻。路只是通路、過道，是透明隱形的工具性質，重點是路旁的事情、風景的變化或者街頭巷尾發生的事件。敘述者像是站在路上的導覽員或者隨行導遊，實況轉播或敘述歷史事件和人物的流變、地景文化的刮除重寫。作為前景出現或發聲的小說人物充其量只是說話人，道路更是附屬於主角或敘述者的腳步，連背景都稱不上，旁觀的景、事、物等看似流動的布景或背景其實才是敘事故事中的重心。相較於前兩種路線的功能，第三種類型的路的重要性更低。第四種的線跟物質現實中的道路暨其譬喻更沒關係，只是作為小說情節的後設比喻。換言之，文本中即使出現道路或旅途，也是小說敘述主線、支線、單線或複線進行的藝術形式類比，自我反涉（self-reflexive）形式布局的後設性敘述。

有意思的是，以線這種次要空間充當偶發性、隨機性主場的小說，非但不是隨興的半調子設置，四種都各自有其堅實的文學源流。我在第三章開頭併置不同文本的片段，意在提醒讀者從古老的希臘羅馬史詩、騎士傳奇、中國敘事小說、到近當代的歐美前衛小說，甚至於世界童話故事、民間故事和大眾電影電視，皆看得到「在路上」的主題跨越地域、時代與創作類型且歷久不衰。這些興起於不同時期、生產場域和美學思維的敘事模式在本書考察的百年台灣小說中，有的形式雖然看得出傳播年代的新舊，經過了在地的轉化與時間的累積已經成為台灣文學的空間傳統，建構並影響一代又一代作者和讀者對空間意象、組織和運用的認知。於此同時，我們也注意到了文學表現方式不僅必須考慮歷史與文化的特殊性還必須接受地理特殊性的考驗，因此公路小說在路窄人稠的台灣至今施展不開，反而是政權更迭的動盪製造出不少逃亡的跑路小說。

點線的連結與擴增是建造小說角色生活面的基礎寫法，這個空間面視小說人物和主旨可大可小。最極簡、極致的作法中，一個定點就能發揮象徵社會的放大功能，波赫士筆下的「阿列夫」（Aleph）還神奇到涵納古往今來的大千寰宇。但這種缺乏場景變換的方式流於單調，對中長篇小說容易造成情節發展上的限制。因此常見的寫法多是涵蓋主角的活動範圍，以片段而局部的空間影射部分社會面向或生涯階段。倘若小說企圖描繪一個大範圍的空間，都市、鄉鎮甚至某個虛擬地方的眾生相或時代變遷，空間配置就複雜得多。定點連接線、連接定點，尤其加入節點，是構成面的最基礎寫法之一。

除了這種最普遍的連結法，第四章中另外指出當小說有意呈現地方的整體面向時的三種特殊工法。文字造鎮的第一種方式是將定點排列組織為街道，讓主要空間從定點擴充成街道景觀，突出某種意象式的村鎮面貌。有的小說是用一條巷道象徵村落的場所精神或小說宗旨，有的小說選用幾條街道漸次拼組成不同區廓的方式來呈現城市風貌，尤其是幅員廣闊、地區生態殊異的大都會。第二種是劃出區域範圍的邊線，以外部空間遠近左右的相對位置，比對區隔出村落內部地理範圍、社經位階和文化特徵。大多數的文本會藉由角色的活動作遊覽式敘述，慢慢劃出聚落輪廓、人口分布和風土特色，少數著作則是擘建好空間全景，先地圖式地介紹讀者整體舞台，再將人物故事鎖定於幾個主要定點之間。

第三種空間面的建造法牽涉到時間，是將時間注入空間，在水平（空間）面上拉出垂直（時間）面的縱深。小說面的鋪展總是隨著人物逐步由點、線綴接成面，在順時性敘述的緩慢過程中，讀者通常沒感覺到時間差。在故事層的現在式時態中，主角早出晚歸回到同一間住家，微小的時間差顯示不出明顯的功能，一旦時間差拉長，空間層次即能隨之顯現並製造出戲劇性效果。「去年今日此門中，人面桃花相映紅，人面不知何處去，桃花依舊笑春風。」就是典型利用同一空間的今昔畫面並置，對照出人事流變的常見模式。小說既然包含不同的時態，在不同時間層裡就存在不同的空間面，這些大小不一的空間會隨著時間序的敘述，順序、倒敘、插敘或閃回種種方式，鑲嵌構築起小說的空間維度。如果再考慮到敘述層與故事層的時間別差異，加上時間與空間交互作用下產生的變數，遠非本書篇幅得以勝數。由於第四章的重點在探討如何讓空間面的時間立體化，我僅能闡釋兩種作法。第一種常見的寫法是現在式空間大於過去式空間，亦即在現在式的空間上嵌插一些過去式的定點或線，可以是異地異時或／和同地異時。這種在多點的現在式空間上點綴些許過去式空間的模式呈現出的是正三角時空結構。但最極端的寫法可以完全逆反，亦即現在式的空間只有單調的定點，而過去式的空間多元豐富，呈現頭重腳輕的倒三角時空間結構。第二種小眾但當代、偏重地誌書寫的寫法，除了得在現在式的空間面上呈現出地方全貌，還必須注入不同時代中的定點、線路甚或區域切片，讓各種時間維度的點線面堆疊起地理的歷史縱深。這種方式必須動員多重的敘事線，隨著出身、年齡、階級迥異的複數敘述者們的行腳和觀點，將現存的地景和記憶中的地景交織投映出地方的縮時顯影。特別的是，像這類旨在呈現整體區域意象與風貌的小說，雖然文本的部分篇章會使用某些定點或街道作為主要空間，但貫穿全書最顯要的空間卻在於面。

點線面是小說世界的空間原型，它們的設置與功能主要是服膺於文本內在的邏輯與需要。在傳統的閱讀習慣裡，我們的注意力總是放在人物們發生了什麼事，至於是在哪裡發生似乎只是聊備一格的訊息。經過上文的解釋，讀者不妨倒過來，試試是否能從辨認小說的主要空間是放在哪一種定點，或者是在線或面，去判讀小說可能想傳達的主旨。有些時候，點或線的定位並不容易判斷。譬如，行進中的船和車廂，由內部看起來像是封閉的定點，但是它的移動特質——乘客們偶發性的聚集與抵達時必然分開——使得它較常被歸類於線的屬性；旅途中的旅館也是另一個難題，如果文本只聚焦在此一空間卻未在描述其他旅途，在我的認知中此空間會被視為點，倘若此一空間接續其他行程裡的空間（不管是定點或路上）就偏向線的屬性。因此，空間屬性的判斷無法純粹從其物質性質決定，而取決於作家在整體文本中描述和使用。當然，偶爾我們也會發現作家似乎利用這種空間定位的認知慣例，故意反其道而行以便製造驚奇或戲劇效果。總綰而言，點線面作為敘事藝術裡的普遍法則，首要任務是要讓人物的活動與事件的發生合理以便烘托出題旨，儘管具體的空間形式與再現不免受制於文本外緣的空間條件與想像。相較於這三種空間原型的美學導向，另外有兩種混合混淆點線面各自功能的變異空間，則更能反映出該文本的文化歷史與地理的特殊性。這兩種變異空間，通常都只是擔任輔助空間、出現的篇幅有限，卻寓意深遠，一種我稱之為複合空間，另一種則是邊界。

複合空間指稱一個空間具有不同作用，因時因地或因人因法而變換空間的屬性。台灣文本中點線面不分、具有多重功能的例證時而可見。有的時候是家庭空間的複合使用，如在日治以迄七〇年代的文本中，不只家庭內的格局區劃與秩序模糊（廚房兼浴室、飯廳即臥房）；有時是私人空間與公共空間的相互挪用，例如將家庭從私人休憩的空間轉變為工作職場從事客廳即工廠類的家庭代工，或是把公共通行的巷道圍起來辦理家族的婚喪喜慶；有時則是公共空間屬性轉變，譬如道路這種暫時性過道常被轉換成商業空間，流動攤販或巡迴業務員以步行、推車、小貨車的方式在街頭推銷販賣；白天是道路、晚上變夜市，甚至從早年的違法市集演變成近年來向國際行銷的觀光景點。假使原型空間象徵的是空間功能的常態或理想，複合空間凸顯的是常態的干擾，秩序的混淆和轉變。當小說中出現複合空間時，通常得以顯示個人、社群或國家正處於某種轉型期間的混亂或滯延，必須透過增加空間的使用率或彈性使用，快速達成某種調節效果。有趣的是，長久實踐後有些甚至會成為文化或節日性的標記。文本中的複合空間因此也是了解該國在不同歷史時期中經濟、社會、文化現象的另類窗口。

第二種變異空間，除了顯示角色與其社會空間的關係，還能同時對比出國與國之間的利害張弛，這個既非又皆是、模糊點線面定義的空間就在國界。談到國界，我們腦海裡浮現的畫面可能是國與國的邊境間，設置一條人為或自然的屏障，目測即能清楚辨識我方與他方之別，越過邊線上的關卡等同離開國境，「西出陽關無故人」的離愁油然而生。生產是類想像與認知的地理基礎，我們忽略了，其實是大陸型國家型態。這也是我在上文中談到的，既有的象徵系統裡根植著生產出這些象徵符號的空間政治，即使時空環境變遷後這些似乎成為「中性」的書寫系統／傳統，仍然以其固有的優勢價值持續影響後代的空間認知與再現想像。海島國家如台灣，邊界的界定相對浮動，難以用視覺判斷國界之所在。何況，歷史上台灣國家定位和國際關係迭變，今朝的母國明日即成異邦，更讓台灣與海洋彼端的國度關係游移不明。種種看不清、理還亂的分際，在逼近國界時激化出國族身分的焦慮，旅人往往以出入邊關（海關）替代邊境線，邊線則是匯聚國境雙面的緊張與融合。點轉喻線、線轉喻面，語言符號的增衍輔助視覺性的失焦，結構化島嶼的意象並賦予意義。地理、心理和語言三種系統組合起台灣文學特殊的邊界敘述。

既然小說的空間原型代表常態性的定位，當角色或故事遭遇到某個局限，時空環境的跳脫自是解決衝突或改造身分的方式。如果說出境顯示出個人困境、對境內現況的不滿以及改善的期待，入境則是自我的整合或對根源的回溯與回應。出入國境象徵著人生某段行旅的出發與完成。小說中的邊界敘述因此通常發生在母國此端而非在異國那端。逾越既有的框線，讓人生與小說旅程翻到新的扉頁。邊界作為前塵與後事之間的變異空間、斷開又連接兩者的中介。越線的波動震盪使得邊界這個輔助性的變異空間成一個小型過渡性的幕間劇，在旅人心情調整的空檔，暫結角色與故事至今的發展，並為下一個時空語境的故事線埋下伏筆。只不過，由於台灣在歷史上的弱勢地位，出入邊界並不僅僅只是單純的旅行或出入國門，邊界敘述濃縮的是台灣人的身分政治以及角色所處空間對雙邊關係的詮釋和想像。在這個離別或重逢的邊關／邊線，蘊藏國族和國際關係的強弱、衝突和調和的期待。

敏銳的讀者或許已經看得出來，本書聚焦於空間，論述中猶時不時可見時間的身影。本書之所以暫時先排除時間，是想讓空間獲得個別充分的討論，並非否認時間的重要。小說形式雖然有相對穩定的表義系統在底層支撐，卻有許多變數能激發出變化，諸如主題、流派和類型等，其中皆不乏時代性因素。空間也只有與時間相提並論時，才能讓小說理論更加完備。如果時間之所以被獨尊的癥結在於它的動態性能帶動敘事，不甘心空間在小說研究中屈居邊陲的研究者，必須挑戰一個關鍵問題：空間是否跟時間一樣，具備帶動故事行進的作用。換言之，空間本身是否具有時間性，足以影響敘事的節奏。以上種種時空間交互的複雜程度，顯然已非本書篇幅、甚或再一本空間專書得以涵蓋，但我的一些思索線頭或許有助於未來有志者作為思辨的起點。在結論章中，我將空間理論未來能夠延展和比較的可能面向作一些提綱契領的論述。或者說，這些初步觀察是我自己非常好奇卻生有未逮的學術課題，我期待後繼者有一天能解惑，擴展空間對敘事作用的理解。

三、為什麼要理論，為什麼是台灣文學

莫拉提在《歐洲小說圖誌》中指出，文學形式有其地方屬性（place-bound nature of literary

form），每一種都有其獨特的幾何學、邊界、空間禁忌和喜歡的路徑。文學的空間圖誌顯示了敘事的內在邏輯是由情節結合與組織的符號學領域。文學形式是內在和外在——修辭的和社會的——兩種勢均力敵因素的衝突和互動。[29]莫拉提的研究強調敘事內部的空間形式與敘事文本生產的外部環境兩者間動態的關聯。這樣的主張既破解了傳統敘事研究將文學形式與風格視為封閉性且獨立存在的美學迷思，更大的意義是，空間因素的引進形同開放了各地理區域的文學自我表述的位置，不再讓歐美小說作為敘事研究的唯一根據。文學既然有其地方屬性，植基於文本之上的文學批評與理論同樣帶入所屬空間的經驗與認知。發源自地理歐洲和美國的文學理論不足以涵蓋通論不同板塊歷史的國別文學，尤其像台灣文學這樣弱勢地區的文本。這種尊重空間差異的研究方式猶如在世界文學的學術領域中釋放出許多小國文學的席次。我同意並感謝莫拉提的空間論述。遺憾的是，理論上成立卻無法實證，除非每個地域的文學皆以空間方法檢視，確認其文學形式中是否蘊含著地方屬性、和其他區域的小說幾何學有何異同。只不過，一旦再加上與外緣條件的交互影響，各式各樣歷史和社會性的特殊現象更會對建構出共通性的文學原理形成干擾。拙作《空間／文本／政治》也曾從文學與空間性的多重關係出發，調和小說中的空間與空間中的小說這兩種不同的研究取向，深知是類研究方式在理解小說形式美學上的局限。

如何從小說中的空間形式中建構出一個具有普遍性、又具有涵納特定歷史地理彈性的理論模式，是本書試圖努力的方向。點線面這三種空間原型及其功能，應該是任何國別小說都具備的元素，滿足小說內部角色和事件發生的基本需求。複合空間和邊界這兩種變異空間則是突出某些階段性的社會狀況以及國與國關係，輔助說明人物所處的位置、行動和心理的必要性。複合空間是最能看出文化特殊性的空間。不同國家、不同地方、在不同時期中，會有不一樣的複合空間。將交通性質的街道暫時性地轉變成商業市集，這類的複合空間，在台灣以夜市為代表，在日本可能就會是祭典。將私密休憩性質的家用空間轉變為工作場所，台灣七〇年代的「客廳即工廠」可說是全盛期，及至今日，這類增加空間使用率的複合空間還是可見於不少第三世界國家、開發國家中少數族裔或經濟弱勢者的家戶內。一旦經濟狀況獲得改善，複合空間的階段性任務通常就會結束，恢復常態規劃下的空間功能。如果說複合空間映照的是國家內部，個人或社群，在某個歷史條件中的轉型狀態，邊界對照的就是國境兩邊的時代性關係與想像。對於那些否認文學和論述立足並受制於地理基礎的人，我期望第六章的邊界專章足以證明空間認知與再現是跟地理型態有關的，只是這種空間再現一旦變成符號系統中穩定的象徵，就會變化成中立而超越性的傳統，影響我們對現實空間的認識及實踐。我希望提醒讀者，長年來主導我們認知的邊界想像源出於大陸型國家，作為海島型國家，台灣的邊界敘述有其獨特性，在八〇年代前也總是處於權力結構上弱勢的一端。這樣的邊界敘述，剛好是拉鋸出最典型的二元對立模式。我的企圖當然不在於固定並激化對立，而在於激發落在強弱之間的其他國別文學——有著不同地理型態和地緣政治關係的——在光譜兩軸的參照中尋求各自獨特而動態的論述位置，例如同屬島國型態但二十世紀後躋身強國的日本、同屬島國強國但（有時）有國境毗鄰

---

29 Franco Moretti, *Atlas of the European Novel, 1800-1900*, p. 5.

的英國、半島型（大多時）弱勢國家如韓國或是大陸型時弱時強的國家如中國。

認知到文本的形式，亦如內容，有其相應的空間屬性，意味著沒有一套既有的（歐美）文學理論能夠用來分析台灣小說中的空間型態。何況即使在歐美的文學理論中，空間理論仍在建構發展中，敘事研究裡長年以來的空間匱乏更非短時期內得以填補完整。此外，如我在第一節對當代理論重政治而輕美學的反思，本書不擬依循任何概念性的框架去從事美學形式的分析。考慮以上種種，本書雖然還是會借助敘事理論和空間論述，基本上則是採取一種由下而上、頗為傳統復古的文本中心研究：文獻蒐集、文本細讀、歸納和論證——中文文學研究者曾經拿手如今覺得（沒理論背書）心虛的研究方法。既然想要找出普遍性，閱讀範圍必須廣泛，卻也無法鉅細靡遺。我的分析對象鎖定在日治以迄當代的主要台灣小說家及其最經典的短篇或長篇代表作兩至三本，因為經典作家及作品不僅代表台灣文學的主流再現方式，更影響著後代的閱讀者和創作者如何去感知人與空間、空間與空間關係，以及文學空間的再生產。接著，再從這些小說家的代表作中逐篇逐篇拆解，依據小說的敘述次序排列出每個事件發生的場所和行進，摸索其空間配置與原因。點線面原型及其變異型的結構與功能，即是我從一篇一篇台灣小說的文本空間分場中歸納出的敘事法則。由於本書的研究興趣在於小說的共通性形式而非小說的歷史性或個別特色（雖然涵蓋在內），討論的文本準則在於是否具備較鮮明的空間特徵得以說明本書觀察到的空間型態。即使我已盡量運用地毯式閱讀百年間台灣小說，大量搜索出充足而顯著的文本證據，人腦的小數據庫畢竟容量有限，若有遺珠，唯能有待後賢補葺。

作為第三世界的研究者，過往在應用西方理論分析中文文本時，即使警覺著歷史文化脈絡的差異而謹慎擇取適用的觀念甚或適度修改，不免仍是被本質／民族主義者懷疑及攻訐。此書反其道而行，企圖以台灣小說作為範本，從中淬鍊出可供其他國家文學作為參考比較基準的文學理論，相信會遭致更大的疑慮。筆者淺陋的學養和能力當然是質疑的最主要原因。除卻個人的因素，台灣此一小小區域是否足以提供豐厚的範本抽取出普世性的理論法則，應該會是另一個被質詰的理由。「台灣沒有理論，理論是歐美的」，是類思維深植人心。史書美駁斥，這種假說只是殖民與帝國主義擴張下知識與權力掛鉤的產物，導致邊緣地區的知識主體被排斥抹殺。她呼籲學界應該突破局限，積極探索建構台灣理論的可能。[30]儘管如此，輕視台灣文學的人始終認為，台灣文學的發展歷史區區幾十年，涵蓋地理限於蕞爾小島，而且頻繁受到域外文學文化影響，不夠具有獨特的文學原創性等等。此處不擬耗費唇舌反駁種種鄙薄台灣文學的偏見。相反地，我想要指出，作為研究範疇，台灣文學的歷史、地理與文化特色剛好提供絕佳的考察條件。

台灣的現代小說從一九二〇年代發軔至今百年，開始的時間點相對明確，發展的時間夠長久到累積足夠的創作者與作品，又不至於長遠到難以溯源和消化資料。它發源年代標誌出現代化特質，又歷經日文和中文作為書寫文字的切換，造成台灣小說與中國中文小說傳統雖然不無瓜葛卻不至於有一脈相承的影響負擔。在這百年之間，台灣境內族群爭議不斷、跟外來政權和

30　史書美，〈台灣理論初探〉，收入史書美、梅家玲、廖朝陽、陳東升主編，《知識台灣：台灣理論的可能性》（台北：麥田出版，二〇一六），頁五五—九四。

民族的關係複雜，與境外文學文化的交流傳播頻繁，文學流派與題材具備跨國性的多元開放。然而，各種域內域外勢力的起落、互動與變化皆有特別明顯活躍的歷史階段可以作為斷代性考察，學術界目前已有相當成熟可信的研究成果可資參佐。當我們思索美學形式的嬗變時，只要比對那些形式是在哪個年代興起、在什麼樣的社會政治條件下，即可避免落入形式主義研究裡去脈絡化的窠臼。台灣腹地雖小，獨特的島國地形與頻繁變動的歷史地理不只為創作提供沉積醇厚而景觀繽紛的文學地基，種種關於空間本身的故事就是取之不盡的敘事寶藏。不可諱言，台灣小說的類型、數量以及變化有其局限，難以提供足夠的分析樣本歸納各式各樣次文類的空間敘事模式。但是就一般性的小說觀察而論，台灣小說時空間範圍適當，特徵明顯又多樣，保有傳統元素和多樣、及時的外國文學文化思潮，作為理論研究的對象具有足夠的普遍性，又能以其本土特殊性添加彈性變化。外國理論家往往從自己熟悉的文學文化中歸結出廣泛適用的理論觀察，台灣文學就跟任何國別文學一樣豐富卓越。建構小說理論的空間世界，台灣文學的模式絕對是思考的起點。

原型空間

第二章
小說中的定點

儘管某些小說會將空間處理為模糊的背景或場景甚或完全略過，大多數文本裡的空間是烘托人物、情節和主旨不可或缺的整體性要素。不管是運用何種寫作技巧與流派，小說作為虛構的世界，不論從故事的發展、角色的外貌、行為、對話、心理、關係、思想，以至時間、文化和美學上的邏輯，總須營造出某種可能性，[1]空間亦是製造讀者感覺合理的幻術之一。其間的關鍵處即是帕維（Thomas G. Pavel）特別點明的，虛構世界無關文本是否寫實或邏輯上可不可能，需要的是作者和讀者之間有共識。[2]小說人物或事件應該出現在哪些地點，哪些地點出現

1 參見 Suzanne Keen, *Narrative Form*.

2 Thomas G. Pavel, *Fictional Worlds*, pp. 46-47.

的時候連帶暗示著何種情節或心情的發生，在作者和讀者間隱隱形成某種不行文的默契。沒有對的地點，即使安排了對的人在對的時間發生了對的事，虛構世界的認識會跟讀者的感受有所出入導致對主旨的傳達打了折扣。場景的基礎功能雖然是讓故事可能和真實，不見得必須要非常寫實的描寫，可以是模糊的這裡與那裡，可以是複雜紀實的地誌，也可以是突出的前景或是不鮮明的背景，只要能產生某種區隔和對比或是凸顯了故事的主題即可。[3]

小說空間是個體居住、勞動、休憩和移動組織起來的範圍，定點尤其是重中之重。所謂的定點（**spot or Point**），指的是小面積的居室和單一功能建築體，包括房間、家庭、學校、工作和娛樂場所等，偏向個人的日常活動領域。以現代生活中對空間的運用簡單計算——一天之中八小時在工作場所或是學校學習，再加八小時在家裡睡覺休息，定點無疑是所有空間形態中人類居憩停留和人際互動時間最長的地點。文本空間以現實空間為本，人物駐留場所的時間越長、事件發生的比例越高，因此點線面三種小說空間形態中定點的使用率最多、重要性最大。對空間的使用長短不代表小說中該空間被敘述的比重，因為小說空間的使用不僅是搭配事件的發生，還是對故事重點的強調。某些場所可以在文本中反覆出現描述，有些地點出現一兩次，抑或潦草掠過。依據其占比篇幅多和篇幅少，小說裡出現的空間又可區別為主要空間和輔助空間。點線面三者雖然皆可作為主要空間，最常被設置為主要空間的還是在定點，而在定點之間同樣亦有主輔空間之分。因此，本章首先討論最基礎的定點、也是點線面三種基本型及其無窮組織的起始原點。下文依序將歸納文本中空間定點的設計，由主要空間和輔助空間這兩種概念分析其定義、功能和常見的組合模式，然後再討論幾個影響這些定點組織的變異參數，包括不同時代演進的小說形式、主旨與流派。

一、定義與功能

為了具體解釋小說中的各種空間形式及其如何串聯起人物的活動與移動，我想先以台灣新文學史上最早期的小說〈她要往何處去〉（一九二二）為例，[4]並將其空間轉換作為敘事分鏡的說明。小說共有五小節。第一節開場，放學返家的女主角桂花進入臥房休息，當她思念起在日本念書的未婚夫清風時，母親拿著同在日本留學的表哥電報進來，報知兩人即將返台的訊息。數天後母女倆前去基隆港迎接清風和表哥。第二節的場景在水源地，樹蔭下有對私語的情侶——清風和他在日本秘戀兩年的女友，商議著如何將戀情告知不知情下擅自為他訂下婚約的家人、以及正和表哥一邊划船一邊不安地望向兩人的桂花。第三節是表哥來家中告訴母親原委、然後進桂花的臥房勸慰表妹；與此同時，母親收到清風寄來的悔婚道歉信，進房一起安慰桂花。第四節場景一樣在桂花的閨房，退婚後傷心消沉的她臥病在床數天，最後決定振作起來，到日本留學。第五節時空進行很快。桂花從基隆港離台，在船上偶然與一名女學生攀談，

---

3 "Narrative world: space, setting, perspective," in *Narrative Theory: Core Concepts & Critical Debates*, pp. 84-87.

4 追風著，鍾肇政翻譯，〈她要往何處去〉，收錄於賴和等著，葉石濤、鍾肇政主編，《一桿稱仔》（台北：遠流，一九七九），頁三一—三六。

兩人遭遇不同，卻一樣是媒妁婚姻的受害者。了悟封建婚姻對青年，尤其是女性的束縛後，桂花終於走出被毀婚的傷痛。最後桂花在東京展開自信又開朗的女留學生新生活。

從五場簡單的分鏡可知，這篇小說的空間是由點和線構成，定點尤其是情節發生的真正舞台。就上述的故事分鏡中，桂花的家（尤其臥室）是最常出現的場景，五節中占了三節，其他地點包括港口（兩次）、水源地、船上、東京，然而篇幅不多。顯然桂花的家是故事中最重要的定點，其他定點皆顯次要。為了更清楚的區分這些定點的性質，我將把前者稱之為主要空間，後者稱為輔助空間。由於線的部分（去基隆港接人和去基隆港搭船赴日的路程）皆是浮掠帶過，同樣視為輔助空間。〈她要往何處去〉的空間結構就是以一個定點（家）作為主要空間，其他幾個定點和路線的輔助空間組合而成。

一般而言，短篇小說的篇幅有限，空間的類型相對比較簡單，大致包含幾個定點：一個主要空間搭配兩三個左右的輔助空間。長篇小說能容納的空間類型較多，情節通常還是會聚焦在一個或以上的主要空間搭配多個輔助空間，但是地理幅員涵蓋的範圍較廣，有時會以一系列的定點配置組合成面。不過字數與章節的多寡並非唯一的決定因素，不同創作流派和主旨的小說亦會相應產生不同程度的變化。絕大比例的小說是將某個定點當作主要空間去展演或推動情節，少部分會設計在路徑（線）、更少部分則是以面作為主要空間，後兩者將次第專論。

主要空間通常被設置來配合人物身分和個性或彰顯情節主旨，是整個故事的發動、危機或轉機之處。角色的空間活動有其合理性，這種合理性部分是源自社會空間的實踐，部分則源自美學實踐的傳統，形成了作者與讀者雙方認知上的基礎與共識。以〈她要往何處去〉為例，跟二〇年代台灣和中國的主流論述與文學一樣，藉由一個少女的覺醒，由遵循盲目的媒妁婚姻到追求自我的提升（與自由戀愛），呼籲以啟蒙、個性解放的現代性想像來推翻封建傳統的封閉落後。在傳統的修辭裡，未婚少女通常形容為待字閨中、養在深閨，和閨閣、閨秀這種內室空間意象連結。小說主旨既是鼓勵從私領域走向公領域，因此桂花臥房是主要空間、而她最終必須從家中出走，是敘述女性解放母題時常見的空間隱喻。類似的空間走向從十九世紀易卜生的娜拉以迄袁瓊瓊八〇年代女性小說〈自己的天空〉屢見不鮮。家門出入可說是二十世紀婦女解放書寫中普遍的空間想像。

當小說主角的身分是某類職場的上班族、而且此身分與故事主旨有關時，主要空間多會是與之相應的工作場所，農夫在田庄、工人在工廠、白領在辦公室及其業務相關場所、老師在學校、舞女在舞廳。當小說側重的是主角的家庭倫理身分時，不管是夫或妻、是兒女、公婆、兄弟、姊妹、妯娌等，主要空間通常會設置在家庭或家族有關的場地；當主要空間安排在跟職場或倫理身分有關之處，故事的主旨通常傾向探討角色們在工作或家庭場所內遭遇到的問題、衝突與解決方式。舉例來說，黃春明的〈兩個油漆匠〉描寫兩個從東部鄉鎮來到西部大都市謀生青年的困境，整篇小說最主要的空間就是鎖定在他們進行油漆工作的高樓頂端上的工作架和未完工的鋼條和照明鐵架間，顯示他們看似「往上爬」實則孤懸無靠的社會位置。[5]王禎和的〈小林來台北〉描述鄉下青年小林在台北航空公司當工友的故事。小說篇名既是來台北，照理

5 黃春明，〈兩個油漆匠〉，《看海的日子》（台北：皇冠，二〇〇〇），頁一〇五—一四九。

說主要空間應該反映出大都會的熱鬧繁榮，然而通篇故事只見小林在任職航空公司所在的大樓間被呼來喝去，凸顯其低微狼狽的處境。台北的時尚風光完全與他無涉、航空連結的國際網絡更與他無關，這棟密閉空間才是主宰他的世界。[6]白先勇的〈金大班的最後一夜〉顧名思義是舞女領班的退休倒數，主要空間當然是在舞廳，在這個五光十色的聲色場所回顧女性青春戀夢的繁華與虛妄。[7]

比較特別的是，以農夫為主要角色的小說，活動空間雖然是在農村，主要空間卻鮮少設置在田地上，反而多在一些村庄裡公共聚集的場所。可能的原因是田畝的耕種比較屬於個體的勞作行為，若主要空間需要承載小說人物們互動對話間帶動起的情節變化，農地這種私有場地的功能自不若農會、會堂、港口、市集、廟埕、某棵村眾聚集的大樹下、甚或是主角的住家。因此，宋澤萊講述的〈笙仔與貴仔的傳奇〉，明明主角都是瓜農，小說中瓜田出現的比例遠遠不如廟場和瓜果市場，在這種小農作物的集散地才更能夠彰顯盤商與通銷制度對個別農家的絕對優勢與剝削。[8]

角色的空間活動既然是理解上的某種默契，小說家同樣可以利用這種讀者的預設認知，故意讓角色不得其所（displaced），出現在跟角色身分不符合的地點。一來可以來用反差凸顯這個角色身分面對到的矛盾，二來也可以製造閱讀上的緊張感或戲劇性效果。例如星期二早上十點，幾個穿制服的學生在西門町遊逛，或者一名穿西裝拿公事包的男子踏進了公園，又或一群拿著鋤頭的農夫走上街頭，在應該上班上課的時間出現在不應該出現的地點，讀者立刻能夠感受到其中必有緣故而期待情節的交代。失去了與身分相應的空間更是書寫身分政治時常見的策略，不管是五〇年代遷台的外省移民小說、六〇年代留學生小說、到當代探討流落都市討生活的原住民文學，身分空間的錯置都是文本中必然重複申訴的愁思。

主角的身分雖然是影響主要空間設置的因素，小說意圖表達或探討的主旨才是最關鍵的要素。一樣是軍人，朱西甯的軍官多在營區或山野裡生聚備戰，[9]白先勇的將軍多賦閒家中撫今追昔。[10]一樣是教師，鍾肇政《魯冰花》的正常版美術老師不是在教室或戶外教畫就是進行家庭訪問，[11]王禎和《玫瑰玫瑰我愛妳》的老師卻斯文掃地在「得恩堂」的宗教祭壇上開授英語速成班儲備接待美國大兵的高級妓女。[12]神聖的教堂淪落為歡場職訓教室，空間認知與身分錯置的衝突，以及一干「師生」時地不宜的惡行穢語，是這本社會諷刺小說最成功的設計之一。

輔助空間則是主要空間的延伸或者對照，輔助空間提供是角色活動以及各情節發展需要的

6　王禎和，〈小林來台北〉，《嫁粧一牛車》（台北：洪範，一九九三），頁二一九—二四八。整篇小說只有小林被使喚上街跑腿時才描寫到一小段街景。

7　白先勇，〈金大班的最後一夜〉，《台北人》（台北：爾雅，一九八三），頁七一—九〇。

8　宋澤萊，〈笙仔與貴仔的傳奇〉，《打牛湳村系列》（台北：前衛，一九八八），頁一九—八四。

9　參見朱西甯，《將軍令》（台北：三三書坊，一九八九）；〈蛇屋〉，《狼》（台北：三三書坊，一九八九），頁一三三—二一三。

10　參見白先勇，〈梁父吟〉，《台北人》，頁一二三—一四一；〈國葬〉，《台北人》，頁二六五—二七八。

11　鍾肇政，《魯冰花》（台北：遠景，二〇〇四）。

12　王禎和，《玫瑰玫瑰我愛你》（台北：遠景，一九七四）。

場合，蜻蜓點水式的跳接即可，不必然描述一個明確的空間或清楚的範圍。不像主要空間與小說主旨的緊密連結、相對設限，輔助空間的選擇比較自由、不需要必然的邏輯，只要作者覺得情節上需要就可順帶一提。上文舉例的〈她往何處去〉除了女主角的家，其他出現的地點都是所謂的輔助空間；同理，楊逵的〈送報伕〉顧名思義，主要空間必然是報社，其他輔助空間就可以隨著主角的移動而出現宿舍、租處、路上、飯館、公園、故鄉的家與媽祖廟埕等等。[13]袁哲生的〈時計鬼〉，主要角色是兩個學齡頑童，他們的活動場所，除了教室是不得不出現的主要空間，當然無法拘束在幾個定點。小說中的輔助空間包括家庭、校內外空地、村莊中任何這裡那裡他們覺得好玩的地點都是出沒之處。[14]這些輔助空間符合角色身分與故事進行的合理範圍，但嚴格說來這些地點可增可減可替代。越往當代，八〇年代以後益發明顯，台灣小說裡空間的跳接就像時間的切換一樣，不要求仔細的邏輯交代，俐落而突兀的替換加速敘事節奏已是常見凸顯小說風格的方式，輔助空間的數量和頻率、連續性及其選擇性更趨向多元甚至零碎。

總體而論，輔助空間的描寫刻畫不會如主要空間那般仔細，作者可以只是簡單兩三個字交代小說角色來到何處，情節結束後這個場景即不復出現，除非是這個空間在小說中有特別的涵意。舉李昂的〈殺夫〉來說，這是一篇探討夫妻關係的小說，主要空間果不其然設置在女主角林市與陳江水的家，尤其是她長年承受性暴力的臥房、也是最後她憤而殺夫的命案現場。小說中的輔助空間跟角色們的活動範圍有關，紛雜而簡略，然而格外突出的有兩處。其一是林江水工作的屠宰場，他的殺豬表現往往反映前一天他在床笫的滿意度，並以此評量帶回與妻子表現等值報酬的肉食。屠宰場也是他逼迫林市目睹他如何屠殺肢解豬隻的地方，血刃牲畜的冷暴力形同警誡她不聽話的下場，不僅徹底逼瘋了林市，反諷的是無意中傳授了她日後殺夫的刀法。其二是林家祠堂，特別是林市母親性交易的地點和被族人綑綁虐死的祠堂柱子。作為父權陽具宗法的象徵秩序，祠堂柱子一再威嚇地出現在後文林市的夢中。這兩個輔助空間跟小說批判父權和交換經濟對女性的性剝削有關，因此出現的頻率和篇幅相對文本中其他輔助空間來得多。

張愛玲對空間描寫的經營在現代中文小說家中算是匠心獨具的，她對主要空間的細描自不在話下，連輔助空間她也毫不馬虎，處處隱藏富有微言大義的意象。即使如此，我們仍舊可以從她用力的分量區分出某些空間的意義。以〈傾城之戀〉為例，小說中最主要的空間、也是第一部分唯一的場景，就是女主角白流蘇的家：陰暗的高堂大屋裡破落的鐘、褪色對聯上的金字團花依稀映照昔日的榮光，卻阻隔了外頭閃耀的天日。離家去香港展開愛情冒險後接下來的場景都算是輔助空間，不論是飯店臥房、沙灘、舞廳、淺水灣，幾筆就讓男女主角談戀愛的背景舞台活靈活現。相較於這些談情說愛空間的粗筆，作者卻花上好幾頁細描經營一個不起眼的、後文亦不再出現的輔助空間——范柳原為白流蘇承租的獨棟公寓。就情節功能來說，男主角已然離去、徒留女主角一人咀嚼她算不上勝利的獎品，並不需要仔細描繪此空間，然而作者卻耗費篇幅讓女主角一間一間巡視明亮潔白的房間：樓上樓下堂皇點著燈，空蕩蕩的房間像開口呼喊著

---

13 楊逵，〈送報伕〉，收入彭小妍主編，《楊逵全集》第四卷・小說卷（I）（台北：國立文化資產保存研究中心籌備處，一九九八），頁六五—一〇四。

14 袁哲生，〈時計鬼〉，《秀才的手錶》（台北：聯合文學，二〇〇〇），頁一二三—一二八。

空虛。這個輔助空間的意象明顯是作為人物心境的投射，以便與第一節裡的主要空間作為對比，彰顯不管是娘家大戶裡的幽深昏闇或是情婦洋樓的虛空清寂都不是她能安居之所。[15]通常這樣的輔助空間獲得作者重點描寫的機會才比較大。

二、主輔空間的常見組合

主要空間與輔助空間只是原則性的區分，少數文本甚至只有主要空間而沒有輔助空間或者只有一連串輔助空間沒有主要空間。林海音的〈蟹殼黃〉是一篇探討族群融和的短篇。奇特的是，這麼大的議題卻只運用一個小定點——一家只能容納四張小方桌的豆漿店「家鄉味」來處理。敘述者以食客身分旁觀這家小店裡不同省籍的老闆和伙計們工作上的磨擦分合，最終有的變成了朋友、有的變成了夫妻。作者將各種省籍身分人物的交往來去濃縮在這麼狹小的主要空間中，作為國族以及台灣地理的隱喻。[16]利用餐廳食堂的公共屬性擴大小說涵蓋的空間尺度，讓單一定點類比為國族寓言的做法，魯迅的〈孔乙己〉早有示範，「咸亨酒店」的小伙計單是守在這唯一場所內就能描述孔乙己的形狀與淪落，影射時代轉型中食古不化的士人的狼狽。[17]不過，〈孔乙己〉的敘述者是店員，留守店中有其可信度，〈蟹殼黃〉的顧客又不是沒有自己的生活，怎麼讓文本完全只描述這家小店而略過敘述者本身的活動空間呢？林海音最巧妙的設計是安排餐廳門口就是公共汽車站牌，合理地讓敘述者在非用餐時段出現在食堂附近，並且在上下車的空檔間順道觀察描述室內的動靜，靈活的流動性還得以避開單一場景調度上可能出現的單調和封閉性。反之，鄭清文的〈姨太太的一天〉則是由一連串的輔助空間串聯而成。以描寫的篇幅和情節發生的重要性來說，文本內眾多的地點沒有一個定點稱得上是主要空間。小說是從姨太太的第一人稱敘述自己由早到晚的活動。故事由姨太太的臥房揭幕，伺候完金主出門上班後、先到另一個姨太太家打牌、下午獨自上餐館、電影院、美容院和逛街、跟情夫共進晚餐後再去咖啡廳廝磨、最後散步到河堤邊分手。[18]小說講述的是姨太太漫無重心的生活方式，她享受不同的人和物質帶給她的快樂卻不想擁有與歸屬，自然也不附著於某個特定空間。相較於營造某個主要空間的寫法，雪泥鴻爪式的空間遊歷更能象徵她遊戲人間的態度。

小說中主輔空間的數量與組織變化多端，端視作家的巧手慧心。不過，其中似乎有一個明顯的基本組合類型。如果主要空間的屬性是私領域，輔助空間通常會有公領域的性質；如果主要空間具有公眾性，輔助空間就會偏向私領域屬性。籠統而論，二元對立的空間屬性可說是小說空間的設計邏輯。賴和〈一桿稱仔〉的主要空間當屬與題目深切關聯的市集，那是無產無業的主角做點賣菜小生意、不料卻與擁有法律詮釋權與執行權的日本警察發生爭執的地點。在此公共空間中，唯一握有權力稱仔的一方是日本殖民者。台灣人作為絕對弱勢的被統治者，只有

15 張愛玲，〈傾城之戀〉，《傾城之戀：張愛玲短篇小說集之一》（台北：皇冠，一九九一），頁一八七—二三一。
16 林海音，〈蟹殼黃〉，《綠藻與鹹蛋》（台北：遊目族，二〇〇〇）。
17 魯迅，〈孔乙己〉《魯迅全集》第一卷（北京：人民文學，一九九八），頁四三四—四三九。
18 鄭清文，〈姨太太的一天〉，《鄭清文短篇小說選》（台北：麥田，一九九九），頁二四七—二七五。

在輔助空間——私己的家裡——勉強能說真話和休憩生養。[19]探究這種二元邏輯的可能原因，或許是因為空間功能既是配合情節的轉折起伏，通常需要能夠凸顯主旨以及對比這個主旨的空間。在無數的小說中，我們可以發現，當故事最主要場景設置在主角的住居時，輔助空間就會是家庭外面的地點，例如工作場所或學校，以便營造一種個人意志或興趣如何受到社會空間的影響甚或威脅，並在這種對立中塑造主角的形象個性以及因應情節推展所作的選擇。即使某些小說的空間只是鎖定在一個單一功能空間，作者也會在此地點中細分成較私人的空間和公共的空間。具體言之，一篇探討學校問題的小說，它的空間可能都是在學校，但這時就會細部地將學校許多空間區隔出來做對照；如訓導處、教師辦公室、教室都是屬於社會性空間，樓梯間、陽台、操場或任何人跡較少的場所則傾向為個人化空間，而主角常常就是在此不同類型的空間中經歷危機與抉擇。瓊瑤的《窗外》描敘的是高中學園的師生戀，除了畢業後幾次在咖啡廳約會之外，這對理應避人耳目的師生竟然主要的約會空間都在校園。訓導處和教室裡男女主角謹守分寸，一旦行到小樹林、荷花池、小橋以及單身學員宿舍，就是禁忌之愛流洩之處。[20]

同理，家庭小說儘管只聚焦於家庭，倘若這個家庭成員多或面積夠大到可以劃分為東西廂或前後院，即使不似《紅樓夢》裡的寧國府和榮國府那般極端，核心小家庭仍可細分，譬如客廳和臥房，前者偏向家族意志而後者則為角色個人的天地。王禎和〈來春姨悲秋〉裡，早寡的來春姨在鰥夫男友的協助下拉拔兒子成家立業，二十幾年來如同家人只差法律名義的繼父卻在老病之際被兒媳嫌棄，被迫離開來春姨家庭，兩老勞燕分飛。這篇講述金錢與情義掙扎的家庭倫理悲劇，小說除了一、兩段描寫來春姨去醫院和去鄰居家間接與媳婦談判外，主要地點完全設置在來春姨的家中。鄰居家和醫院這兩個輔助空間上演的都是社會公眾的眼光。主要空間是來春姨的臥室，在這個私人小空間中她才能和老伴訴說體己話與悲傷不捨，而臥室外的餐廳客廳就是她和媳婦利害衝突言語交鋒的所在。家裡的餐廳客廳連同鄰居家和醫院，種種家戶內外的輔助空間代表的都是不同程度的不友善環境，漠視這對沒有名分的伴侶的情義。[21]

在單一地點上，尤其是小面積的地點，再細分切割的作法不免會造成混淆，究竟該視為一個主要空間還是有主輔之別？我們不妨細讀是類代表小說做具體推敲。歐陽子的文本擅長解構和樂家庭與溫婉女性的假象，她的小說多以家庭為主要空間。〈花瓶〉是其中的典型。這篇短篇單純只描寫一對年輕夫妻間的愛恨情結，而且地點完全在家裡。饒是如此，這個小家庭內還是細分為兩個場景，餐廳與臥室。小說一開場，飯廳裡的夫妻兩人礙著還有幫傭在側，行禮如儀相敬如冰，用膳完走進臥房才是兩人兵戎相向、唇槍扭打的私密空間。[22]我們固然可以說小說中沒有輔助空間、只運用了家庭為主要空間，不過我偏向主張視飯廳和臥房各為主輔空間。乍看之下，飯廳和臥室的篇幅比重相當，前場醞釀衝突後場爆發衝突，但是那個男主角珍愛把玩、最後怒砸卻安好無損的花瓶，也是小說篇名，是擺立在飯廳裡的。飯廳／客廳作為一種家

---

19 賴和，〈一桿稱仔〉，收入林瑞明主編，《賴和全集：小說卷》（台北：前衛，二〇〇〇），頁四三—五五。
20 瓊瑤，《窗外》（台北：皇冠，一九六三）。
21 王禎和，〈來春姨悲秋〉，《嫁粧一牛車》，頁四五—六九。
22 歐陽子，〈花瓶〉，《秋葉》（台北：晨鐘，一九七九），頁一九五—二〇九。

庭內可以展示在客人眼光下的空間，屹立著的正是作為女主角象徵的花瓶，玲瓏、嬌脆且冰冷，散發誘人的魅力卻不容男主角全然擁有，暗喻他在臥房內的權力始終無法凌駕公共空間中的她。因此，把餐廳和臥房區分為主輔空間會比將兩者合為一個主要空間，更準確地掌握小說中幽微的情慾與權力關係的主從諷喻，空間的功能對小說主旨的烘托方能清楚地顯示。

三、變數

小說裡的定點設計雖然常有對比的性質，此處所說的二元對立僅是一種鬆散的、相對性傾向，並非如索緒爾指稱必須在差異中確立符號身分的嚴格規律，或是李維史陀指認的神話結構。[23]畢竟嚴肅文學的創作者具有高度的藝術自覺，既延續又挑戰既有表義模式和社會成規，同一個空間的意義屬性在文本內可以視情境、視角色快速延異變動，無法嚴密定義主輔空間是在差異中共構定位而成。前文討論過的鄭清文〈姨太太的一天〉，臥室雖是女主角的閨房卻不能說是專屬她的私密空間，公共空間倒成為她和情夫幽會的場所；或者《窗外》的校園雖是傳道授業的公共空間，眉目傳情間就能轉變為調情空間。作家可以根據文本需求，自由翻轉小說空間原先的符碼意義與定位。此外，小說定點的性質或組合在其他參數的影響下亦會出現變化。長篇短篇的類型，以及不同時代或創作流派對小說觀念的理解，皆可為小說空間的模式增添許多變數。

短篇小說由於篇幅少，通常人物情節不會太複雜，以便能夠在簡明經濟的布局中凸顯故事主旨，設置的空間類型和數量因此也不至於過於繁複。相反地，長篇小說對角色、情節和空間的支配則有較多的涵納量。一篇短篇小說可以由一個主要空間構成即可，頂多再加上第二個主要空間，以及一至三個輔助空間。長篇小說的主要空間數量可涵蓋兩、三個甚至更多，輔助空間則有明顯的增加，視人物和情節的需要調整擴增。大多數長篇小說會在一開始或隨章節鋪陳，將點狀空間刻意組合成一個整體性空間，以便反映某些社會狀況或意象境界，因此長篇小說裡的主輔空間常能成為一個完整自足的世界，不管其中有多少真實空間的成分。單一短篇小說則較少會具體形構一個整體的空間。有些長篇小說會以幾篇可單獨成立但系列相關的短篇組成的，就會出現短篇是點或線的小空間、長篇成一個獨立世界的狀態，例如李永平的《吉陵春秋》和袁哲生的《羅漢池》。這種有意營造成面狀的小說我將於後章專論。

文字篇幅固然對小說定點的設置有所牽制，最核心的因素還是小說的重點意向、想要彰顯的是什麼主旨。如果文本側重的是主角的內心世界或者旨在探討哲學性的形上思辨，不僅空間的寫實性不會太過講究，主輔空間的形式與數量也不會太規則。長篇小說則可能僅運用陽春簡單的定點，甚至少於短篇小說。以探討家庭問題為主的小說常見這般空間設置，例證之一見諸四〇年代辜嚴碧霞的《流》。《流》描寫典型台灣大家族的故事，孀居的媳婦鎮日裡周旋在大宅院裡應對公婆、妯娌、兒女媳婦的關係，全書八章的前六章全部鎖定在家庭裡，製造出一種

23 Ferdinand de Saussure, *Course in General Linguistics*（New York: McGraw-Hill, 1966）; Claude Levi-Strauss, *The Raw and the Cooked*（Chicago: University of Chicago Press, 1983）.

難以透氣的封閉性與窒息感。直到接近分家的尾聲才描寫家庭外的一些空間，當主角美鳳踏足戶外少數的輔助空間時，文本裡沉悶凝滯的時間與生命突然開始產生流動的感覺。[24]

反之，強調大時代、大遷徙的短篇小說，因為必須凸顯距離和動盪的感覺則可能涵蓋許多空間場景。譬如張大春的短篇小說〈蕩寇津〉描寫晚唐末年黃巢之亂時各方兵戎對峙征伐的局面。為了呈現群雄割據兵馬倥傯的場景，三十頁的短篇小說篇幅中就調度了叛亂者、勤王者和一干將帥在各自領地或軍帳的動靜與謀略，以及在郊野、小路上的殺伐交戰。小說的空間不斷轉換。雖然勉強依循著二元對立的空間模式（城內帳內的都是休憩整頓的階段，而戶外的偏向開戰或前後），但是比較是由一系列的輔助空間串起，主要空間並不鮮明。[25]

敘事研究重要推手金恩（Suzanne Keen）在導讀敘事形式時一再提醒當下的研究者，結構主義／形式主義者論述的語法邏輯和詞彙設計組合是我們理解小說的重要依據，然而形式絕不僅止於語文內在結構而已，更不是封閉恆常的符號系統。不少研究已指出，小說的出版模式和作者的物質條件都會牽動到小說形式的變革，有時文學選集和教科書的示範效應甚至比符號體系的內在規律更為關鍵。結構性形式分析之餘，我們還必須配合歷史性和脈絡性的考察，留意形塑敘事樣態的文化共識。[26]近年來致力闡釋文學與空間關係的文學研究大家莫拉提（Franco Moretti），同樣認為敘事的內在邏輯由是情節結合符號學，外緣卻受制於其所屬地方的獨特幾何學，顯現出喜愛或是迴避的空間和路徑。文學形式即是兩種勢均力敵的力量激盪互動下的結果。[27]理論上雖然我也認同文學形式不該只專注於文本本身，本書不擬併入外緣研究的路數。誠如導言中說明，許多台灣文學的前行研究，包括我自己的，已長年致力於文學內外緣互涉的考察與理解，以致於忽略了基本的美學問題。本書想指出，其實即使不特別談論外緣因素，單單是聚焦在小說形式本身亦能管窺台灣這個文學地理上的歷史性軌跡。畢竟所謂現代台灣小說這個創作類型，本身就是二十世紀以降的時代產物，遑論其域外文化的影響特質。什麼是小說、怎麼寫小說，都需經過本地的實作的摸索與論戰思辨的過程逐漸累積建構。當敘事的法則模式產生變化時，小說裡運用的各種元素或多或少有所調整，不同時代下形塑的美學流派與信念對小說空間的設計組合自會產生衝擊。日治時期的白話小說、現代主義以及後現代小說，在空間運用上都會有些出入。

日治時期的小說還保留著不少傳統敘事文學的元素，小說主要以故事為主軸，敘述者著重於講述這件事情的來龍去脈甚於描述在何處發生與發展。角色會很快地做這做那，或蜻蜓點水似地去這裡那裡。空間比較是背景、有時甚至是空景，小說家零散或凌亂地交代或根本不說明地點。當事件的敘述重於情節的描述時，空間的重要性會受到削減。此一敘述傾向從賴和、楊逵、呂赫若等日治時期的代表性作家，延續到經典的跨語作家吳濁流和葉石濤早期的作品。吳濁流的《亞細亞的孤兒》五篇中的地理幅員不僅涵蓋台灣、日本和中國，即使是每一章的故事

24 辜嚴碧霞著，邱振瑞譯，《流》（台北：草根，一九九九）。

25 張大春，〈遢寇津〉，《雞翎圖》（台北：時報，一九九〇），頁二九五—三二九。

26 Suzanne Keen, "Shapes of Narrative: A Whole of Parts," *Narrative Form*, pp. 16-29.

27 Franco Moretti, *Atlas of the European Novel, 1800-1900*, p. 5.

也是分別發生在許多不同的城鎮、具名或不具名的地點。[28]主角就在許多不同的定點間來來去去尋求歸屬而不可得。

戰後台灣的寫作人口主要是以經過顛沛流離的遷徙過程新移入的外省籍作家為主，按理推測，他們描寫的空間樣貌應該會較複雜，主輔空間數量多、組合變化大、地理幅員涵蓋較廣，但文本細讀的結果並不然。比如潘人木的《蓮漪表妹》和《馬蘭的故事》，都是以某個城市裡的一小群人的悲歡離合作為時代縮影。[29]姜貴的《旋風》也只是描寫來回省城和某縣市的左派分子的活動。[30]陳紀瀅的《荻村傳》顧名思義就是小村如何被赤化的故事。[31]足見所謂大時代的動盪主題以及作家在地理空間的旅歷，並不盡然會反映在文本的空間形式中。大時代與大地理並非同義詞，走過三江五岳也不見得會筆吞萬里，反而是如何選擇一個在美學上能夠表現的濃縮空間比較是這時代的趨勢。

時間與空間的意識在現代主義的文本中有顯著的變化。歐美的現代主義小說家在空間形式上有非常不同以往的美學革新。約瑟夫法蘭克（Joseph Frank）是最早注意到此一特質的先驅，他在一九四五年發表的經典論文裡就分別指出福樓拜（Gustave Flaubert）、喬哀思（James Joyce）、普魯斯特（Marcel Proust）和巴恩斯（Djuna Barnes）如何巧妙地讓敘述時間之流被阻斷／組織在同一空間，或者讓無數時間片段組合成一個空間整體，或是在片刻時間內空間地並置人物的各種意象，甚至於不依敘述時序而將意象和片語空間有如詩歌一般交織著。他進一步預言，文學裡對空間形式的看重並非特例，現代藝術的趨勢即是朝向空間性的增加。[32]法蘭克的預言要到多年後才受到證實，他也無從得知同時期台灣作家的作品無意間正在印證了他的說法。受到西方現代主義大師們的啟發，六〇年代台灣現代主義小說家們在空間形式的運用上出現此前未見的自由度。

不再像古典小說或寫實主義小說必須依循清晰的敘事線索，台灣現代主義小說開始讓空間變形，與敘述裡的時間碰撞、組織出不同的效果。王文興《家變》已被許多研究者稱許種種實驗革新。另外，此作的空間形式也頗見特色。首先是主輔空間的設計。《家變》主旨既是聚焦家庭問題，果如是類長篇小說，小說中大部分的場景都是在家中，即使小說一開場父親已經失蹤，兒子必須外出尋父，小說也只是簡短數句意思意思交代一下主角去派出所、去公共電話亭、南下拜訪父親可能造訪的故舊居處，然後就又返家過起尋常生活。唯有在回憶的篇幅中點到較多家庭外的場景，包括小時候坐船到基隆上岸、一家人上街郊遊吃館子、兄弟上戲院等美好的印象。父親的辦公室則是出現最多次的輔助空間，更準確地說，小說只選擇以這個抽樣地點來代表整個社會空間以及父親社會地位的變化。從最初屬於父親尊貴的空間逐漸淪為踐踏屈辱父親的空間，這個出現頻率最高的公共空間和父親在家戶空間的地位是同步對等的。父親在辦公室的位置攀升時，他在家裡的地位也高；反之亦然。當父親不容於職場後退守家庭時，小

28 吳濁流，《亞細亞的孤兒》（台北：草根，一九九五）。
29 潘人木，《蓮漪表妹》（台北：純文學，一九八五）；《馬蘭的故事》（台北：純文學，一九八七）。
30 姜貴，《旋風》（台北：九歌，一九九九）。
31 陳紀瀅，《荻村傳》（台北：重光文藝，一九五五）。
32 Joseph Frank, "Spatial Form in Modern Literature," *The Idea of Spatial Form*, pp. 1-66.

說的第三部分特別提到，父子、夫妻的磨擦與衝突因為一天到晚都在家而與日俱增，無處容身下最終導致父親的離家出走。[33]雖然主要空間只有一個家，輔助空間卻可以容納較多類型，兩者有時細描、有時局部寫意的交替出現，讓整體的敘事節奏更為活潑律動。其次，在小說的兩種敘述線中，以英文字母的敘述線講述的是父親離家以後的現在式、順時性發展；以阿拉伯數字講述的則是主角從小到大若干（不依照時序）的時間片段、情節以及某些空間性的意象和印象。這些斷續性浮現的空間掠影，有些是地理位置的標示；有些卻是作為時間的替代寫法，補述故事發生的時間點，如「他和他爸爸媽媽跟二哥在開向台灣省的海船中。艙裡擁擠混亂，都各佔位置地舖睡在地面上」（四二）和「他在他家走道上那條木面柱之上刻劃的高度又增高一些了。」（九四）這些空間敘述實際上指涉的是時間性的「去台灣時」「幾歲時」，可見得小說的敘述雖然大致上依循著時間順序，空間卻不臣屬在情節的背後，而是時間的插敘或取代（消）。時間與空間在敘事中的功能與表義展現出較大的彈性。

我們無法像法蘭克一樣用一本書的篇幅詳盡地分析台灣現代主義小說發展出連結空間與情節書寫的種種新穎策略，例如運用意識流或時空切換去改變故事、因果和空間的關聯。僅以郭松棻的〈雪盲〉舉隅發凡。此篇小說包含了時空各異的三小節。第一節的場景是「我」的初中時期拜訪移居南方澳的小學校長；第二節時空跳換到美國拉斯維加斯，「我」以留學生的身分在此打工並有了段短暫的邂逅；第三節則是敘述者畢業後留在拉斯維加斯的警察大學裡教魯迅。每一節都是幾頁後意識流回到過去，補述了歷史的片段又跳接回到現在式，有時敘述者的「我」甚至轉換成校長作為第一人稱敘述觀點，回溯校長家族從日治到戒嚴時期中的遭遇，他的外遇與對愛人的辜負。住在台北迪化街時的年輕校長，照鑑的是住在賭城教書的我，在異族統治中維持體面而不惜傷害所愛，後悔卻無力掙脫。某些情節明確交代地點、某些卻故意含糊。第一節的幾個定點的描述如童年的迪化街、淡水河的水門和南方澳的漁港還配合著比較穩定的敘事節奏，但沒有一個稱得上是主要空間。第二節越往第三節的尾聲，現居的沙漠、研究室、公寓、教室、停車場，越零碎快速的出沒，夾雜著回憶中故鄉的地點，所有的定點在小說最後都變成了斷裂脫落的空間，無法提供小說人物存在感受的地方意義。小說中散落的空間就像小說裡的崩壞的人物。我、校長、校長的亡兄，由一本魯迅文集串起共同的生命圖像：外族政權下懦弱卑屈的知識分子，只能以自暴自棄的方式向下沉淪。[34]

後現代小說將現代主義小說發軔的空間實驗推展得更為極致。如果說現代主義小說描寫的是在傳統支援體系崩解下從地理、國族或心靈層面上感受疏離、失所的現代／異鄉人處境，後現代面臨的則是時間空間的不確定性、混淆了時間的順序、方向感和地方性。在現代時期，現代城市與建築、交通運輸工具的、科學與技術的發明促使帝國地理的興盛與衰落。時間是朝向未來快轉的，空間朝向抽象、同質和擴張的。種種可見的機器與現代化設備快速影響我們的生活、思考與再現。可是後現代是資訊化的、數位媒體在電腦空間的傳輸，虛擬的網際空間和遠方的變化，來源不明卻彷彿無所不在真確的影響著我們居住的所在與生活、改變著我們的時空

33　王文興，《家變》（台北：洪範，一九七八）。

34　郭松棻，〈雪盲〉，《奔跑的母親》（台北：麥田，二〇〇二），頁一六七—二一六。

感受。[35]哈維（David Harvey）延續麥克魯漢（M. Mcluhan）對地球村趨勢的觀察，認為後現代社會中「時空壓縮」加速現象導致不同世界相互向對方倒塌，「後現代小說分裂的空間性戰勝透視和敘事的連貫性……全世界一切不同的空間都在一夜之間集中為電視屏幕上的各種型拼貼。」[36]哈維從後現代社會的生產條件和科技進展歸結出的推論雖然大致正確，卻不是小說中空間形式蛻變的關鍵因素。美學形式上的後現代主義不見得跟物質條件意義上的後現代狀況對應或積極對話。[37]台灣後現代文學明顯地受到國外後現代藝術技巧與思潮的吸引甚於反應社會現況。台灣後現代小說一方面延續現代主義小說開創出來的時空型技藝，延續主輔空間不分或者運用大量的空間印象形成輔助空間群的做法。另一方面也有些新創的寫作技巧操弄出更多元的空間元素，特別是由拉美魔幻寫實主義小說帶起的風潮，一舉打破時間的理性順序，讓早期意識流小說只能將過去與現在並置的時間向度推到現在、過去與未來並置，時間的擴幅連帶提升了空間的量和型態。將白先勇的現代主義意識流經典〈遊園驚夢〉對比張大春的魔幻寫實經典〈將軍碑〉，[38]主要空間僅只一處——前者在竇夫人公館而後者在將軍府邸，然而後者的輔助空間甚至延伸到將軍死後的諸多場景，真實與虛構的空間互涉下塗抹了時空座標與界限。

　　後現代的不確定不再是如何再現我們居住的時空，而是根本上對再現的可信度都產生質疑。書寫傳統本身，不管是所謂的寫實主義與現代主義，在後設小說中一樣可疑，不只主體的概念都在消散中，連所有空間的本體論的界線亦模糊不明。許多後現代小說刻意採用多線敘述，讓多重敘述者聲音取代單一權威視角，取消主要敘述主線、或者讓主角配角的地位或關係曖昧。小說空間既是連結著主角或是連結著事件，當後兩者都輕重虛實難分的時候，主輔空間亦浮動游移。平路的小說〈五印封緘〉，第一節的敘述者是一個在美國中餐館邊看小說邊用餐的女人，半夜在獨居公寓裡醒來繼續未完的奇怪小說；第二節敘述者卻是一個剛闔上小說的已婚女人，當過小牌藝人的她對於電影情節和畫面的知識遠勝於小說。然而隨著小說的開展，讀者益發搞不清楚，哪一個女人和空間是現實空間的主體、哪一個才是另一個女人觀看的客體與介面？誰是實體主角都不確定了，所謂的「情節」，也釐不清究竟是小說書頁中的故事、還是銀幕中哪部電影的故事，角色和情節依附的地點更談不上有哪個重要到能視為主要空間。越到小說尾聲，越來越多零碎的空間畫面取代了敘事線與時間線，或交替或交織或併置或置入，分不清是看書者或觀影人自己的經歷、從書本影像歌曲殘留下的印象、抑或是夢境？重層、零亂、本體來源殊異的空間碎片相互滲透下，阻斷了敘事時間的順序、敘述聲音和人物的輕重。[39]

---

35 Paul Smethurst, *The Postmodern Chronotope: Reading Space and Time in Contemporary Fiction*（Amsterdam: Atlanta, GA, 2000）, pp. 1-29.

36 戴維・哈維著，閻嘉譯，《後現代狀況》（*The Condition of Postmodernity*）（北京：商務印書館，二〇〇三），頁三七八。

37 參見Joseph Frances, *Narrating Postmodern Time and Space*（Albany: State University of New York, 1997）.

38 白先勇，〈遊園驚夢〉，《台北人》，頁二〇五—二四〇；張大春，〈將軍碑〉，《四喜憂國》（台北：時報，一九八八），頁一—二三。

39 平路，〈五印封緘〉，《五印封緘》（台北：圓神，一九八八），頁一—三四。

駱以軍的《遺悲懷》把後現代小說的時空特徵發揮得更淋漓盡致。小說的主幹結構為九封寫給已故同輩女同志作家的書信，仿擬其以二十篇情書串聯起的遺作《蒙馬特遺書》，中間穿插四個故事片段，全書頭尾則以一則改寫自新聞報導兒子從家中用輪椅運載母親遺體搭捷運至醫院器捐的故事總括。小說互涉的文類包含中西方名著、新聞報導、影像視聽、街談巷議；書寫內容既有敘述者自己、他人或臆想中的他人的創作、經驗、夢境、記憶、幻想。[40]王德威指出在此世界中，時間定位、倫理關係和性別界線已然紛陳莫辨。[41]在這些分不出真假、搞不清主客的場景中，空間的性質與組織同樣是虛實重織。飯店大廳的咖啡廳、迷宮般的長廊、臥房、產房、酒吧、發光的房間……每一個定點既像任意散置歧路的空間，又像是套件般一個房間導引至另一個房間的秘密裝置，穿梭各種時空象限與想像媒介的任意門。斷裂沓雜的時空碎片猶如敘述中的一則則文本屍塊，從家裡這個定點、透過某種公共運輸工具、運送到最後的定點做肢解與再生的製作。不僅沒有一個定點或路線稱得上主要空間，空間與主角和情節主線的傳統關聯一併被切除。敘事空間在模糊的增生、替代、添補中，無限的衍展開放。

現代主義與後現代主義在空間運用的獨特性並非只在於空間的增加。現代／後現代主義小說的另一極端是抹除了空間。由於現代主義追求普遍性，特別是偏好心理分析或獨白體的小說家，非常大比例的小說是故意消除空間指涉的，不僅不交代地點，而且會強調是不知所以的某處。後現代小說偏愛小敘述和歧異性，即使有主要的人物和情節也不需要明確的定點。這些發展較晚的前衛實驗敘事將空間與人物和情節主線脫鉤的結果，有些文本連帶也取消了空間在小說中的重要性，弔詭地跟二十世紀初期正在萌芽中的日治小說有殊途同歸之處。

四、句點

定點，是人類停留時間最久的空間形態，亦是小說空間形式最重要的基礎。在點線面三種基本空間形式中，本章先介紹什麼是所謂的定點，並以主要空間和輔助空間的作用，具體分析定點在台灣小說中的功能與常見的組成模式，最後再探討幾個會打亂上述基本原則的美學變數，以便全面理解定點的常態與變奏。由台灣小說的爬梳中，我們發現定點通常是配合著人物或情節的需要設置，用以烘托小說的主旨。即使是試圖顛覆傳統敘事規則、刻意去人物和情節的實驗性小說，不管是用增加還是消減空間的方式，定點的增減和組織模式最終還是與其文本主旨息息相關。本文雖然聚焦於文本內緣形式，致力於釐清美學法則，讀者卻不妨自行加入外緣因素，追溯歷史脈絡，進一步思忖是在哪些時期、什麼社會文化條件下，影響了台灣小說的篇幅、藝術信念或再現重心，連帶地影響了小說的定點形式的運用。如此內外緣兼具的研究當可讓當前台灣文學論述的幅度有更深廣的提升。而筆者將效法小說人物，從這個定點開步走，接續探討小說中的線。

---

40 駱以軍，《遺悲懷》（台北：麥田，二〇〇一）。
41 王德威，〈序論：我華麗的淫猥與悲傷——駱以軍的死亡敘事〉，《遺悲懷》，頁七—三〇。

第三章
小說中的線

如果在冬夜，一個旅人走在路上，是進京趕考、尋找金羊毛、探訪外祖母、還是去西天取經？中途會有奇遇嗎？如果邂逅的是佳人，遇到的是通幽西廂的崔鶯鶯、先騙財後從良的豔妓李娃、由愛轉恨的公主米蒂亞、還是復仇前先果腹的林投姐？假使有動物現身，會是意圖獻身的鬼怪狐仙、想吃掉小紅帽的大野狼、唐僧的弟子，抑或是桃太郎、桃樂絲、愛麗絲的同行夥伴。巨人或怪獸，會不會只是破風車幻想而成的？唯一確定的是，路上充滿了不確定性。旅人上路，同時揭開了序幕，引出古今中外故事無數。

小說的基本內容講述的是人物在這裡／那裡發生的故事和心情，路線是連通此處與他處的過道。因此大多數小說傾向將重點情節發生的場所，也就是主要空間，設置在定點，諸如房間、家庭、學校、工作和娛樂場所等具有特定用途與範圍的小面積活動空間和單一功能建築體。既然路徑的一般作用是地點和地點之間的過渡，小說中的路往往充當輔助性、次要性的空間，最基礎的功能是串場或後景。許多時候甚至可以省略移動路線就直接跳接到下一個地點，隔行或隔段的空白即可替代路的功用。以定點為主、路線為輔的空間敘事傾向有其邏輯可循。畢竟小說空間的書寫模式跟現實空間裡的活動習慣脫離不了關係。人類的作息行動產生的所謂情節，通常會是在某個得以駐足停留的地點才能有時間發展，在暫時性、通道性質的路徑停留時間比較匆忙，難以發展出一連串情節。即使以道路為題的小說，或是道路在文本內具有關鍵象徵意義，也不盡然會選擇路徑作為首要空間。證諸陳映真的〈山路〉，雖將「路」納入篇名，而且以再三閃現的煤礦台車道暗喻崎嶇艱辛的無產階級運動，真實的山路只以簡短的描繪篇幅和飄忽的意象出現在敘事之中。小說裡最主要的空間反倒是女主角因自責忘卻理想而慟病不治的醫院。[1]

儘管路徑（陸路或水路）在敘事文學裡的核心地位不如定點來得明顯，依舊有不少家喻戶曉的精采故事是發生在路途中。究竟什麼樣的小說會反客為主，將主要故事發生場所設置在道路上、為什麼？以下將先簡單說明作為輔助空間的路線在小說中的基本功能，接著再重點探討以途中作為主要空間的台灣小說通常會有哪些書寫主題或特徵。這些小說大致可以區分為四種類型，分別是根據行路狀況的文學引申、路的哲學比喻、沿途導覽和小說形式的後設性指涉。藉由逐段踏查，我們將能更通盤理解線的文學觸角如何延伸至定點以外的他方。

一、線的基本作用

除非小叮噹的任意門發明成功，人類無法從單一物理地點瞬間移動到另一地點而不依循著兩點之間的通路前行。前進的路徑可能超過一條，路途可能迤邐漫長。抵達的時間越長、道路的接續組合越多條分歧，在猶如懸宕未決的過程中，人物要面臨的選擇思考、遭遇意料之外的人和事的可能就愈高。道路雖然是中介，卻比定點多出許多哲學性意義和戲劇性效果。因此，路線在小說裡不只是某些事件發生的場所，往往也蘊含某些寓意。

首先指出小說中道路意義的開路先鋒，正是引領敘事與時空型研究的批評大師巴赫金（M. M. Bakhtin）。在劃時代的〈小說的時間形式和時空體形式〉論著中，他幾次岔開論述主軸去談論道路的意義。在這些分散而簡短的段落中，巴赫金扼要提點，文學中的道路不僅止於交通功能而已，時而隱含著人生道路或者表示生命方向的抉擇。顯而易見的包括小說人物的轉折通常是出現在十字路口，以及離家遠行和歸鄉扣合著不同的年齡階段與心態。「人生道路這個隱喻跟小說中的實際空間旅程融合在一起。」[2]除了道路的寓意，巴赫金還注意到有一類型的小說，道路功能是跟情節密切結合的。道路主要是小說人物們相逢邂逅的場所。「在道路上（大道）中的一個時間和空間點上，有許多各色人物的空間路途和時間進程交錯相遇；這裡有一切

---

1 陳映真，〈山路〉，《山路》（台北：遠景，一九八四），頁一—四一。

2 巴赫金，〈小說的時間形式和時空體形式〉，《巴赫金全集》第三卷，頁三一三。

階層、身分、信仰、民族、年齡的代表。在這裡，通常被社會等級和遙遠空間分隔的人，可能偶然相遇到一起；在這裡，任何人物都能形成相反的對照，不同的命運會相遇一處相互交織。」[3]在這種他特別稱之為「相逢時空型」的道路上，不同身分地位的人得以突破社會性的藩籬產生交集，各自的生命道路因偶然的交會凸顯出異同，激發出對比與對話，改變或鞏固了原本的人生軌道。因此，道路時空型的相逢情節，不只隱喻了小說人物的人生方向，還具備社會性的縮影。

巴赫金的洞見非常具有啟發性，激發我們追索關於道路的一連串問題，遺憾的是他的長文重點在於綜論幾世紀以來西方文學中幾大類時空型，無法於枝微末節處耗費太多篇幅詳做說明。種種疑問不妨讓我們自行從道路情節在敘事結構的位置開始釐清。究竟道路相逢情節在整個敘事線中的位置，是開頭、主軸、轉折或結尾？光是從腦海裡儲存的中文小說簡單搜索一下，輕易就能回答以上皆是。萍水相逢，可以是開頭的引子然後開展了接續的故事，中國傳統的才子佳人小說屢屢以道路上偶然的邂逅開啟浪漫的篇章；也許故事進行到了某種僵局危機，一個無巧不成書的路上巧遇化解了瓶頸，三言二拍中不少話本小說即是以冤家路窄的巧合讓情節峰迴路轉；張愛玲的〈紅玫瑰與白玫瑰〉中男主角與紅玫瑰戀曲的正式句點，就結束在不期而遇的公車行進中。[4]

信手即可拈來的大量文本例證顯示出，道路功能的彈性強大。道路不僅為故事內容拓展出許多的變數與發展，在結構上足以擔任敘述情節中起、承、轉、合的任一枝節，靈活自由的配置位置連帶讓敘事節奏產生無窮的變化。小說可以從路線出發到定點，也可以從定點上路到另一定點，讓原本固定的空間關係以及僵固在這些權力位址的社會關係發生流動感。路線連結至定點的順序更會變化出點線點線、點點線、線線點等各式各樣空間感的節奏與層次，讓空間的移動賦予情節與情境更豐富的美學律動。儘管如此，從這些實際文本的閱讀中可以注意到，不管在開頭、轉折或結尾，道路相逢即使有關鍵意義卻不是主要故事內容。在多數狀況下，道路仍舊只是輔助空間，輸運角色至其他地點發展主要故事。既然作為輔助空間的路線功能即已如此多端，我們接下來的問題是，有什麼樣的必要性需要將道路相逢作為主要內容，讓道路升級成小說主要空間的理由何在？

首要的理由必須是合理性。小說空間設置跟角色的活動息息相關，而且其合理性建築在作者和讀者雙方的認知默契上。作者先要能說服讀者這個角色或那件事是可能發生在那個地點上的，才能引導出故事的主旨。道路作為主要空間，即使是文本隱含著某些哲學性隱喻，首先亦得有充分的理由。以巴赫金所言的相逢情節來說，讀者必須覺得這個相逢的確會發生、或更可能發生在道路上，而不是某個定點，接著方能感受到文本裡這個半路會晤的豐富意義。先舉一個發生在定點的偶然相逢說明。葉陶的〈愛的結晶〉敘述一個到處謀職碰壁的女性素英在公園的樹蔭下休息，不期然重逢公學校時期的同窗好友寶珠。素英是普通人家女兒，自由戀愛嫁給社運分子，兩人產下的愛的結晶卻因為貧病而致失明；寶珠則是富家千金，在父母之命下嫁給

3 同上，頁四四四。

4 張愛玲，〈紅玫瑰與白玫瑰〉，《傾城之戀：張愛玲短篇小說集之一》，頁五二—九七。

有錢卻風流感染性病的丈夫，無法生育。背景與活動環境殊異的兩人在日常生活中沒什麼交集，畢業後失聯多年。若非偶遇，走上不同道路的兩人也無法得知同樣都逃脫不了女性的悲情；短暫的聚首傾吐後，可以想見又將回歸各自不幸的道路。[5]乍看之下，她們的社會性隔閡的確在她們外出的「半路」上意外重逢而得到了克服，兩人的對話亦凸顯出不同生命道路的寓意。嚴格細分，這個相逢的主要空間是設置在公園，是定點，而不是道路上。如此安排絕非偶然。畢竟難以想像日治時期的兩位成年婦女能在馬路上、有足夠的時間談論如此涕淚交零的私密話題，具有某些私密遮蔽的公共空間作為相逢地點方為適宜，即使是兩人半途上經過的公園。由這篇小說也可以看出，小說人物在路途中停留的定點，使得主要空間是在點或線的判斷上有時會產生模糊的地帶，例如旅途中的旅館或餐廳等。原則上說，假如人物設定在行路中，但小說敘述只聚焦在休憩時的空間裡的事件，而不涉及其他行程中的故事，主要空間即是定點；假使敘述定點休息後又啟程，另一定點休息後再啟程至另一定點，如是再三，主要空間即是在路上。是故，有時會出現單章的主要空間是定點，但整本長篇小說的主要空間是線的狀況，如《西遊記》。因此主要空間在點或線的判讀，最終還是得回到整體小說布局作個別解讀。至於旅途中的交通工具，雖然交通工具本身看似封閉空間，卻並非定點，因其移動的特性使得它一直在路途中，即使小說角色甚至讀者皆未察覺到此一事件是在行進間發生。

　　下面兩篇以道路上的交通工具作為主要空間的小說，考慮到故事的內容與所需的時間，相逢情節設置於此則皆有其合理性。黃春明的〈玩火〉主要也是唯一場景，設計在台北到宜蘭的平快火車車廂裡，小說幾乎沒什麼情節，彷彿只是素描火車內常見的乘客類型與互動。一組是帶著稚子的小夫妻：一開始小孩無聊吵鬧、接著爸爸隨意摸出打火機給小孩分散注意力、然後就是媽媽指責爸爸不在乎安全，就像在任何車廂會看到的那樣親子對話。另一組是萍水相逢的陌生男女。下班返家的妙齡女子成功引起陌生遊客的興趣與搭訕，原意只是增添一筆放電戰績但無意交往的女子在男子要求隨她下車時陷入難題。就在這對男女的調情陷入尷尬沉默時，車廂裡響起了媽媽責罵小孩終於被打火機燒傷的聲音。這個斥責猶如評論了那一對玩火男女的弄假成真，也讓兩組不相干的線有了微妙的交集。小說中原本各自獨立的車廂乘客，突然間變成了有互動涉入的全體。當車廂成為一整個可資彼此參照的社會性空間時，兩組人馬也忽然有了時間性的對照：未婚與已婚男女的不同生態及對話。[6]

一樣試圖呈現社會縮影的斷片，朱天心〈淡水最後列車〉的故事內容和主旨更需要有合理性的空間來發展。小說講述一個從淡水到台北通勤上學的高中生，邂逅了經常搭乘北淡線來回的奇怪老人，老人宣稱自己是建設公司退休老闆，近來被不孝兒子僱用殺手跟蹤。半信半疑的主角出於無聊與好奇逐漸與老人親近，同樣無所事事、同樣被主流社會忽視的一老一少每天在列車上作伴。直到某天老人突然消失，關心老人安危的主角才追查出老人的確是富豪，只是缺

5　葉陶，〈愛的結晶〉，收入葉石濤編譯，《台灣文學集》（高雄：春暉出版社，一九九六），頁一七九—一八四。

6　黃春明，〈玩火〉，《兒子的大玩偶》（台北：皇冠，二〇〇〇），頁二〇一—二〇七。

乏家庭溫情、長年寂寞中出現失智現象。[7]這篇故事企圖用涉世未深的年輕眼光去批評功利社會的現象，作者首先要解決的挑戰就是年齡、經驗、背景、興趣天差地別的老少如何跨越社會性隔閡產生交集，而且還要有足夠的時間培養出感情。串聯起台北淡水的火車車廂，的確合理地讓人生階段起步和尾端的兩人有了聚會的中介，在充分的通車時間和日復一日的累積下，才可能深入進展到能追問出作者試圖探討的核心問題。

從上述幾篇小說的說明中我們還可以注意到一個非常關鍵的特徵。線作為主要空間是不需要附屬於角色的身分或個性的，反倒是要從其日常性與社會性的限制中突圍。這與定點作為主要空間的因素剛好背道而馳。我在上一章中曾詳細解釋，定點作為主要空間常常必須要跟角色的職業和身分有關係，牽涉到這個人物身分與個性延展出來的活動範圍是合理、可信的，因此故事或情節會在此地展開。例如以家庭作為主要空間時涉及家族成員之間的問題，以辦公室為主要空間探討的是職場現象。假如說定點作為已然被編碼的空間秩序、定型化的社會位階與權力位址，線作為主要空間，不僅不受此限，反而得以脫離角色的身分限制、跨越社會位置的拘束。走出定點的規範藩籬，在路上的角色人物是處於一種動態（in motion）的狀態，離開某處又尚未抵某處的混沌未明中。空間的流動造成了秩序的破口，啟動了新的故事可能。相較於靜態的、秩序的點，線呈現的是充滿各種變數的動態性。線作為主要空間的關鍵考量是在小說主旨，而且這個主旨通常是圍繞著種種關於「路」的實況或比喻去設計。下文將兵分四路，由較早、數量最多的類型至最當代發展出來的主題，逐一具體析論台灣小說四種主要的路況。不管是任何一種，一旦讀者發現小說的主要空間是在途中時，約莫可以意識到某些改變或折衝即將上路了。

二、行路難

「行路難，行路難，多歧路，今安在？」李白這首古詩或許可以提醒早已習慣外出頻繁、移動快速的現代人，行路其實是充滿了各種危險與意外的變數。遙想在交通工具不發達的古代，離家往返不僅曠時費日，在通訊不便又缺乏精確地圖導航的旅途中，迷路或路況不佳都可想見，遑論還要克服客途的餐宿安排、難以預料的風土人情等等險阻。行道難，難怪古人安土重遷，呼籲不遠遊、遊必有方。既然道路兇險不宜久留，若有人長時間停留在原本僅是暫時性的通衢上，通常不是目的地發生狀況，就是無法決定目的地。簡言之，局勢不是已經產生變化就是正要發生變化。

以線作為主要敘事空間的第一種類型，是以路上實際可能遭遇到的狀況去做文學性的引申比喻，例如流落街頭的窘迫與原因、路上的危險與冒險、路線的選擇與後果；有的文本是藉道路的顛沛類比現實的困頓境遇、有的卻以此逆旅反向張揚冒險與自由的精神。此類型的文學流傳久遠，文本的數量、主旨與演變都最多。單是從台灣小說的範例中又可以再細分為兩類母題。第一小類是討論敘述浪跡道途的境況或何以致此，不然就是半途上可能遭遇到什麼意外的

---

7 朱天心，〈淡水最後列車〉，《我記得》（台北：三三書坊，一九八九），頁一三一—四二。

凶險、特別是危機時的處理方式與心理轉折。第二小類脫胎自英雄史詩的原型，以遇險犯難的挑戰作為自我成長的考驗，以及由此延伸但有所變化的女性版的自我成長。由於道路／戶外，性質上就是具有公共性的社會空間，這些文本或多或少都會牽涉到集體與個體的關係或矛盾，不過後一類的重點通常側重於個人的蛻變與成長。

描述路上流離與風波的敘述模式起源甚早，在台灣新文學發軔不久的一九三二年，即被楊守愚巧妙的用來諷諭日本統治下台灣人民的處境。小說〈瑞生〉一開始，主角瑞生就已經在市街上徬徨了。在大街上，他曾經短暫受聘過商家、失業後當起流動攤販又被警察取締罰款、然後又回復到沿街東奔西竄找尋工作的循環中。背負著鄉下老家賺錢期望的他，無顏返鄉也不好意思久住友人家中，眼見盤纏用盡，只好露宿街頭，飽受眾人的輕蔑與懷疑。[8]在這篇小說中，街道的重要性不言可喻。一方面就表層的故事安排，主角的工作、飲食和居住全在這裡；深層的原因是，市街不僅只是公共領域，更是公權力強力展示與管轄的空間。任何買賣消費甚或群聚議論等公私言談行為都必須通過警察大人的認可。主場景設置於此，正是個人與大眾、商業與法律、統治者與被統治者的衝突對抗的交會樞紐。瑞生的有家歸不得、窮途末路，表面描寫的是台灣人在異族殖民下的處境，何嘗不無影射國族寓言用意。類似市街或十字路口的空間意象，是日治小說常見的政治暗喻，即使不是擔任主要空間的功能也隱含外部環境的指涉。

日治時期台灣人的流離失所、餐風露宿，在二戰結束初期並沒有立刻獲得解決。比起流浪街頭更嚴重的路的相關比喻——跑路，成為政治小說裡時常出現的場景。國民政府接收台灣後爆發的一連串政治衝突和血腥鎮壓，不只使得返家的路途迢迢有的還開始了亡命天涯的跑路，葉石濤就有兩篇戰後初期的小說描寫進退失據的窘迫。〈歸鄉〉一開場是在渡海的船上，日治時期不見容於統治者而逃離海外的台籍游子，終於等到戰爭結束，他迫不及待要返鄉與妻子重逢。登岸不久熱烈的情緒急降谷底，路邊一副投海身亡的女屍竟然就是他的妻子，疑似因久候歸人不果而輕生。旅人喪失了唯一的家人，即使返鄉也等於無家可歸，原以為即將抵達的目的地化為泡影，旅人的客途無邊際的延長。[9]寫於一九四七年的〈三月的媽祖〉更明顯的是影射二二八事件。整篇小說只是描寫一個逃犯在跑路時的獨白以及逃跑的過程，並沒有交代主角犯的是什麼罪。然而隱微的從字裡行間透露出這是嚴重到讓執法當局要鋪天蓋地的緝捕、而且會株連親友的大事。他不是殺人犯，「但為了大多數生存的必要」、「殺死了那種人是等於做了好事的」原因，在他最後氣力不支倒地時，陌生的村民卻會願意讓他暫時藏匿。[10]

跑路並非是不法之徒以及底層階級的專利，位高權重的主導階級一旦勢力不保，照樣如敗家之犬般恓惶奔竄。張大春的〈干戈變〉故事背景設置在古代，彷若歷史小說的內容對大撤退的刻畫以及對敗戰將軍執念的諷刺似乎又隱隱有以古諷今的微音。小說主要描寫淝水之役慘敗後，苻堅急急撤逃的狼狽，一邊回憶兩軍交戰的壯烈，一邊後悔不聽忠良勸阻。面對緊逼在後

8 楊守愚，〈瑞生〉，收入施懿琳編，《楊守愚作品選集（下冊）》（彰化：彰化縣立文化中心，一九九五），頁二五九—二七九。
9 葉石濤，〈歸鄉〉，《三月的媽祖》（高雄：春暉，二〇〇四），頁六七—七三。
10 葉石濤，〈三月的媽祖〉，《三月的媽祖》，頁八七—九六。

的追兵以及即將傾覆的政權，敗軍之將在退此一步即無死所的困境中猶懷抱著春秋大夢。[11]雖然〈干戈變〉與〈三月的媽祖〉的逃亡者身分和原因大相逕庭，相同的是，跑路同時意味著路線的選擇。表面上，跑路似乎是無奈、被迫的無家可歸，深層裡卻又彰顯著一種寧可痛苦著拖延、僵持待變也不願順從歸化的意志。只不過，〈三月的媽祖〉代表的基層的、對執政者的反抗，〈干戈變〉反映的卻是當權者乾坤獨攬的帝王夢。

動盪時代中，不管是權貴庶人多少會遭遇到政治路線的選擇關口，承平時期一般人最容易碰到的狀況不過就是行路安全。張大春另有兩篇小說，一篇描寫走〈夜路〉，另一篇則描寫高空纜車停電時〈懸盪〉在半空中的眾生相。〈夜路〉敘述一個夜歸的上班族，走在空蕩蕩的馬路上心裡止不住的忐忑：怕野狗、怕撞鬼，最後真正遇到的是宵小搶劫。[12]相較這篇用輕喜劇的方式諷刺最可怕最難提防的妖魔鬼怪是人，〈懸盪〉則以類似情況劇的危機表達人的善良面。小說情節很簡單，一車廂陌生人突然遇到纜車故障。懸掛在纜線中途，有的騷動、有的安然、有的開始設想最壞的狀況，最終在克服了一個小小窘況後達成某種同舟共濟的默契。敘述者從自憐如過河卒子般進退不得的孤絕感，到滋生同路人的親切感。當纜車再度行駛時，他和車廂裡的眾人交談熱絡彷彿一同參加團康活動的熟人。[13]這種在半途遇到突發危機時人生百態，起初自保自私到後來團結度過難關的敘事模式，其實在許多通俗電影與電視影集中屢見不鮮。特別是一些災難片，如早期好來塢的《海神號》、《鐵達尼號》到近期韓國的《屍速列車》等，都是道路危機類型的應用與變化。即使敘事重點聚焦在驚險情節與視覺畫面，人性的溫暖至少會用來讓人物角色以及觀眾在緊張歷險過程時舒緩情緒的調節劑。

越是冒險犯難，越能顯示英雄本色。沒有比明知山有虎、偏向虎山行更能表現男子氣概的。第二種一路上克服萬難、甚至特地挑戰人人迴避恐懼的危險，最後建立男性主體性的冒險之旅，是西方古典騎士傳奇的敘事原型，後來的朝聖（pilgrimage）故事以迄當代男性成長小說偏愛的時空型。巴赫金討論早期希臘小說以及其諸多變化型時指稱，即使故事裡的主人翁歷經漫長的時間與眾多空間的考驗，旨是證明其人格或理想的不變性，十八、十九世紀以後的考驗小說才會把現實時間與世界跟人的成長變化結合在一起。[14]後期隨著西方帝國主義的擴張，是類小說更將男性的成長與探險連結上了殖民主義，成為種族優越論述的同謀。[15]在中文小說傳統中，《西遊記》應該是最接近希臘傳奇小說的時空型態，所有的時間與空間的考驗只是證明唐僧心志的堅定不移以及天命之不可違抗。日治時期日本作家諸如佐藤春夫的〈霧社〉亦時不時在踏查台灣的行程中流露出男性／統治者的優越感。[16]不過，爬梳任何國別文學並比較異同，或者論證文本再現與外緣勢力的互文關係，並非有限篇幅足以涵蓋。本文想聚焦的是敘事模式的基礎肌理，爾後方能更深入討論小說如何被使用、如何因時因地因人而調整變化。

---

11 張大春，〈干戈變〉，《雞翎圖》，頁二六七—二九四。

12 張大春，〈夜路〉，《雞翎圖》，頁一一四—一三二。

13 張大春，〈懸盪〉，《雞翎圖》，頁九—三〇。

14 巴赫金，〈教育小說及其在現實主義歷史中的意義〉，《巴赫金全集》第三卷，頁二一五—二三四。

15 參見R. Phillips, *Mapping Men and Empire*（London: Routledge, 1996）.

16 佐藤春夫著，邱若山譯，〈霧社〉，收入《殖民地之旅》（台北：草根，二〇〇二），頁一四九—一九〇。

職是之故，即使無須多提戰後跨海而來的男性（軍中）作家的身分以及文壇主流對懷鄉論述的提倡，單單從閱讀司馬中原的〈獵〉中都能聞到濃厚的雄性賀爾蒙，深得是類男性冒險勵志小說的真傳。小說敘述新手獵人石柱兒跟隨資深獵戶們去原野上打獵，雖然父親是獵人們中的傳奇，但是初出茅廬的他並不被大家看好。為了證明自己，他提槍隻身上路，深入野林挑戰獵殺惡狼的不可能的任務。第一次，他捕獲了一隻紅狐並邂逅一位美麗的小姑娘；第二次，他終於驚險地殺死為害鄉里多時的大野狼。他的英勇不只證明他更勝父親的才智膽識，也讓他贏得小姑娘的青睞。滿載獵物而歸，通過了從少年成長為男人的考驗。[17]

在以男性為主導的文化文學想像中，男性是獵人與保護者、女性則是獵物或被保護者。半路上即使遇到豺狼虎豹，主角都有可能變成英雄武松，在通俗武俠小說中，主角甚至吃了或是馴服了這些奇禽猛獸後功力倍增；相反地，單身女性的行路安全幾乎是世代相傳的警語。李永平的〈好一片春雨〉延續此類亙古的想像邏輯，宛如不見奇蹟出現的現代中文版小紅帽。十三歲的小姑娘秋棠奉母命到鄰村探望姨媽，傍晚時分返家。熟門熟路的山徑上雖然斜風細雨，但是田野綠柳蔥籠、煙雨人稀、向晚天色暈灩，擎著油花紙傘，倒也寧靜喜樂。一逕詩情畫意的風景與心境隨著陌生男子的出現逐漸飄搖變化。小說將近結束時，男子乍然抖出沿路殺傷擄掠得來的錢財首飾，明白威脅小女孩乖乖隨他擺布，之前蓄意刻劃營造的盎然田園突然變成叫天天不應的洪荒。無預警間，無邊的黑暗覆蓋女孩燦然繽紛的前途，家已然是可望不可及的彼岸了。[18]

毫不意外地，弱女子的形象絕對無法滿足現代女作家的性別想像，李昂初出茅廬的短篇

〈花季〉就有別出心裁的調整。小說沒有任何情節可言，有的只是一個突發逃學的中學女生隨著花匠去花圃選聖誕樹，沿路上的種種心理幻想而已。說是幻想，其實更接近於性啟蒙之旅的探險。敘述者因為嚮往王子公主攜手共度聖誕節的浪漫而興起購買聖誕樹的欲望，她並未預料到花匠會殷勤地用自行車載著她離群去選購。原先她只認識到兩性的吸引力，一趟意外的孤男寡女的路程，她意識到了女性作為性對象的危險與暴力。對於女性身體的性意識同時啟動了她的女性自主性。當她思忖著遭受攻擊的可能性時，她因為相信自己身體的力量而選擇繼續旅程，「我是一名快跑健將，我不相信我會輸給那麼一個已近殘年的男人」[19]；懷著恐懼又好玩的心情，她留心著沿途的地形路徑，處處設想逃跑的路線和搏鬥的工具。雖然故事平淡落幕、花匠純粹只是好心，但是通過了此一性冒險想像的歷程，一個粗具女性意識的英雌隱然上路了。

從上述幾篇文本可以注意到路的兩個性質。第一，路的開放性與公共性伴隨著危險，而這種歷經空間的時間過程蘊含著對自我或社會的探索。第二，路的公共性與冒險性，使得道路在使用和文化象徵上偏屬為男性的社會空間。這兩種性質的連結，不僅讓沿路的自我探索成為古典到現代文學中的母題，甚至成為當代電影中具有代表性的次文類。上路（hitting the road）代

17 司馬中原，〈獵〉，《加拉猛之墓》（台北：文星書店，一九六三），頁一九三—二三六。
18 李永平，〈好一片春雨〉，《吉陵春秋》（台北：洪範，一九八六），頁一八九—二一一。
19 李昂，〈花季〉，《花季》（台北：洪範，一九八五），頁五。

表自由與探險，是美國拓荒歷史與神話的空間與行動象徵。公路電影是好萊塢類型電影傳達典型的美國夢，陌生的道路既展現出無限的開放性，無邊無際的盡頭處卻隱隱散發著出對未知疆域的焦慮與緊張。公路電影內容形式眾多、美國的與歐洲的亦有區隔，但共同點是皆把道路隱喻成探勘生命意義和目的的途徑「這趟旅行既是文化批評的，也是對社會和自我的探索。」[20]旅行不啻是探索、發現和轉變。許多批評者早已指出公路電影傳統上也是男性的電影。女性通常和家庭關係責任的意象結合，在地理上和社會移動上限制較多。上路則代表遠離家庭、婚姻和職場軌道，投身未知道路的文化意義。特別是公路電影裡的交通工具，不管是轎車或機車，都是機械—傳統上與男性連結的意象；女性一般只是駕駛座旁的乘客，擔任消極輔助作用的角色。一九九一年雷利史考特（Ridley Scott）的《末路狂花》（*Thelma & Louise*）是最有名的分水嶺，兩個女性輪流上駕駛座，從父權體制出發蛻變成為亡命天涯的非法之徒。[21]九〇年代以後女性公路電影增加不少，目的包括遷移的、冒險、逃避和再定位的，反映了女性的移動已經容易頻繁得多，從中上階層到中下階層都有，雖然還是沒有像男性移動那麼容易。[22]

雖然近年來台灣電影也出現較多作為某種自我挑戰和認識台灣的公路類型，但是小說裡類似公路電影的文本並不常見，最具備公路電影精神反倒是見諸於聶華苓的女性主義小說《桑青與桃紅》。桑青與桃紅分屬女主角的舊我與新我。小說分由桑青的日記描述一九四五年的瞿塘峽、一九四九年前後的北平、一九五七—九年的台北、一九六九年美國的經歷與心理轉折；桃紅則由一九七〇的四封致移民官的信交代她自我命名為桃紅後的行蹤。小說涵蓋的時空雖廣，基本上都是主角不斷在遷移逃離的過程。值得注意的是兩個敘述者現身空間的區隔。一直處於逃難狀態的桑青，出現的空間主要都是定點，而且是有某種封閉屬性的定點：一開始擱淺在險灘的船上、被共軍圍城中的四合院、躲避通緝藏匿的閣樓以及美國的小鎮與移民局審問室。桃紅的主要空間則是無止境的線；她只有一開始出場的空間設置在點——家徒四壁的公寓房間，接著就是以搭公車、搭便車或步行的方式漫無目的的在美國的公路上奔走遊蕩。[23]值得注意的是，一般美國電影中的公路形象屬於開放式空間，筆直無邊際的公路暗示著重新創造自我生命的自由與機會，主角身分傾向是個尋求自由或逃避的流浪者或叛逆者，使用的交通工具多是個人（敞篷）轎車或重型機車。[24]就流動的方式而言，桃紅比《末路狂花》協伴駕駛出逃的女主

---

20 Ewa Mazierska and Laura Rascaroli, *Crossing New Europe: Postmodern Travel and the European Road Movie*（London: Wallflower Press, 2006），pp. 4-5.

21 同上註，pp.162-4。

22 其中許多女性公路電影著重的依舊是女性在路途中的危險性，有的直接隸屬於公路電影中的公路恐怖片次類型，參見Ewa Mazierska and Laura Rascaroli, *Crossing New Europe*, pp. 198-199。

23 聶華苓，《桑青與桃紅》（台北：時報，一九九七）。如上一章所提，這種由家（點）出走上路的點線的模式，是許多女性解放小說常見的空間組合。

24 Ewa Mazierska and Laura Rascaroli, *Crossing New Europe: Postmodern Travel and the European Road Movie*, pp. 4-5. 不過美國公路即使隸屬各州政府卻是同一國境，歐洲公路則是由許多國家、文化和語言組合起來的公路，分屬不同的地理、政治、經濟邊境和習俗。相較美國文本強調的自由與個人，歐洲版的重點是在跨越國境或者穿越有落差的區域景觀，如城市到鄉村或不同區域的文化和特徵，或者是新生活追求，尤其是牽涉到移民的議題時。此外，歐洲主角多是一般普通百姓，為了工作、移民、交通或過節等具體理由而移動，傾向使用大眾運輸工具如火車與

角們更獨立果敢。她的完全隻身上路，不僅代表她徹底棄絕所有的財產和人際，更凸顯她連轎機車的高速移動性所提供的安全庇護都不需要。大膽憑藉自己身體的力量與才智投身沒有法則規範的路途，領略變化萬端的景觀與人群。即使偶而遇到驚險的路況與怪人，桃紅依然能夠安然度過。桑青在線狀的逃離過程中在定點的駐留，暗示她尚處於欲走還留的過渡，桃紅則不停換線切線，連中途也以廢棄水塔暫居，象徵其不求安家落戶之心、彰揚流浪游牧主體（nomadic subject）的轉變。

綜合以上兩種行道難的模式，不管是側重路上的顛簸險阻或是以犯險作為成長的考驗，路途的實際功能與危險是小說引申隱喻的重要依據。路的公共空間性質以及主導空間實踐中的勢力，也會與小說主角代表的個體身分或隱或顯地形成對照架構，有時是證明社會與個人的融合依存、有時則是強調兩者的衝突矛盾。下一型將主要空間設置於路上的小說則是把路抽象化，以通路本身的相關性質類比某些生命價值路線的選擇過程。

三、人生路

第二種以路為主要空間的寫法是把路的中介隱喻，做一種人生處境的比喻。這一型有點像上一類的變形，有時主角可能在路上不明因素而彳亍踟躕，甚至遭遇到偶發、離奇、突兀、荒謬到難以言喻的危機，但重點都不在發生了那些實際具體的事件。路的功能及其引申不重要，這一型側重的即是路本身的哲思性隱喻。從定義來看，路既是兩個定點的連通，線就具有未被定位、沒有歸屬、中間地帶的特質。兩造之間蘊含某種擺盪和猶疑的張力、中介兩種或多種想法文化取向的碰撞聚合，志同道合者得以殊途同歸，而道不同者分道揚鑣。路的遠近高下、通衢或迂迴的屬性又與生命中若干階段與狀態吻合。後者尤其是現代主義小說偏愛採用的空間形式。

朱西甯的〈騾車上〉沒什麼情節，基本架構只是主角老舅在返家半路上搭載著一個熟識的小氣地主，古道熱腸的老舅沿路鼓動地主發揮影響力阻止他的佃農賣祖地給日本走狗。兩人脣槍舌戰推託拉扯的分歧無非是自掃門前雪跟熱血民族主義之爭。騾車慢慢地走，路上路旁皆為背景，小說的重心是兩個人分別代表的利己與利他的信念與做法，藉著不期然的同行相互爭辯摩擦，最後產生某種妥協或結果。[25]這種以路作為中介，進行不同的價值和文化衝擊的寫法行之有年，上文提到朱天心的〈淡水最後的列車〉亦可歸為此一路數。

將路作為人生階段生命或心理狀態的類比，則是受到現代主義影響後常見的寫法。是類小說的人物通常不多、甚至就是只有主角一人，莫名間就置身在一個前不著村後不著店的路上，孤身感受著陌生或疏離的異鄉感。七等生〈漫遊者〉描述一個服刑出獄的殺妻犯傍晚的時候出門訪友，他看著沿路的變化一路往市郊慢行。城內新的工廠與建設陸續興起，新的藩籬和鐵絲網占據地平線與天際線，郊外的自然景觀髒亂零落。極目種種意象先堆疊出他內在對外在環境

巴士。

25 朱西寧，〈騾車上〉，《狼》，頁七—二四。

的扞格，接著就以路人對他投來懷疑戒備的眼光，點破外在社會對他的拒斥。他原來信步而行的目的地是朋友們的家，不意尋訪的友人不是出嫁就是過世。無人認識歡迎他的結果意味著被接納的落空，以及孤獨狀態的延續。他只好轉往山嶺的墳塚間尋覓，暗示著或許那裡才有他最終的同伴與歸宿。[26]李昂早期的〈海之旅〉、〈長跑者〉以及黃春明極少數的現代主義小說〈城仔落車〉也都試圖用路途中的荒謬與迷惑類比生命的過程意義。李昂的兩篇小說一篇是女性主角要去海邊，然而在巴士似乎闖入某種神祕的禁區後，一些奇怪荒誕的人陸續上下車，似真似幻的性／暴力／引力像是真實地發生過又像是作夢；另一篇則是男性主角不停地在迷宮般的森林奔跑逃竄，逃出森林的盡頭時迎來了扣下板機的獵人。[27]寫實主義小說大將黃春明也曾用類似的手法嘗試寫過一篇現代主義的〈城仔落車〉。小說描述一對不識字不識路的祖孫搭車迷路，延誤了和女兒及未來女婿會合的時間。這個弱勢家庭終結苦難的轉機取決於未來女婿是否願意接納這一老一殘。無法抵達終點站就意味著幸福彼岸的延遲。小說的懸念在於，當祖孫兩人歷經種種找尋到達預定的目的地，是否能就得到預約的幸福？[28]三篇的主旨雖然各自有異，不約而同的是運用找路的狀態，譬喻生命階段中的某種囚困狀態以及尋覓出口的渴望。

同樣是呈現現代小說常見的孤獨與荒涼感，袁哲生的〈送行〉用寫實主義寫法刻劃人生路上的萍聚離散。小說揭幕於某個無名的南部小候車站，夜半北上月台只有四組乘客：一組是兩名憲兵和上銬的逃犯、一組是父親和中學兒子、另兩組是少婦帶著幼女、還有提著雞籠的老婆婆。父子檔是刻意守候要與逃犯兒子搭同班列車北上，然而面對執法森冷的憲兵與尷尬緘默的大兒子，父親的關心只能透過替大兒子穿上和脫掉襯衫來間接表達。大兒子在台北下車後，父子倆繼續坐到基隆終點站，這次換小兒子送別父親出海跑船了。趁著回學校前的空檔，小兒子約了同學見面打棒球，好不容易愉快一點的心情卻被同學爽約而破壞，悶悶坐上公車回學校，又因為坐過頭而得自己走山路返校。整篇小說瀰漫著一股無法對話、再三分別、不斷落單的寂寥感。小說裡的父親與兩個兒子如此；老婆婆一直想求助憲兵與路人的指引，不識字不懂國語的她只能似懂非懂的在陌生旅途中狼狽找路；帶著幼女的少婦短暫與先生會晤後又被拋棄，一度留下女童讓中學生照看，兩個沒有親人在身邊的小孩在雨港清冷的候車室裡無聊地等待著少婦是否回轉。所幸少婦如約帶走女童，但也讓中學生再度孤身一人。[29]

這篇故事的人物形象和對話瑣碎尋常，小說哲思的寓托很大部分仰賴空間的設置。小兒子全程都在路途中，期間只有短暫停佇在火車月台與候車室——本質上是離別與離去的中途站。火車這看似自由移動的現代性科技，在塞托（Michel de Certeau）的詮解中，是被底下的軌道牽引的結構性工具。車廂內，旅客被安插在被編號的座位上，「就像印刷字體一樣，置放在井然猶如軍事順序的紙張上。這種秩序是一種有組織的體系，一種理性的寂靜」。[30]原想逃逸脫軌

26 七等生，〈漫遊者〉，《來到小鎮的亞茲別》（台北：遠景，一九七六），頁三九—四三。

27 李昂，〈海之旅〉、〈長跑者〉，俱收入《花季》，頁九一—一〇九、一一一—一四二。

28 黃春明，〈城仔落車〉，《莎喲娜啦．再見》（台北：皇冠，一九九〇），頁二四八—二五四。

29 袁哲生，〈送行〉，《寂寞的遊戲》（台北：聯合文學，一九九九），頁九八—一一一。

30 Michel de Certeau, translated by Steven Rendall, "Railway Navigation and Incarceration," in *The Practice of Everyday Life*（Berkeley: University of California Press, 1984）, p. 111.

的大哥被憲兵抓回來坐火車移送入監，諷喻著法律規範的太上無情；但在人生的常軌中，第二重的諷刺在於，戀戀不捨父子分離、似乎留戀家庭團圓的父親，依然如常出海遠颺。行行重行行，親如父子兄弟、疏如萍水相逢的路人，即使短暫同行相伴，終須一別。但這還不是悲傷的終結。小說最後，公車坐過頭的小兒子連同車人都沒了，隻身走山路返校，宿舍暈黃的燈光似乎透出一種接納的溫暖，一整天在路線上的波折終於抵達了定點。小兒子從在外閒晃到回歸團體，呼應了一開始大兒子的脫軌又回復常軌，暗示著離與返，線與點，兩種交互增衍的欲望。然而，進入目的地前，門口守衛的一聲詢問「誰啊」，猶如直探生命最底蘊的禪宗大哉問。不管經過的路途如何，作者似乎藉此，偈問人生終點都將面臨「我是誰」這個存在主義的命題。

四、沿路風景

第三種路的性質既不借重明喻也非關隱喻。路只是通路、過道，本身並不重要，重要的是路旁的事情、風景的變化或者街頭巷尾發生的事件。路比較像是輸送帶，是透明或隱形的工具性質。敘述者有點像是導覽員，敘述存在或曾存在的人物、歷史或地景。這種道路敘事的類型年代久遠，在西方中世紀騎士小說中出現類似的原型。巴赫金曾經分析過此類道路時空型中有一個重要的特點，亦即道路在自己的祖國內延伸，而不是在異國他鄉。沿著道路風景揭示和展現的是本國社會歷史的多樣性，如貧民窟、渣滓、竊賊世界。儘管這些五彩繽紛的風土景觀有時奇風異俗得有異國情調之感，那也只能是社會性的異地風味而非嚴格意義的異國情調。[31]對於不熟悉西方文學傳統的中文讀者來說，乍聽起來似乎抽象玄虛。回溯中文說部的源起，所謂「稗官野史、街頭巷議」，不正是路上看來聽來的故事？道聽途說，恰恰說明了路是中文小說發生與傳播的場所，只是它的導引屬性讓注意力集中在路上人事與景觀而忽略了此一空間的重要。

在楊守愚一九三〇年發表於《台灣新民報》的〈十字街頭〉，明顯看得到馬路史家的社會批評功能。故事很陽春，敘述者我在十字路口看到一堆人聚集，湊近細聽才知道有個路邊小攤被無理的日本警察整攤踢翻，結果攤商去警察局理論反而被關進監牢處罰。一干路人就站在街上非議統治者的不是，直到巡查大人現身時才一哄而散。[32]此處，馬路既是事發地點、也是某種不合法的公共議論廣場。對於殖民時期以迄戒嚴時代不被允許享有集會自由的台灣人民而言，馬路猶如非法的輿論廣場。因為不合法而蘊含挑戰意味，而其開放空間的特性更具備流動性的優點，讓抗議者快速聚散。既然是在公眾場所被目睹或評述的事物，敘述者即使是第一人稱的評議也彷彿只是客觀的報導傳播，以田調的證詞提出另類的小敘述。

鄭清文的〈最後的紳士〉和王家祥的〈柴山99號公車〉，兩篇時代、主題迥異，很少人會拿來相提並論的小說，就道路的敘事功能而論，實有異曲同工之妙。〈最後的紳士〉是老紳士從家裡出發參加朋友葬禮到返家，沿路上對市鎮的舊日景觀風貌人情的巡禮與追念。出門時他

---

31 巴赫金，〈小說的時間形式與時空體形式〉，《巴赫金全集》第三卷，頁四四四—四四六。

32 楊守愚，〈十字街頭〉，收入施懿琳編，《楊守愚作品選集（上冊）》，頁五七—六一。

隆重地穿上年輕時吸睛的白西裝，如今過時且不合身的老紳士作派只讓他引來路人訕笑的注目。返往之間，時空場景猶如走馬燈的明滅。悼亡的漫遊，彷彿也是告別他過去喜愛或認同的良善，甚至預見著自己的凋零。撫今追昔的懷舊情懷攙雜對於時下社會家庭變遷的淡淡批評。[33]如果曾經見證過的事物，可以運用寫實性的回憶來重現，那麼遠古的或者只存在於鄉野奇談的風物該怎麼再現？王家祥的〈柴山99號公車〉應用魔幻般的故事，讓敘述者搭上深夜的列車，從當代都會的商業觀光區啟程，在沿線停靠中逐步認識高雄兩三百年來種族來往衝突、一路駛向密林深處的古代矮人族和巨人族部落。如真似幻地導覽了曾經存在或傳說中的柴山地貌、人種、物種與生態文化。一趟滿載著幽靈乘客的公車猶如夜半加映的觀光巴士，帶領讀者返觀被遺忘、甚至有考證難度的歷史與地誌。[34]融合著方志、地誌與民族誌的懷舊行旅，似乎也只有召喚幽冥的力量才能穿越物質現實的時空障礙，重新見識歷史長河中的台灣文明發展。

無獨有偶，甘耀明的〈神祕列車〉也是運用虛實掩映的敘述講述一段禁忌的家族傷痕。小說的主角是一位少年，同樣搭乘夜半火車，他的目的是想碰碰運氣看是否能夠目睹一列阿公搭過的神祕列車。根據阿公的說法，曾經有過一艘不見諸時刻表、卻適時出現載他返家探望病妻的夢幻火車。一車上的乘客，恁是再厲害的鐵道迷，都沒人聽過不在班表車次上卻會深夜出現的謎樣蒸氣列車。車廂內意外地有個老人搭乘過一班神祕列車，那是大陸逃難潮中父親把十歲的他綁在火車頭邊，疾駛了一天一夜、奇蹟似逃離獲救的車。老人口中逃離家鄉的火車顯然並非是少年阿公搭乘過的返家列車。少年父親的記憶中也有一班神祕列車。某次家族例行往返新竹台中的假日之旅，當火車在爬坡段龜速慢行時，長年藏匿山區躲避通緝的政治犯阿公，突然綁著一身的野薑花自野地奔竄而出、追上火車、跳進車廂，送給一向只能隔著車窗玻璃遙寄思念的妻兒。阿公的現身，終於讓父親解開為什麼貧窮的母子們不惜舉債常坐火車旅行、而且指定坐在窗邊的疑惑。少年知道的家族歷史版本中，阿公因被特務散播阿嬤病危的謊言誘騙落網，自此監禁在火燒島上，直至夫妻天人永隔。究竟，阿公訴說的神祕列車是真實存在抑或只是希望中的鵲橋呢？少年的鐵道行不在於驗證，文本中的三輛列車——阿公的神祕列車、父親家庭閃聚的車廂、陌生老人的逃難火車，各自引領出兩岸近代政治中家族分離破碎的傷害史。火車載著讀者，行駛在一段段被遺忘、被掩蓋的歷史軌道上，這個不愉快的回顧過程即是小說通往的目的地。[35]

政治衝突造成的家庭與歷史的傷痕並非台灣獨有，伊格言的〈拜訪糖果阿姨〉為暴力與殺戮形塑出廢墟似的末日文明。小說的時空座標一如題目指涉的童話故事，設置在模糊不明的國

33 鄭清文，〈最後的紳士〉，《鄭清文短篇小說集》（台北：麥田，一九九九），頁七九—一〇五。

34 王家祥，〈柴山99號公車〉，《金福樓夜話》（台北：小知堂，二〇〇三），頁一三一—一七二。

35 甘耀明，〈神祕列車〉，《神祕列車》（台北：寶瓶文化，二〇〇三），頁一六—二九。同本小說中另有一篇〈迷路公車〉，此篇小說跟王家祥的〈柴山99號公車〉有所雷同，一樣是一輛看起來就很不真實的公車在遊晃。車上有來自不同時空的乘客，有古裝打扮的劍客、日本軍官、搖滾樂歌手、農夫、學生、老師以及穿夫子裝的老學究。不過漫無目的在都市行駛的公車並非為了地景巡禮，而是在迷途的暗黑人生旅途中梭巡方向的現代主義式象徵。此篇的道路作用與〈神祕列車〉不同，屬於本文歸納討論的類型二。參見《神祕列車》，頁二三七—二五一。

度，在一條人車罕至的偏僻路上父親牽著小兒子要去探望糖果阿姨，父親哄騙著又累又渴又不耐煩的幼兒繼續往前走。直到故事結尾，謎底才揭曉，原來他們是要去精神療養院探望被內戰時血腥武力逼瘋了的母親，為了減緩小孩心理的負擔，父親讓小孩暱稱已經無法識人的妻子為糖果阿姨。就像童話故事裡會出現的景物，沿途上他們經過了小村莊、看到矮矮門戶裡走出來的老人、小羊群，還有遊樂區；然而現實中，那是戰火肆虐後斷垣殘壁中倖存的獨居老人、草木不足以餵食的飢餓牲口，和泥水牆面塗裝的破敗遊樂設施。在父親回想中浮現的幼兒園，是與妻子逃難途中經過、充滿被炮彈轟炸得肢解散落的幼童軀體，嚴重導致妻子精神狀態解體崩盤的人間煉獄。[36]這一篇仿寫童話敘事的黑色寓言，帶領讀者目睹的是野心爭鬥後環境、文明、家庭與個人的浩劫。在現實的夢魘森林中，幸福快樂歡笑的欲求只有在童話傳說中找到永恆的可能。

在這個類型裡最複雜也最具野心的當推朱天心的〈古都〉。小說中稍微稱得上情節骨幹的僅是，十七歲時的同窗好友睽違多年後約了敘述者我在京都會晤。文本的第一部分因而敘述我的青年和童年年代的台北景觀；第二部分主要敘述獨自等待友人到來的我在京都的巡禮，時不時因某些相似的符號回想起台北，直到確認友人將失約而提前返台；第三部分則在返台後被誤以為是日本遊客，決定將錯就錯喬裝日客，依循著標示日治時期台北的現代日文地圖遊覽。[37]誠如許多學者的評論，這篇文本主要是做台北和京都的雙城互涉比較。細緻一點的說法是三個時期的台北圖像，當代的、青少年時代的、以及日治時期的。敘述者分區描述所遊所見景緻，由空間的美醜喜惡暗藏對時代的評判，歸結出退步的史觀。三個時空的台北評價每況愈下，愈當代愈不堪。不管是因為都市開發或政權文化的轉移，越來越墮落傖俗的台北城離京都原型的美感與文化越來越遠。京都雖然是文本中最高的城市指標，在敘事之外的歷史基礎是，唐代長安才是古城京都的建置藍本。鑲嵌在台北地景的古都原型，究竟是京都還是長安呢？作者的政治寓托或許遙指遠古中國。但對讀者而言，一個時代的城市地景取代了另一個時代的地景，一層一層的刮除疊覆之後，理想原型早已湮沒變形。漁人在層層時空梭行後，遂迷所向路，漫遊者的桃花源無異於都市傳說、理想國始終只能在象徵想像中追尋。

不管是馬路實境轉播、歷史事件和人物的變換、權力爭奪更替中景觀文化的翻覆重寫，作為主要敘事空間的道路本身是隱形的。道路只是附屬於主角或敘述者的腳步，連背景都稱不上。甚至作為前景出現或發聲的小說人物只是充當導遊的功用，身旁的景、事、物等看似流動的布景或背景卻是敘事故事中眞正的重心。相較於前兩種路線的功能，第三種類型的路的重要性更低；不過，或許最能反映日常生活中我們使用道路的態度，踩在腳底的不會看進眼底。

五、文脈與迴路

第四種的線路是作為小說情節的後設比喻，跟物質現實中的道路與其譬喻脫節。換言之，

---

36 伊格言，〈拜訪糖果阿姨〉，《拜訪糖果阿姨》（台北：聯合文學，二〇一三），頁二七—六三。

37 朱天心，〈古都〉，《古都》（台北：麥田，一九九七），頁一五一—二三三。

第四型是對小說敘述主線、支線、單線或複線等藝術形式進行類比。文本中雖然也出現道路或旅途，性質卻是形式布局的自我反涉式（self-reflexive）後設性敘述。這波影響台灣後現代小說的時空概念主要是波赫士（Jorge Luis Borges）的《歧路花園》（*The Garden of Forking Paths*）和卡爾維諾的《如果在冬夜，一個旅人》（*If on a Winter's Night, a Traveler*）等開創出來的敘事路徑。波赫士的《歧路花園》展現了一個敘事的迷宮，故事外有故事、情節中岔出情節，每個文本像是斷裂的時空切片，又像是由不同詮釋路徑串聯而成的有機體。[38]卡爾維諾的《如果在冬夜，一個旅人》則以旅人的行程比擬閱讀的歷程，靠著或顯或暗的敘事線索引導，拼湊出系統性的真相。旅途開始，接著即是一連串的路口，在困惑、解惑、離開、重返、再疑惑再釋惑等意義懸置未明的追尋過程。每一個文本既像是陌生的旅途又像是其他文本的複本，時空切片的無限連結。[39]不像一般的寫實小說藉由直線的情節（或者輔以若干小支線）通往固定結局，後現代的小說粉碎單一故事時空場景以及詮釋的封閉性，取代之以無限的敘事迴路以及選擇性。對於文學和時空概念的大膽挑戰，打開了再現模式的新格局，吸引了許多台灣小說家加入實驗。不過回到本文聚焦的主要空間的範疇來說，需要指出的是，即使是上述這兩本標榜「旅人」「歧路」的經典著作，並非每個短篇都將路線當作主要場景。不管線作為主要或輔助空間、作為實際空間或者象徵空間，更意味深長的啟示在於，後現代小說時空型態的混沌曖昧甚至模糊了點與線的界定。因此這種類型雖然晚近出現，也是台灣小說中目前為止運用篇數最少的一型，本文還是另立一類，以此為指標性的觀察。

賴香吟的〈愛麗絲夢遊仙境〉顧名思義，是取材自知名童話故事作敘事形式的後設互涉。

小說裡的第一人稱我，是一位編劇，試圖編寫一個類似《愛麗絲夢遊仙境》（*Alice's Adventures in Wonderland*）的故事。根據路易斯卡羅（Lewis Carroll）原版的故事，愛麗絲在樹蔭下作夢，夢中她掉進一個樹洞然後進行了一連串的旅途，見識了各種奇怪的人事後悠然醒來。但是，小說裡這個愛麗絲跑著跑著竟然跑到辛朵蕊拉的房子裡變成一天到晚操持各種家務勞動的灰姑娘，而且雖然盛裝參加了派對，王子始終沒有循著玻璃鞋的線索追來。[40]也就是說，愛麗絲的情節開端卻莫名岔出接上了灰姑娘情節的中段，無法將錯亂的線導回原始設定的編劇，無能再推展出新的情節和結局。困在童話故事裡走不出、醒不了的女主角，既沒有迎來王子一起過著幸福快樂的人生，更沒有歷經奇異旅途的淬鍊後繼續進行自己的旅途。日復一日的重複與等待猶如無盡的夢魘，流逝的青春與歲月最後成為唯一的真實。

這篇小說巧妙地暴露傳統的類型故事與特定空間型態的關聯。文本將兩個故事亂套的後果是，小說原來預定的本事變成了殘局，快樂的童話變成一則殘酷寓言、一則存在主義的小說。混淆了兩個童話故事，也反思了幾種故事類型以及情節模式的預設。《愛麗絲夢遊仙境》是以線為主要空間的英雄歷險類型，強調在路上的流動、一關又一關冒險的女性成長故事，〈灰姑

---

38 波赫士於一九四一出版《歧路花園》，三年後再版時與《杜撰集》合併改為《虛構集》，詳見波赫士著，王永年等譯，《波赫士全集I》（台北：臺灣商務印書館，二〇〇二），頁五七一—七〇〇。

39 伊塔羅．卡爾維諾著，吳潛誠校譯，《如果在冬夜，一個旅人》（台北：時報，一九九三）。

40 賴香吟，〈愛麗絲夢遊仙境〉，《霧中風景》（台北：印刻，二〇〇七），頁七一—八七。

娘〉則是以定點為主要空間的家庭婚戀故事。兩個原本循序皆能走向快樂結局的故事卻在某一處線路斷掉後，雙雙轉變為悲劇收場。無法持續推進的故事線，以及缺乏線路連結的定點，猶如從象徵體系的鏈結中鬆脫，解構了類型文學預定的結局與意義。如果說線代表的是變化、變動、動態與連結，定點代表的是穩定、同質、靜態與封閉，賴香吟將由線主導的故事變成以定點為單一主場的手法，不讓兩個女性喜劇互文後的結果，成為警示女性的恐怖故事。更重要的是，就本文的宗旨而言，這篇短文清楚地為我們展示了點和線在擔任主要空間時的不同特質，以及點線次序組合對小說角色和主旨的關鍵性影響。

六、結論

在小說空間的配置裡，線大多時候是居於輔助性的功能，作為人物定點與定點間往返歷程的連結。定點與路線的來往時間以及連結方式既讓較為靜態的空間注入時間的多種意義，也讓敘述的頻率與張力產生更靈活的動態變化。由於定點是具備特定用途與範圍的活動空間，範域內的舒適性、安全性與認同性意味著某種同質性、封閉性與規範性。一旦線反客為主、作為敘事場景的主要空間時，通常暗示踏出定點所代表的種種常規的偏離。即使主角出發的時候以為是朝著一個可知的定點前進，途中卻可能因著自願或不自願的因素邁向不同的路徑，在停頓、轉折、衝突的分岔路口中反思社會空間與人生道路的合理性，最後也許是再次確定定點的意義以及返回常軌的欲望，也許是選擇了背反的方向。不管是對個人成長、對社會景觀、對敘事結構定規的思索，線以其流動性與不可預期性補充了定點缺乏的小說效果。本文梳理析論的四種以路線做文章的台灣小說不過是較為鮮明可辨的類型，至於其源頭、變化、各種時代中不同路線及交通工具的使用，皆是尚待開發的研究議題，期待對未知路途感到好奇的研究者接續上路。

第四章
小說「面」面觀

小說這個文類之所以具有讓讀者廢寢忘食、沉溺不可自拔的魅力，其中關鍵在於故事人物們的世界對我們產生吸引力。不管此一虛構世界是讀者熟悉的真實社會或是作者杜撰出來的奇異幻境，厲害的作家就是能憑藉幾個小說角色在特定時空間裡的活動，對現實世界的讀者傳遞認知上的意義。即使文本內敘述了幾百年、橫跨幾大洲甚或外太空，在文字堆積出來的有限篇幅中，小說人物及其生活世界只能是重點性描繪，利用局部放大投射的修辭幻術達成整體性的閱讀效果。單就空間的層面思考，文本充其量就是描寫人物在幾個定點街道活動的縮影。簡單的人物和空間，究竟為什麼能夠讓讀者在腦海裡組織成一個區域印象，尤其許多的小說空間是讀者全然陌生或根本現實不存在的地方。為了解答這些謎團，本文首節先將從小說如何由點線連綴成最基本的生活面談起。第二節則將空間範圍放大，探討那些打造出一個小村鎮或市區的小說，包括地誌書寫以及構建烏有世界的文本，在點、線、面的三個基礎空間型式上，如何搭配兩種空間敘述模式產生不同的效果。最後一部分將在基礎層面上做進階的變化型，探討如何在水平面上加入垂直線的縱深、將時間注入空間的二維座標，並綜觀不同點線的組合會造成面的何種效果。

一、小說的基本面

在細部分析所謂小說的基本面之前，有必要解釋一下此處的「面」與一般概念裡的小說世界不盡相同。小說世界，不管泛稱為narrative universal、fictional world或story world，最粗淺的指稱是故事角色在其所處時空裡的活動，其所發展的一連串事件皆是因應此環境背景的政治、經濟、法律、宗教、道德等歷史文化條件而產生。小說世界雖像現實世界一樣包含物質性與非物質性的層次，不同的是，小說世界的運作邏輯可以根據其獨特的世界觀運作，並不需要遵循現實世界的法則但要能說服現實世界的讀者。構築所謂小說「世界」裡眾多物質和非物質的層面中，空間面向只是其中一小部分的元素。正因如此，在許多關於小說世界的前行研究中，探討的重點往往擺在角色、敘述者、敘述觀點、對話或時間等更動態鮮明的部分而忽略了空間。然而，即使空間僅是背景或容器，倘若此一基礎不夠穩定可信，角色與事件的因果或意義都會有所動搖。結構語言學大師格睿瑪（A. J. Greimas）是敘事學研究者中注意到空間重要性的先驅之一，他和團隊們的研究明確指出，任何敘事在時間的規劃就跟在空間的規劃一樣重要。空間的規劃（spatial programming）會讓故事地方化而增加空間感，而且故事世界的建構即是仰賴主角進入不同空間的事件組合，例如廚房加餐廳或臥房加浴廁。[1]這個安排一方面讓讀者知道故事是發生在什麼國度地區、該用何種文化準則來理解人物及其言行，另一方面則由人物具體的生活空間組織出小說世界的樣貌與秩序。設想如果小說敘述主角跳上床洗澡或走進浴室吃飯，讀者會產生理解上的困惑，除非作者先解釋了故事所在的地方其空間功用與一般認知不同。同理，當某篇小說安排具有學生身分的主人翁一天裡活動的場所是家庭到學校到圖書館再到家庭，另一篇的活動範圍則是家庭到咖啡廳到電影院再到家庭，兩種不同的空間組成不僅暗示著小說人物的個性身分，這些選擇性的生活圈更凸顯著小說世界的重點。即使不看事件而先看空間安排，讀者也能察覺兩篇小說的主旨大異其趣。本文所謂的「基本面」就是聚焦由這些點線組織成的空間整體面，以及其組織邏輯與效果。

敘事文學中點線面的構成與常識上的理解不太相同。在幾何學裡的說法是兩個點構成一條線，三點決定一個面，但是在小說邏輯裡，運用象徵或比喻的修辭技巧，一個點即可擴大成一個面，一個面也可以縮小成一個點。事實上，遠在希臘戲劇理論的古典三一律中，即已鼓吹運用單一地點作為演繹人物悲歡的世界。這個典律雖然流於呆板爾後被推翻，但這種將單一定點

---

1 Algirdas-Julien Greimas and Joseph Courtes, *Semiotics and Language: An Analytical Dictionary*. trans., Larry Crist, Daniel Patte, James Lee, Edward McMahon II, Gary Phillips, and Michael Rengstorf（Bloomington: Indiana University Press, 1983）, p. 247.

放大為某種層面縮影的作法還是保留在當代小說中。我在專論小說中定點的第二章中，曾以魯迅的〈孔乙己〉和林海音的〈蟹殼黃〉分析整篇小說如何只利用單一定點輻射整個社會面向。不過，這樣的小說非常少見，畢竟整篇小說只用一個場所既顯得單調，也限制了人物和事件的發展，對中長篇小說的施展上特別顯得侷促。因此大多數的小說至少會由兩個點，一個主要空間和一個輔助空間，形構出故事世界。

或許會有讀者以某些聚焦人物心理描寫的內向性小說提出質疑，是類小說可以完全忽略外部空間而專注描述單一人物的心理世界，像這樣浸淫心靈世界的文本如何區別點與面？理論上看的確言之鑿鑿，就實際操作的細節上逐篇檢閱卻難以找到足夠的證據。小說是包含事件的，即使在敘事的現在式時間裡人物一動也不動、甚或沒有交代身處何處，只是做意識流式的冥想，但在人物回想或幻想的心理活動裡還是會有（過去或未來）在哪裡發生了什麼事的敘述。換言之，現在時態中的人物能夠透過心理活動將另一個空間帶入，而製造出空間性的對比。因此兩點的對比是常見的基本型，其中一個定點代表私領域內部空間，另一個定點象徵社會性的外部空間。或者更清楚的說，後者更有以點代替（社會）面的象徵作用。

以單個定點的縮影或兩個定點（一個私領域加上一個公領域）的對比，雖然可以發揮部分代全部的功能，側重的功效在於凸顯主角個人與外界的關係或矛盾。在這種二元關係中，僅以單一定點來涵括所謂的「外界」難免是簡化再簡化的選材。一旦文本企圖營造大範圍生活或具有社群性活動時就難以單一定點去代表空間全面。試想描寫農村或城市文化時，興趣背景不同、甚至相互衝突的一群人的活動空間總不能老是局限在單一所在，或是僅僅來回在主角的家庭與工作地點上。如此，故事既顯得單薄，又不合理。因此當文本想要營造層面大、多樣化的群像時，定點的增加勢所難免。增加多少或何種性質的定點可以依照文本的角色以及敘事重點而調整。如果只想重點性的增加，符合幾何學裡三點成一面的最低需求，簡單經濟的常見做法即是增加一個節點。

什麼是節點？我們先借助都市規劃研究大師凱文林奇的說明來認識節點（node）的定義與重要性。從位置上來說，節點是連結點，它是道路的交叉匯集點或者交通路線的中斷處，也是從一種結構朝向另一種結構的轉換處。這種連結的基礎功能使它產生了某種聚集的意義，尤其當某些功能或物質特徵的濃縮十分重要時，比如街角的集散地或是一個圍合的廣場。具有集中效果的節點會成為一個區域的中心或縮影，向外輻射其影響力。是類節點因此成為區域的核心或象徵。「許多節點會有連接和集中兩種特徵，節點與道路的概念相互關聯，因為典型的連接就是指道路的匯集和行程中的事件。節點同樣也與區域的概念相關，因為典型的核心是區域的集中焦點和集結的中心。」[2]視衡量的空間範圍而定，節點的尺度可大可小，最小可以是某個定點式的街角、車站、公園、大廣場、或是一節街道，寬廣一點可以是市中心甚至是整個城市或國家。只要是具有連接或集合人流甚至某種流向的場所即是可成為節點的地點。

了解了現實空間中節點的基礎作用，我們接續探討節點在象徵空間中的功能。小說空間的基本功能既是要製造出故事的合理性，主角與配角們在不同的生活空間移動活動時，必須要有

2 凱文．林奇，《城市意象》（*The Image of the City*），頁三六。

個眾人可以定期或不定期碰面的地點。挑選一個大家移動路線間的中介點，有利於強化這個虛構世界的空間合理性，讓讀者沒有戒心地接受這些興趣與背景迥異的角色是有機會在這個地點聚首的。當主配角們會合一處時，原本隨著角色們各自發展的情節線順勢得以收束集中，然後再分散、集中，如是一波一波推進故事情節。因此，節點在小說中不僅是空間性的、亦有敘述性上的意義。小說中的空間節點既有連接人物也有匯集情節的雙重功能。當這個節點的某種特徵十分鮮明獨特時，這個空間甚至得以躍升為小說中重要的核心與象徵。

小說中節點既然需要兼顧空間與敘事上的合理性，節點的設置就必須合乎地域與歷史的特殊性。首要因素得說服讀者那些地點是具備連接人物的公共性，進而從小說群眾或情節的聚集中接收到故事的寓意。因此，不同時代與題材的台灣小說會使用不同的節點。早期台灣鄉下具有公共集會的建築物較少，廟宇這類的宗教中心有較寬廣的廣場甚至提供簡便茶水的地方，常常是眾人聚集閒聊或者談論宣揚公共事務的所在。少數具有公共聚會性質的私人住宅如保正、里長、村長等地方行政長官的家，或者農會漁會合作社等人流物產集合的場所，有時也會成節點。在日治時期和鄉土文學的文本中，最常出現的典型節點是廟埕或者就是某個廣場的樹下。楊逵的〈送報伕〉中，日本製糖公司為了開辦農場，強行收購台灣農民土地的說明會場就是在「村子中央的媽祖廟」。在這個原該是本土的、信仰中心的空間，不願配合政策的農民就會被逮捕到象徵殖民權力空間的派出所刑求，暗喻台灣農民的失所（placeless）。媽祖廟的這一幕威脅與暴力，日後成為主角在日本從事反對運動的驅動力。[3]黃春明〈溺死一隻老貓〉的耆老們一年到頭聚集在祖師廟，大多時候閒聊交誼，節日祭典時教導村民祭拜的禮儀傳統，最後變成議論地方建設與文化保存的意見中心。[4]〈鑼〉裡的羅漢腳們則聚集在茄冬樹下，一邊打探村裡的消息一邊伺機尋找可能的工作機會。[5]王拓的〈吊人樹〉的故事同樣也是在媽祖廟前的廣場上開展，讓來尋妻的外鄉人有個向村民宣告來意的地方，當他在此地上吊後，又變成村民公共輿論與宗教迷信上演的舞台。[6]宋澤萊的《打牛湳村》系列中，〈笙仔與貴仔的傳奇〉裡廟埕既是村民們東家長西家短的休閒處所，也是商販和農民們初步接觸互探交易行情的情報站，正式的買賣戰場則是在瓜果中心展開。[7]〈糶穀日記〉還把村民們聚集社交的節點按身分文化區分為三處。「比如村尾粿葉樹派的人大抵是那一周圍的人，而且都是比較窮的。又比如莊頭的大道公廟派都是大戶人家，比較上是有錢有勢的。至於莊中央的這個理髮店則因了與『時代』沾上一點關係，所以風氣是開放一點的，喜愛在生活之外添樂趣的人就聚在這處。」[8]這些性質不一致的節點適足以讓不同意見的小說人物匯集、產生衝突矛盾，輻射出多元化的生活

3 楊逵，〈送報伕〉，收入彭小妍主編，《楊逵全集》第四卷．小說卷（I），頁六五—一〇四。
4 黃春明，〈溺死一隻老貓〉，《莎喲娜拉．再見》，頁一七四—一九七。
5 黃春明，〈鑼〉，《莎喲娜拉．再見》，頁七八—一七一。
6 王拓，〈吊人樹〉，《金水嬸》（台北：九歌，二〇〇一），頁二七—四五。
7 宋澤萊，〈笙仔與貴仔的傳奇〉，《打牛湳村系列》，頁一九—八四。
8 宋澤萊，〈糶穀日記〉，《打牛湳村系列》，頁一六六—一六七。

樣貌與意識形態。從宋澤萊的〈羅穀日記〉中對節點的地盤性分類，更可得知節點還有形成身分與文化認同的空間區隔意義。

相較於鄉土文學中選用的節點偏向地理位置或信仰性的場所，城市背景的小說節點的文化性與時代性特徵顯得強烈些。咖啡廳、酒吧、舞廳、KTV或證券行是類消費娛樂或具有現代化、都會化意義的地點是不同時期中出現的都市節點。李昂描述八〇年代台灣經濟與情色遊戲的《暗夜》，時尚男女集散空間在啤酒屋、咖啡廳和證券行。在股市上萬點的泡沫經濟時代，證券行是許多股票經紀人、記者和小戶交換消息的莽原，電動看板變動閃爍的股價數字，牽引著城市獵人們的金錢狩獵。[9]朱天文的《世紀末的華麗》羅列了同時代其他的奢華消費景點。〈尼羅河女兒〉裡的女主角在彼時台北最繁華的舞廳裡度過成年前的生日，在那個時空迷離的空間，一方面有各種國際化的商品與資訊交換匯集，她彷彿置身在無垠的外太空，又像是置身在荒蕪神秘的古巴比倫城。[10]〈紅玫瑰呼叫你〉的幻境是在集合「鋼琴酒吧迪斯可KTV，吃餐看秀賓果拉把」於一處的娛樂大樓，每個人可點唱不同風格年代的歌曲。[11]成英姝和朱國珍的世紀末女性最常出沒的地方是酒吧。成英姝的新人類女性流連在一家名為「怪獸」的酒吧，跟一堆不同行業的白領青年下班後放鬆休憩，心血來潮時交往或一夜情。[12]朱國珍〈夜夜要喝長島冰茶的女人〉則窩在一間名叫諾亞方舟的酒吧，她睡過各種族群與政治陣營的男性後厭倦了性愛遊戲，立志經商並成為富可敵國的國際金融鉅子。她的經歷最後變成一則傳奇，激勵全世界的女性到酒吧爭點一杯長島冰茶。[13]

消費空間並不僅只是商業屬性的空間而已，由於使用者的屬性與時代性的變遷，即使在小小的都市節點中都能反映出更宏觀的文化意義。朱天心就深諳以空間縮映歷史的書寫策略，她的作品廣泛而有深意地取材不同階段的都市節點映照社會群像。〈新黨十九日〉的家庭主婦在證券行裡和所有股民們諮評國家大事，從經濟政策到政治派系以至於政黨生態都是在這個股市節點中上演；其間點綴著八〇年代才進軍台灣的麥當勞速食店，象徵國際化資本大舉入侵的飲食空間。[14]〈時移事往〉以女主角愛波的人生境遇折射台灣七、八〇年代的文化史。猶如時代弄潮兒的愛波隨著浪潮轉變她的興趣與交際圈，她的活動空間象徵各個世代台北的流行圖騰。從六〇年代盛行的英文歌曲駐唱餐廳、七〇年代明星咖啡館、野人咖啡館以及周夢蝶的書報攤通通是她介入藝文的窗口。[15]在所有更迭快速的都市消費空間中，咖啡館或許是台灣最屹立不搖又具有文化意義的特例。在朱天心九〇年代的文本中，咖啡廳又成為多元混搭的空間。書寫者流連輾轉於〈威尼斯之死〉中繽紛炫目的異國情調風格的咖啡廳，讓作者馳騁於殊異的想像

9　李昂，《暗夜》（台北：時報，一九八五）。
10　朱天文，〈尼羅河女兒〉，《世紀末的華麗》（台北：遠流，一九九二），頁二九—四八。
11　朱天文，〈紅玫瑰呼叫你〉，《世紀末的華麗》，頁一六七。
12　成英姝，〈怪獸〉，《好女孩不做》（台北：聯合文學，一九九八），頁三二—五一。
13　朱國珍，〈夜夜要喝長島冰茶的女人〉，《夜夜要喝長島冰茶的女人》（台北：聯合文學，一九九七），頁一三一—一三五。
14　朱天心，〈新黨十九日〉，《我記得》，頁一三七—一七二。
15　朱天心，〈時移事往〉，《時移事往》（台北，三三書坊，一九八九），頁二七—一〇〇。

時空，又能隱身其間觀察來往其中的都市百態。[16]

上述的幾個都市節點偏向室內、封閉性空間，主要原因與小說企圖呈現出的都會經濟與消費文化的主旨有關，另一個隱沒於文本外緣的歷史性因素是戒嚴時期人民沒有公共集會的自由。即使是為了社交娛樂的理由糾眾聚集在首都的街頭或廣場，無疑會惹來警察或情治單位的注目與干預。八〇年代中後期日益活躍的社會運動與街頭逐步抗議挑戰執政者的威權，連帶鬆綁公共空間的戒嚴。九〇年代以後，尤其事關政治主題的小說，博愛特區的街頭廣場一躍成為群眾集會示威的必備節點。朱天心〈新黨十九日〉裡的主婦從證券行培養出政治意識，最終和大家一起加入了立法院前的廣場。在黃凡的〈示威〉裡，立法院前的圓環與周邊馬路，聚集了各色各樣為了不同目的集合的人群：有國民黨和民進黨的角力，有要求解散萬年國代的也有愛國陣線聯盟的，還有一干要來向大老爺申冤或發牢騷或湊熱鬧的平民百姓，還有追著人群跑的國內外媒體和流動攤販們。[17]由行政院、立法院等五院部會範圍往外延伸至中正紀念堂和凱達格蘭大道的區域，泛見於觸及野百合學運以及爾後各式各樣政治社會運動的小說，儼然成為台北書寫中不可或缺的政治性節點。[18]

從台灣小說中節點的選擇，相較於凱文林奇對節點特徵的分析，我們可以發現到象徵空間與現實空間的差異。同樣具有連接與會聚的特性，林奇對於節點的闡釋與舉例側重的是都市環境中地理或交通位置的中介樞紐功能，台灣都市文學的節點重視的卻偏向文化性的功能，反倒是鄉土文學中的節點較符合地理與交通上的便利性。更準確地說，小說建構的既是一個虛擬世界，其間任何空間配置的最高服膺原則都是象徵意義上的。節點本身就是意義深長的定點。不管在鄉土和都市文學中，這個眾人聚集的定點本身就是某種群像展現的舞台，至少是部分身分、文化與歷史現象的符徵。節點不必要是小說中的主要空間，但即使大多數小說中的節點只是作為輔助空間，也能巧妙地將主要人物的社會活動與關係串聯成整體面向，發揮畫龍點睛的效果。

節點不僅能將分散的定點串聯成面，亦能連接起不同的區域。節點既是區域的集中點或區域間的連結點，依據林奇所言，則節點具有該區域的主題文化特色或連結起相鄰街區的特質。一旦相鄰而文化意象迥異的區域組合起來，再現出來的空間層面就更寬廣立體。充分運用節點功能展現出多元空間面向的台灣小說，白先勇的《孽子》堪稱最成功的經典之一。[19]「新公園」是歷來討論《孽子》時最核心的空間，它是文本中所有同性戀者聚集的場所，既是同志朋友們相識相伴培養友誼和戀情、也是招攬情色買賣交易的地方；可以說是同性戀者交誼的客廳收容流浪異端者的家，同時也是他們工作營生的公司。從文學和文化意義上來說，新公園是小說中同性戀文化的象徵空間，或者是傅柯指稱的容忍另類差異的異質空間（heterotopia）。[20]但是如果進一步將敘事中人物的空間分布串聯起來，我們很容易就能發覺到小說裡描繪了幾個區

16 朱天心，〈威尼斯之死〉，《古都》，頁四七—七〇。
17 黃凡，〈示威〉，《黃凡小說精選集》（台北：聯合文學，一九九八），頁一四三—一六八。
18 參見賴香吟，《翻譯者》（新北：印刻，二〇一七）。
19 白先勇，《孽子》（台北：遠景，一九八三）。
20 Michel Foucault, "Of Other Space," *Diacritics*, 16（1986）: 22-27.

域，新公園正是銜接起不同主題街區的小說節點。小說人物在新公園會合後最常接著活動的地方明顯的在三個區域。一個是中山北路與林森北路街區代表的高級、異國、消費情色場所，通常是遇到有錢或外國貴客時才會去的飯店與餐廳。另一個是西門町與中華商場區代表的年輕流行而平價的社交娛樂商圈，通常是小說人物們日間見面聊天、有意進行情色交易的普通對象也會在此先約見或在附近廉價賓館進行交易。第三個區域則從中山林森區向外延伸的八德路、龍江街、南京東路沿線範域，是具有軍眷背景的多數小說人物們的住居，家境好的就住在貴一點好一點的房子，經濟狀況差的就租賃臨居在巷弄違章的一隅。其他空間才配合小說人物的行動零散交代萬華、中永和與南機場等地。前兩個縱向區域加上後一個橫向區域，由新公園串聯起來的相鄰卻有區隔的三個主要區域，既分別代表著小說人物不同的活動內容與空間文化，更大範圍地呈現出彼時台北高端與流行的繁榮消費地段以及外圍的中下階層百姓生活圈。

新公園這個小說節點與三個主要活動區域的選擇有其現實性的依據亦有象徵性的考慮。在文本描述的一九七〇年代、在同性戀猶是禁制敗德的高壓年代，新公園的確是台灣男同志秘密聚會的少數基地。同屬台北西區的中山林森商圈與西門町分別是美軍日商出入消費和年輕時尚的指標區域，一直到八〇年代以後城市發展軸線往東區移轉才漸次沒落。南京東路在七〇年代還屬於都市鬧區的外圍，越往還沒開發的東區越屬於都市的邊緣，住民有許多是二戰以後才遷台的外省移民。小說中三個主要區域固然是具有代表性的都市景觀採樣，如果只是為了反映現實，大台北還有不少區域有類似的公教軍眷區可以取代。但是以新公園為核心節點輻射出去的鄰近三區，在文學效果上特別能夠營造一種龍蛇混雜的曖昧與反諷。這三個主要區域明明咫尺之隔卻有高貴與卑賤的雲泥差異，地緣的相近相似性尤其讓人省思區域界線的定義以及劃定身分屬性的必要性。這些不容於主流社會的同性戀者時而光鮮體面地遊走於繁華的鬧市街區，時而棲身在破落的斗室或幽暗的公園，以流動的情慾和身分認同逾越律法道德的邊界。《孽子》植基在現實空間的實踐上注入象徵性的涵義，再現出身分與社會空間的多層面向。

二、如何造鎮

上一節分析小說的基本面，側重的是小說家如何透過幾個定點標誌出一個小區域內的特徵與人群的活動，同地域內的其他區域則非文本勾勒的重點。誠如《孽子》以新公園為中心連結三個重點區域成為孽子們的生活面，區域外的台北不是角色們共同活動的空間，自可存而不論；而且小說凸顯的是孽子們主要活動於這個區域，而不是這區域活動的人主要是孽子們。換言之，空間是要去陪襯孽子們的形象特徵，作家並無意去賦予這個空間整體文化意象。倘若小說企圖描繪一個大範圍的都市或鄉鎮全景、甚至是敘述一個地方的時代變遷時，作家必須運用的空間配置就遠遠超過基本面得以涵蓋的範疇。當然，上一節探討的以定點加定點連結成區域的作法是基礎寫法之一，但是零碎分散的定點不見得能夠為這個城鄉形構出一致性的場所精神（genius loci）。此外，像台北這種居住參訪人口眾多而且頻繁成為小說書寫背景的空間，讀者不管是透過親身或閱讀經驗，多多少少都已建立起基礎的空間認知，閱讀中容易與作者形成某種理解共識與共鳴。一旦作家書寫的是一個住民少、知名度低的小鎮或偏鄉的全景，甚至是虛構出一個完全不存在的村落，如何不費一釘一木即建築出一座栩栩如生的文字城鎮需要更多巧思。在本節中，我將由簡入繁依序說明小說家由定點及街道組裝出整面城鄉空間的幾種方式。

（一）點→線

不管再怎麼標榜寫實或重建現場，依靠文字媒介的小說終究是意象式的想像造鎮，以意象性的符碼組織出可資辨認的空間認知。這一點，文學城市跟現實中的城市類似，需要將片斷而局部的空間組織成有整體效果的環境意象。城市意象的構成，凱文林奇認為共有五種基礎元素。除了上一節已經介紹的節點之外，還包括道路、邊界、區域與標誌物，其中又以道路最為關鍵。「道路佔據了主導的地位，它成為人們在大都市範圍進行意象組織的主要手段」。[21]對小說城市來說，上述五種空間元素並非完全必要。畢竟小說空間是象徵性質，即使是內心世界也可以輻射成整個宇宙，當文本企圖仿建現實性空間時，只需要選擇部分空間元素營造出城鎮意象即可。此外對小說空間而言，定點往往比道路的功能性更強，因為定點是小說人物多數活動與情節發生的場所。然而如果想要建構出整體性的城鎮印象（即使是小說城鎮），誠如林奇所言，人來人往的道路的確更具有鮮明的群聚效益。調和兩種需求的結果，就出現了小說造鎮的一種簡易工法：將定點排列組織成街道，兼顧小說人物的生活面與城鎮意象的基本雛形。李永平的《吉陵春秋》和袁哲生的《羅漢池》皆是將定點排列成線、以主要的街道景觀形塑烏有村鎮意象的傑作。晚出版的《羅漢池》篇幅較短、造鎮方式較為鬆脫簡易，不妨先作為析論的起點。

《羅漢池》是由三個短篇集結的小說集，故事背景發生在一處名為「羅漢埔」的地方，雖然人物操持閩南話和搭乘三輪車，具體地點不詳、確切時代模糊。[22]在故意隱略時空線索的狀況下，唯一突出的空間座標是主要人物居住的街道——矮厝巷。顧名思義，矮厝巷是窮人居住的陋巷，有許多做小營生餬口的單身漢（羅漢腳仔）錯落其間，打鐵的、賣豆腐的、搓草繩的、補破鼎的。他們都垂涎著巷裡的美人寡婦月娘，自知消費不起月娘工作的酒樓而改去私娼館「菜埔寮」。最潔身自好的單身漢有兩個，一個是雕刻師傅、另一個是和尚。小說裡所有的地點都是提及而無細談，唯獨第一個短篇特別指出月娘家位居巷尾倒數第二間，月娘隔壁是雕刻師傅家、月娘家對門是和尚居住的大悲寺，寺後有一座十二羅漢趺坐水中的放生池俗稱羅漢池，但直到第三篇故事終結讀者才會恍然大悟這個方位細節的深意。

故事的主角其實是這三家的第二代，月娘的女兒小月娘、和尚收養的小沙彌克昌和雕刻師傅領養的徒弟建興。第一個短篇描述兩個男孩都喜歡上了女孩，女孩傾心的是小沙彌，老和尚卻堅持小沙彌必須傳承空門衣缽。不僅三個年輕人的戀情全部落空，最終小月娘還為了承擔母親病倒後的經濟責任重蹈酒樓賣身的道路。不幸中的大幸，第二個故事敘述小月娘第一天賣身就被富三代愛上而且不惜家庭革命誓娶她為妻。小雕刻師在小月娘下海後開始如同其他單身漢一樣往菜埔寮發洩縱慾，醉了就倒臥在羅漢池邊讓已經正式剃度的克昌和尚清掃水池後順便推運回家。如是攪亂一池止水，招來許多鳥雀，鳥糞噴濺得羅漢石像頭頂宛若長出三千煩惱絲，

21 凱文·林奇，《城市意象》，頁六四。

22 袁哲生，《羅漢池》（台北：寶瓶，二〇〇三）。

其中一座後來甚至遭閃電劈毀。當小月娘終於獲得夫家結婚許可、大喜之夜，矮厝巷的一干羅漢腳仔包括建興，全員出動到菜埔寮召妓然後返回羅漢池邊喝個酩酊大醉，清晨醒來，池邊竟多醉倒了一個克昌和尚。被眾人喚醒坐起，克昌突然被濺了一頭鳥屎，彷彿變成了第十二尊——雖然是長著煩惱絲的羅漢。小月娘紅顏畢竟薄命，第三個故事敘述小月娘婚後數年罹患重病，病榻前猶掛心著三人小時候的約定：由她出資、建興雕刻，為克昌的廟打造一座佛像。資金備料萬事俱全後，建興卻無法克服長年來將佛像刻成小月娘面容的障礙，遲遲無法動刀。直到小月娘過世、入夢辭別，建興的執念終於得以昇華，連夜完成一尊美豔絕倫而法相莊嚴的貴妃觀音佛像。小月娘的肉身消逝，圓滿了小廟沒有佛像的缺憾，也讓建興從雕刻匠人蛻變成為雕刻大師。

作家打造了羅漢埔這個充滿生動鄉俗俚語的小說空間，絕非想要寫實性地敘述特定的地域庶民生活，而是透過此一擬真的常民景觀形塑出寓言世界，叩問欲望、藝術、宗教與金錢的亙古命題。讀者固然可以將此書視為寫實性的鄉土小說，它更宏大的企圖卻是抽象的哲思。作家以矮厝巷為敘事核心表明了平民（貧民）的觀看立場，外在於他們世界的環境，如酒樓和首富的家那類豪奢空間甚或菜埔寮這個偶爾才能消費的地方，皆無須細描。矮厝巷裡的三個主角，一如巷裡的眾生百姓，彷彿命定般地世襲了上一代的職業與世界運作的法則。第一個以小月娘為主的寓言〈月娘〉點出了美色總是歸向財富。第二篇寓言〈羅漢池〉明著寫的是建興在小月娘淪落風塵後的自暴自棄，真正的重點在於暗喻克昌在小月娘結婚之夜終於由色見空，自此加入了佛尊行列。悟性差的建興則得等到第三個寓言〈觀音貴妃〉中小月娘肉體消亡，方能從欲望客體裡抽離進而轉化為藝術形象。三篇各自獨立的短篇到最後的結尾才揭曉了整本小說宗旨以及非常悲觀的世界觀。藝術與情色相互依存卻得維持某種距離，因此雕刻師的家坐落在月娘家的隔壁；宗教跟欲望則互為天平兩端，佛寺與月娘家只能隔街相對。此一世界觀的美學理論在開頭篇章的空間布局中，已經預埋了伏筆。

類似的造鎮方法和母題見諸於更繁複精密的《吉陵春秋》。此書是由十二篇短篇小說組成的世界，時代不詳，故事發生的地點坐落在一個名叫吉陵的小鎮、景觀風俗看似中國傳統的小村莊，真實的地理座標甚至國境位置在文本內始終含糊不明，環繞著「山在虛無縹緲間」的懸疑感。[23]十二篇小說分別敘述不一樣的主角、事件與場所、相隔數年間陸續發表後結集成冊，吉陵鎮的樣貌等於是在不同的篇章與角色活動中片片斷斷地漸次搭建而起，如何在讀者的腦海中形塑出此鎮的認知印象格外困難。作家巧妙地以小說的第一篇〈萬福巷裏〉發生的故事為全書的敘述設定基調，亦為吉陵鎮立下了形象座標。萬福巷原是縣倉東邊的一條小巷後來逐漸變調為風化區，變成妓巷後沒搬走的普通住戶只剩下一家棺材店和一個算命館。故事描述妓院嫖客看上並強暴了棺材店的媳婦，害她含恨上吊自殺，憤恨報仇的棺材店老闆先殺了妓院裡嫖客的相好、然後走到與萬福巷相鄰的南菜市場大街上仇人的家裡殺了他的老婆、再從北菜市大街逃出，最終浪跡天涯追殺當初因案被捕或逃亡的一干關係仇家。後面的多篇小說人物或是跟此案此街有關，故事發生的地點不是在萬福巷就是南北市場大街的周邊，鎮外是農地和通往省城

23　劉紹銘，〈山在虛無縹緲間〉，《聯合報》副刊，一九八四年一月十一—十二日。

的河流，但吉陵鎮內或鎮外的全景並沒有在任何單篇裡有清楚地勾勒。

雖然《吉陵春秋》中只有萬福巷有最具體鮮明的描寫，其他街道巷弄和農家商家渡船頭則是輕描淡寫的寫意傾向，[24]但並不代表作者只是將吉陵鎮塑造成模糊的背景。相反地，正因為吉陵鎮「抽離了對現實世界特定歷史時空的定位指涉」，[25]這個自足的內在性空間更需要精心規劃。特別的是，李永平的標誌法並不是直接敘述與描繪，而是透過不同小說裡間斷、片語式的位置指涉或補述，例如先說萬福巷在縣倉的東邊牆下，「居中的，便是劉家的棺材號」（頁三）、隔許多頁後點出「棺材店左右兩鄰，滿庭芳，一點紅」（頁二六）、再隔數頁後續寫「南菜市街上……綢布莊隔壁住家茶店……望著縣倉門口大日頭下那株孤伶伶瘦愣愣的楝子樹」（頁三八），以相對方位、局部性地拼組成吉陵全景。史嘉騰（Carsten Storm）教授細心彙整了十二篇小說中的地理線索，繪製出一幅相當周全的吉陵鎮地圖，證明李永平心中有一個完整的吉陵空間圖誌。依據史教授的製圖，不但吉陵鎮外圍的村落省城皆有大致上的方向距離可循，吉陵鎮內的幾條主要街道、地標和人物住家也都推估得出座落的位置。從這幅吉陵全景圖中，史教授指出一個驚人的事實：萬福巷這條小妓巷竟然就設置在全鎮的中心。換句話說，萬福巷不僅是敘事的軸心還是整個吉陵鎮的核心，整本小說的時間性與空間性是相輔相成的，只不過並非所有的空間設置都像萬福巷一樣有敘事上的意義。[26]

萬福巷這個空間究竟在敘事裡的意義是什麼？在開宗短篇〈萬福巷裏〉，作者首先介紹的店家是棺材店、接著是妓院、然後是算命館，棺材店與其左鄰妓院「滿庭芳」尤其是多所著墨的定點。棺材店與妓院是事件衝突與命案的地點，就故事場景的需求而言不可或缺；算命館並無實際上的功能，而且就連史教授精密的考究也無法確定算命館在萬福巷中的位址。顯然這三點的設置不能僅從情節需要考慮。從小說的故事發展推論，性連帶著的暴力招致了死亡，引發一連串的因果報應，棺材店明顯象徵的是死亡，妓院象徵的是性／暴力，兩個地點因此是毗鄰的關係。算命館寓意的則是形上的天道運命的果報循環，但所謂運命畢竟流轉又無跡可循，因而作者讓它始終存在於萬福巷卻不給確切位址。整部小說幾乎是第一個故事的蝴蝶效應，使得全書迴旋著性—死亡—報應的母題。如果說棺材行、妓院、算命館三個定點組合成死／性／果報的三位一體意象籠罩著萬福巷，而這條巷子的意象又主宰著整個吉陵鎮的意象，我們不難看出這三個定點組成的街道意象如何主導著整個城鎮的印象。

以街道意象輻射出整個小鎮的生活條件，並且貫串起此一封閉空間的精神層面，是類書寫策略不但適用在構設純虛構的地理空間亦適用於真實地點，而且城鎮意象的採樣也不設限於單一道路。從《吉陵春秋》與《羅漢池》的共同點來看，這種寫法似乎較適合運用在為古老、緩慢的小城造象。當文本描寫一個較大幅員的城鎮、尤其是具有變動且多元性質的現代都市時，單街意象或許略顯薄弱。複雜一點的變化型是由幾條街道構成的空間面，讓小說的地理空間涵

24 李永平，《吉陵春秋》。

25 張誦聖，〈現代主義與台灣現代派小說〉，《文學場域的變遷》（台北：聯合文學，二〇〇一），頁二三—三四。

26 Carsten Storm, "Mapping Imaginary Spaces in Li Yongping's *Jiling Chunqia*吉陵春秋（Jiling Chronicles）," *Studia Orientalia Slovaca* 16.2（2017）: 1-38.

蓋的範圍更加廣袤，只不過故事人物的活動空間與文字描述的範圍還是會側重在某幾個特定的地方，尤其是人群聚集具備類似節點功能的定點。換句話說，再怎麼狀似工筆全面，其實都只能是以部分面積代替全部的藝術性造景。

提到書寫北京一定會想到的《城南舊事》，事實上不過是以幾條街道換喻城南甚或北京舊城。林海音的《城南舊事》共有五篇短篇，五篇的敘述者是同一個小女孩，但是每一篇的主角都不一樣也彼此不相關。故事背景坐落在北京的不同街區。每一篇故事的主要空間都是家，來回於女孩日常可能走動的街坊鄰家，學校或偶爾涉足的商圈娛樂圈。[27]限於小女孩的活動範圍和知識庫，地理的資訊皆是模糊片斷的：例如「我家那條胡同」是匿名的，但出入經過的重要街道和地標卻會給予確實的名稱。小說內文的訊息雖然隱約片面，一九六〇年代出版時書末的「後記」即已清楚告示讀者，故事的真實時地就是作者童年時期居住的北京城南區。在地人或比對二、三〇年代的北京地圖約莫可以標誌出區域範疇。譬如開宗第一篇並沒寫出我家的胡同名，住家的資訊只有提及叫做「惠安館」，比對附近有椿樹胡同、西草廠和魏染胡同，加上小說裡描述不同角色的發音腔調，暗示讀者此乃宣武區內福建移民住的惠安館。第二篇以後搬到興華門附近的新簾子胡同。第三篇故事敘述一個出身風塵的姨娘和革命青年的戀愛故事，小說的主要空間雖還是女童的家，藉由女童的一些外出活動卻也略提到槍決犯人必經的虎坊橋大街，以及胭脂胡同和韓家潭等著名的風化區，暗暗用兩種地景襯托男女主角的身分。第四篇故事同樣以家為主，但是藉由奶娘宋媽和她牽驢子丈夫的行動，寫了哈德門大街附近牲畜交易、治安混亂的馬車行胡同。

以上各個短篇的空間布局都是由主要定點（家）來回次要空間的基本點加線的模式，每一篇描繪住家附近的幾條街坊範圍，五篇不同的街區文化串聯起城南的區域特徵。為了突破以兒童敘述者在行動範圍和地理知識上的限制，小說家運用兩種策略勾勒地景。第一是讓敘述者搬家，第二是配合每一篇章中的角色身分與活動屬性，讓不同功能與景觀的街坊輪番現身，合理又巧妙地將局部的街坊生態拓展成一幅城南意象：外省異族移民匯聚、風化娛樂與違法犯事者蠢動著的京城混雜區。將文本內的地標比對實存的城市圖誌，《城南舊事》敘述的地理範圍不脫北京的宣武區。現實中的宣武區在北京城的西南，清代在宣武門外的菜市口設刑場，不僅是各省商人來京建立的會館在宣武區，亦是回族居民在北京的集中區，買賣牲口的牛街市集故而設立於此處。另外，著名的八大胡同更是此區的娛樂色情景點。[28]整體觀之，此區的地方歷史和特徵的確與小說故事的主旨暗暗吻合。林海音充分運用對於街區知識的掌握讓地理背景補充每一篇故事的言外之音，另一方面經由幾條街區加幾條街區的方式，讓不管是否居住過北京的讀者逐步拼湊起北京宣武區大致的區域特徵與人文樣態。

（二）（邊）線↓面

27 林海音，《城南舊事》（台北：爾雅，一九八九）。

28 關於小說中的地理空間與北京地景的考證和時代流變，請參考林崢，〈從舊京瑣記到城南舊事——兩代遺／移民的北京敘事〉，收入梅家玲主編，《台灣研究新視界：青年學者的觀點》（台北：麥田，二〇一二），頁一一一—一四二。本文除了對林海音在《城南舊事》的小說有非常詳細的空間爬梳與說明，對作家一系列「京味兒」散文中地標採樣的異同亦提供了充分的資訊。

行文至此，或有眼尖的讀者開始納悶：為什麼不管是第一節討論由幾個定點連接起的基本面，或是第二節分析由街道意象形構出的城鎮面貌，似乎都是藉由人物與情節的推展而局部、局部地連綴出整體。難道作家不能爽快地一次做全景式的地景介紹，先讓讀者在腦海裡對故事世界有個完整的認知地圖，再去認識角色和他們的故事？答案是肯定的，不過篇數不多。就專業詞彙的分類說，前者，亦即大多數小說運用的空間敘述法稱之為遊覽式（tour），少數文本才會採取另一種地圖式（map）空間敘述法，一次勾勒完全景。遊覽與地圖，是林第和拉伯（Linde & Labov）從人們如何敘述自己的房屋時歸納出來的兩種認知策略。所謂的遊覽式敘述就是人們一邊走一邊由內、動態式介紹：從前門進去有一條走廊，左邊第一間是臥房，再來是廚房，然後是浴室。地圖式敘述則是由外、靜態式的說明：這個房子格局方正總共有四個單位，後面左右兩格是臥室與浴室，前面大格的是客廳，小格的是廚房。[29]萊恩（Marie-Laure Ryan）從林第與拉伯的例證中進一步論證，不管用在個人層次以及作為敘述空間的結構性原則，遊覽式顯然比地圖式更普遍地被使用。遊覽式內建的敘述性，不僅比較活潑也容易讓敘述者記憶；而地圖式在書面上比口頭上的使用適合，在小說中又比現實世界的描述容易。萊恩還將這兩種敘述空間的方式應用在敘事的結構上，認為遊覽式不只是個人呈現空間的方式，甚至可視為某種情節模式的主題基礎，包括史詩、中世紀傳奇、流浪漢小說、成長小說，以至當代的旅行文學和電腦遊戲中，都有孤獨旅行者的遊覽式敘述結構，可說是最古老又不退流行的敘事形式之一。地圖式則是現代一點、實驗性質的小說格外偏愛的組織形式，將空間分割成不同區塊予以重新排列組織，而不是依循空間遊歷的線性敘述。遊覽式待空間如遼闊的延展需要橫越，只有事件發生時停駐幾個地方；地圖式則將空間視為將要被語言覆蓋的平面。[30]德塞杜（Michel de Certeau）更指出遊覽式的主要動作是「做」、地圖式主要的動作則是「看」。此外，他細膩地解析出遊覽式中隱含的地圖元素以及地圖式中隱沒的遊覽歷程，強調兩種敘述方法的相互依存。[31]

在少數使用地圖式空間敘述法造鎮的台灣小說中，最著名的代表作當推蔡素芬的《鹽田兒女》。迥異於上節小說的局部性鋪展，《鹽田兒女》一開始就以鳥瞰性的全視線擘劃出主題聚落的輪廓。小說序章逕以「村落」為題，滿滿五頁細描這個村落的地理座標與景觀：

> 台南縣，七股鄉，沿海小村落，海風也鹹，日頭也毒。
>
> 這是塊鹹土地，一釐一畦的鹽田圍拱小村三面，站在村子口的廟堂往無垠的四周眺望，鹽田一方格一方格綿延到遠方與灰綠的樹林共天色。灰黑的田地上積著引灌進來的淺淺海水，陽光艷艷的季節浮出一顆顆純白結晶鹽，在烈陽下扎著亮人的光芒，一方田上有千萬顆，一田一田，千萬顆連著千萬顆，延伸到天邊，好像銀河落在人間。

29　Charlotte Linde and William Labov, "Spatial networks as a site for the study of language and thought," *Language* 51.4（1975）: 924-39.

30　Marie-Laure Ryan, Kenneth Foote and Maoz Azaryahu, *Narrating Space/Spatializing Narrative: Where Narrative Theory and Geography Meet*（Columbus: The Ohio State University Press, 2016）, pp. 25-35.

31　Michel de Certeau, translated by Steven Rendall, *The Practice of Everyday Life*, pp. 118-122.

> 生活在這條銀河上的男女，挑起扁擔，將那曬出來的鹽掃進畚箕鹽籠，一肩挑起，越過一方方鹽田，將鹽倒在路邊的泥台上，長長的泥台，結晶鹽搭得像座金字塔，一塚接一塚，在泥台上閃爍著耀眼的白色光芒。春夏之交多雨水，剛結出的鹽馬上給雨水融化了，為防雨淋鹽融，農人紛紛編織稻衣，將成匹的稻衣團團蓋住泥台上的鹽堆，披上褐色稻衣的無數鹽堆像是一群群隨季節移動的蒙古部落。[32]

鳥瞰完了鹽田這個特殊的地景，小說接著描述村子的東方是一條河流，跟鹽田一樣是村民重要的經濟命脈，小河往西流入海。三棵榕樹並排的地方是村西界，樹旁有一座兩層樓高的駐兵台。靠村落的堤岸停靠十五艘近海漁船，有以一天作業時間沿岸捕撈的也有多天出外海捕魚的，船與船間有竹筏停泊，是平日在河上打魚採蚵的交通工具。接近駐兵台附近河中搭滿蚵棚將河心分成兩半，竹枝縱橫交錯攀搭，棚架上掛滿一串一串蚵殼，漁船出海時剛好從右邊駛出，回程時由左邊駛回。河流過了駐兵台後的河面開闊。水路既是邊界也是道路，而另外三面由鹽田形成的邊界外有一條進出村莊的路徑。這五頁的「序章」說是散文也不為過，抽離這本小說單獨閱讀的話，絕對稱得上優美的寫景散文。然而在序章的地圖式空間敘述之後，正文就轉向了遊覽式。小說的第一章開頭，作者利用角色的行動與視線再度補述了村子唯一的聯外道路和村的配置。「這條小路夾在兩大片無垠的方格鹽田中，很像棋盤上的楚河漢界。一進村，繞過廟口，變窄了，成了村中的主要道路，前後共三排坐北朝南的房舍，循著這條小路，長長地橫向駐兵台方向。」[33]簡扼說，小說開頭不到七頁的篇幅，作者以地圖式為主、遊覽式為輔的空間敘述，把鹽田村落的邊界、經濟作物、房舍規劃，全景式地勾勒完成，栩栩搭建起人物情節所在的主要舞台。勾勒完這個鹽田村落的輪廓與配置，內文裡小說人物活動的地點與動線簡單分明：主要定點來回於主角的家和鹽田，人物匯集的節點除了村口的廟還有村中央的雜貨店，男女主角幽會時才往駐兵台與河邊等人煙稀少的地方。儘管幽微，序章裡將經濟命脈鹽堆比擬成季節性的蒙古包，無異為劬勞男女的前途埋下了遷移分飛的伏筆，鹽村與人物的共同命運已定下基調。

《鹽田兒女》先擘劃完村落全面、然後再將敘述重點隨著情節移動於幾個定點間的寫法，可以視為全景式造鎮的基本範例。除此之外，這部小說還動用了一個非必需但效果顯著的做法：用外圍的空間面圈劃出相對的虛擬村面。文本地景的工筆與淡筆、地理的虛構與真實，在在必須與小說旨意配合，考驗作者對全書的整體思慮。《鹽田兒女》之於《吉陵春秋》和《羅漢池》等虛構村鎮有個根本上的差異，前者主旨具有社會意義的現實性指涉，與後兩者企欲探究亙古、形上的哲思取向截然不同。小說中對於鹽村經濟的時代興衰記述清晰，為此一沒落的地方產業留下滄桑史跡的用心昭然。與其說《鹽田兒女》的村莊是虛構村庄，不如說是姑隱其名更貼切，雖然不確定是為了達到普遍性的目標抑或是降低傳記性的顧慮。匿名的挑戰在於，如何在讀者的認知地圖裡，為此虛處增加現實性的參數？作者的策略是，鹽村以外的地點給予

32　蔡素芬，《鹽田兒女》（台北：聯經出版公司，一九九四），頁一。

33　同前註，頁九。

真實的地理座標。小說在情節的進行中不時提到現實的地名：近一點的是佳里鎮，遠一點更繁榮的城市就是台南與高雄，最遠的城市才是台北。相對於鹽田村落的仔細經營，不僅鄰近的佳里和遠處台北同樣不予描述，連男女主角在故事後半先後遷居謀生的高雄也缺乏空間細描。從空間的參照效果觀之，外部都市的現實存在相對標誌出這個文字村落的地理位置與範疇。讀者可以藉由已知的台灣城鎮，將這個陌生的鹽村置入認知地圖的一隅。實存的外部城鎮隱然連成一道邊界，區隔對比出內部的、封閉的鹽村空間，但是實存的面淡化處理使之不對虛構的面造成喧賓奪主的反效果，凸顯鹽田村在小說中的核心地位。一個位於台南七股附近、佳里鎮隔壁，一邊是河、三邊鹽田環伺的小村落，就此在虛實交錯、地圖式兼遊覽式的文字工藝中區劃完工。

林第與拉伯一開始區分遊覽式和地圖式這兩種敘述策略時就指出前者更廣泛被使用，從他們的案例統計中竟然高達九十七比三的懸殊比例。後來的學者大抵上都同意這個觀點。台灣小說裡由遊覽式空間敘述所主導的現象並非特例。此處無法詳加解釋兩種空間敘述方式在小說運用中的優劣與原因。粗淺的解釋或許跟遊覽式內建的動態性敘述和不要求整體性空間認知有關。這兩個特點既方便個人描述空間環境，對於小說這個大多以人物和情節推動的敘事文類亦有本質上的相似性。作者可以藉由角色行動或是不同的敘述視角緩慢而彈性地揭露小說的世界，讀者也能在懸念中保持著好奇。《鹽田兒女》中「序章」的五頁地圖式寫景，美則美矣，再長恐怕流於靜態，因此作者一入正文便轉而採取遊覽式。此外，小範圍的村庄比較允許鳥瞰式的全景描述，一旦空間的範疇太大，全知觀點的地圖性敘述更不適合小說角色操作。不過

《鹽田兒女》的地圖式造鎮雖然鮮見於其他著作，用實際地名彰隔出匿名主村範圍的方式反倒普遍。陳淑瑤的《流水帳》的造鎮技巧跟《鹽田兒女》有些雷同，但面臨的挑戰則是，如何將小說面的建造場地從陸地移到海島澎湖。

澎湖，準確來說應該稱為澎湖群島，是由鄰近大大小小的島和嶼組合而成的統稱。星羅錯布的島嶼，面積、方位、景觀與用途各有殊異，而且不像鹽田在視覺效果上有那麼特殊鮮明的標誌。依林奇的標準評審，缺乏統一鮮明的地方意象。地景零散就罷了，為了擬寫澎湖偏鄉那種步調緩慢、狀似恆定的生活，《流水帳》的人物和敘事線分散，章節的組合進展不依循情節發生。小村日常的飲食娛樂、耕作漁獲或談資笑語即是回目主題，即便偶而有一些戲劇性或悲劇性的事故出現，也不以聚焦和渲染性的描述去增加故事和情緒的起伏。整本小說正如書名標誌，是記述流水帳式、零碎性的日常點滴。[34]零碎的地理位置加上零散的敘事結構，先天後天皆不利的條件下，《流水帳》還將主要的空間放置在澎湖群島裡一個不顯眼的小島。跟《鹽田兒女》手法類似，《流水帳》並無明確寫出村莊名稱，角色們上學和其他活動時途經的橋梁和小嶼則給了實際名稱，比對澎湖地圖後可以定位出小說的主場景座落在白沙島和馬公島兩個大島之間的小島嶼中屯。夾在兩大島中間的中屯，既不似馬公島有著市區的熱鬧、也不像白沙島有通樑大橋、或者更遠些的其他島嶼有著觀光景點，連書中的計程車司機都告誡乘客此處只是沒什麼能讓人印象深刻的鄉下。

34　陳淑瑤，《流水帳》（台北：印刻，二〇〇九）。

或許正因為這個島的地景並不顯眼，作家並未給予地圖式的全景，僅藉由人物穿插在不同回目中的遊覽式空間敘述，這個島的樣貌與周邊環境的位置關係倒也拼湊得出輪廓。主角上學必須前往北邊的白沙島，往南回家的路上會經過港尾（講美）再走過永安橋就到了中屯。主角家的田在島的最南端靠近潮間帶，再往南隔著一條三、四百公尺的（中正）橋就會到最熱鬧的馬公島，橋頭邊各有學校與兵營，橋外右邊有個雁情嶼，左邊的無名小嶼是角色們去撈捕海菜海鮮的地方。島上農業為主漁業為輔，廟宇和雜貨店等村民信仰和閒談娛樂的集合場所此處也有。不過，在《流水帳》中真正作為節點的空間並非廟宇或雜貨店等鄉土文學中常見的選擇，而是主角一家居住的三合院。三合院或四合院是台灣鄉鎮舉目可見的傳統建築，這個看似再合理不過的選擇（意外）地發揮了幾個功用。小說中，三合院最基礎的作用是主要空間，是郭家人住宅和許多事件發生的場所。除了郭家一家子，同學親戚鄰居甚至外來的訪客（老師和軍人）等大多數的角色時不時聚集在三合院，不同背景與居住地的角色們從四方來聚再散開，形同收束幾條情節線與幾個島嶼間的節點功能。此外，就空間的性別屬性來說，廟宇和雜貨店等公共空間偏向是男性聚集的地點，三合院雖然是私人住宅，但在街坊交誼頻繁的鄉村文化中卻有某種程度的開放性。這個（半）私人的空間事實上是更多婦孺日常聚會的所在，允許女性一邊從事家務勞動一邊聊天或者不需要特別理由的串門子閒聊。既然《流水帳》裡留在澎湖的住民多是婦孺，三合院比起廟埕和雜貨店更能反映女性的澎湖生活。如果說郭家三合院形同中屯的節點，小說裡的中屯則是澎湖群島的節點。因此，作者雖然只是描寫了郭家人從住家到農田上的勞務和農忙外的漁獲撈捕，猶如澎湖當地的經濟和生活型態的縮影；透過郭家人與在澎湖和台灣的親友、以及外來客的往來互動，不動聲色地簡介了各島的特色配置以至移入移出的人口成分、流向與原因。在散落的澎湖群島中，中屯雖然不是意象獨特的小島，它的普遍性適足以涵攝其他島嶼的風景；中屯作為大島的外圍位置，亦影射了澎湖島之於台灣島的依存與矛盾關係。

（三）（水平）面＋（垂直）面

從點到線、從線到面，小說的空間往往隨著敘事時間的開展而逐漸鋪墊成形。空間不只是平面性的延展，更會隨著小說中時態的增加而有垂直軸的積累，形成了點上有點、面上有面的立體空間性。許多敘事學大師如簡奈特藉由區別講述的時間、故事裡的時間或者時間的次序頻率，分析時間變數如何導致小說世界與詮釋上的差異。[35]單是時間，就有這麼多複雜的層次，如果再導入空間面向的考慮，加乘下的時空配置勢必變化萬千。此處雖然不擬讓時間的變數干擾了本文的空間主軸，卻也無法在切割時間因素下片面論述小說造鎮的另一種模式——融合地理與歷史的地誌書寫——，只能權且對空間中的時間做一些簡化性的觀察。

粗略來說，小說中的空間是隨著時間出現，小說既有不同的時態，就有不同時態裡的空間。順時序線性敘述的小說裡，空間可視為現在式實際存在的狀態；倒敘、插敘等錯時（**anachronies**）的小說，則包含著現在式存在的空間，以及以回憶回溯等閃現於過去的空間。當現在式中加入過去式時態，時間軸線中的空間就增多一重。例如在小說《孽子》中，實存時

35 Gerard Genette trans., Jane E. Lewis, *Narrative Discourse: An Essay in Method*, pp. 33-35.

空是七〇年代的新公園，但是角色常會回憶談論五、六〇年代的新公園或是龍子提及居住過的紐約，皆算是過去式的空間。基礎的小說空間型態是以現在式的時間之流從A點到B點再到C點，有時文中透過補述、回憶或意識流的方式訴說以前發生的事情常會插進過去式的空間，有時候加入的是異時異地，有時則是同一空間的今昔變化。大多數的小說會以現在式的空間為主，過去式的空間僅是點綴性的插入，也就是現在式的點的數量多於過去式的點的數量。〈遊園驚夢〉算是特例之一。[36]這篇小說的現在式空間只有一個定點，是在台北天母的竇公館，就算細分場景也不過是賓客從大門走進花園，然後在客廳與飯廳間的移動。透過主要角色錢夫人的對話與回憶，在現在式的單點中時時插入過去式的空間，例如南京的大悲巷公館、梅園新村、夫子廟的月台、南京的勵志社、上海的丹桂戲台，諸多場景風光不斷在讀者眼前展現。故事尾聲聽著戲的錢夫人明明坐在客廳不動，在酒精催發下的意識流卻快速跳動出南京梅園新村、中山陵的白樺樹道、病房等空間裡的事件。簡單地說，小說裡現在式的空間只有一點，而過去式的空間點和線多到幾乎可以算是空間面了。這種以現在式單調的空間單點放射出過去式繁複的空間面，倒三角的時空間結構呼應文本懷舊懷鄉的主旨，在早期台灣小說中點線與面的運用模式中頗為罕見。

在現在式的空間點上加入過去式的空間點是將時間注入空間的基礎作法之一，對於地誌書寫（topography）特別是重要的策略。所謂地誌書寫基本上即是對特定地方具體而微的描寫，並且能體現出時代流遞中的變貌。以時空型態表現的話，就是要在現在式的空間面上加入過去式的空間點、線甚或空間面，讓不同時間維度的空間面疊合出地理的歷史縱深。光是在同一時間軸線上鋪展出空間面就夠讓小說家耗費心力，才能讓讀者從憑空想像中構築起地理的範域，多時代的空間面堆疊，豈非難上加難，小說如何能不讓讀者在眼花撩亂中錯時迷途呢？書寫高雄哈瑪星的《濱線女兒》提供了一個絕佳的範本。

如小說副標題「哈瑪星思戀起」所明示的，《濱線女兒》描寫的主旨即是哈瑪星此一地區的過往。[37]哈瑪星是一九一二年填海造陸的新生地，由兩條濱海線鐵路連通起商港、漁港、魚市場的運輸。居民以台灣話將日語的濱海線（hamasan）音譯為哈瑪星，泛指濱線鐵路通過的區域，為地方普遍俗稱而非行政區域，雖然現今劃入高雄市南鼓山區。哈瑪星開港初期繁榮一時，是高雄市現代化發展以及當時水路運輸的樞紐，隨著人口增加與行政區域向外擴展轉移，再經過大東亞戰爭時美國轟炸機的破壞，日治後期已經趨向衰敗。戰後曾一度因漁業發達而振興，七〇年代後再度因港務重心轉移而沒落。儘管如此，哈瑪星的景觀與文化依然殘存著許多歷史記憶的痕跡。由於港口的運輸流通特性，哈瑪星長久以來就是許多外來移民上岸停駐的地方、種族與物流雜燴的熔爐；港口的流動性同時也預示著人群的相聚與離別，無數故事的發酵與破滅。

相較於上述的鹽田與澎湖，哈瑪星的地理範疇並不是最大的，但是從橫空出世到短短幾十年間興衰起伏的經歷以及人文景觀的刮除重寫，稱得上是最複雜和最戲劇性的。要表現此地參

36 白先勇，〈遊園驚夢〉，《台北人》，頁二〇五—二四〇。
37 王聰威，《濱線女兒》（台北：聯合文學，二〇〇八）。

差的人口結構以及錯綜的經濟文化生態，似乎沒有比三合院更合適的空間象徵了。傳統的三合院建築在王聰威的《濱線女兒》中擴大成四合院再度被靈活運用。不過《濱線女兒》裡的四合院屬性並非《流水帳》裡單一家族居住的傳統老宅，而是一間從日治時期木造宿舍和磚造倉庫逐年變造、拼裝、擴展、違建，分租給十來戶人家的「大雜院」。簡陋破舊的居住環境主要承租的住戶大多數是新遷入哈瑪星的貧苦人家，檯面上從事著收入微薄的營生，偶爾冒險進行港口走私生意，唯一的在地住戶是已經家道中落的房東，被丈夫和娘家遺棄、靠著幾戶家產租金和剝削房客的勞力過活的變態「姨婆」。大雜院的建物與住戶組成比喻哈瑪星的歷史進程。小說從大院為空間節點以及敘事中心，往外輻射出周邊鄰居和與大雜院有往來的人物，有從澎湖遷來的馬公婆、清公廁的外省少年與眷村榮民、日本海員與社員、台灣漁民和碼頭工人、追隨靠岸船員而來的季節性流鶯、留下來與哈瑪星白頭偕老的老弱婦殘以及迫不及待流向鄰近大城鎮的青壯年。小說現在式時間呈現下的一九五〇年代哈瑪星就是一個緩慢崩解失序失意的小漁港。類似的景觀鋪展雖跟《流水帳》有異曲同工之處，《濱線女兒》卻運用了兩個不一樣的文學技法，全面而深度地刻畫此區的時空流變，賦予哈瑪星地誌學上的史地意義。

第一種是敘事觀點的複數，不斷跟著小說人物的登場而轉換第一人稱敘事觀點，使觀看的角度更加多元、更加趨近歷史現場，而且透過在地人與外來人的視角轉換，呈現出內在與外在的景觀。小說首章為例，敘述者由阿玉、少年仔、馬公婆以及賣炸粿和番薯煎的歐媽桑女兒輪番發言，分別代表不同身分的觀看面向。阿玉是戰後搬入大院的承租戶裡的小學生，負責戶內戶外的許多雜物，對於大院和周遭人事環境已然熟悉卻仍有小孩式的好奇與未知的恐懼，也是整本小說最主要的人物。少年仔是外省青年，由外來者的眼光描述大院的結構以及邊緣的環境。馬公婆是日治時期從澎湖遷移到哈瑪星工作並就此落腳的單身老婦，以資源回收維生，透過她大街小巷的梭巡補述了哈瑪星不同時代中的景觀與故事。歐媽桑女兒則是迫不及待要離開哈瑪星往更繁華市鎮移居的觀點。多變的敘事者交替敘述出他們生活與看到的環境，時而重疊時而分殊地編織出地方全貌。

第二種是運用多重敘事者的腳步，寫出街名、街道的組織、邊界與建築。步行（rhetoric of walking），在法國文化研究學者德塞杜的研究中是書寫城市的不二修辭。他認為由上而下俯瞰城市的視野只會看到主導勢力規範的空間秩序，只有從無數的個別使用者的行腳軌跡任意組成的街頭實踐，串聯起日常生活、地方故事、迷信、傳說與個人的記憶，才是常民的空間意義。[38]《濱線女兒》穿插著許多敘事者踩踏描繪出不同的角落故事，其中最能拉出地誌敘事縱深的關鍵是居住最久也最具有地方感的人物馬公婆。推著推車漫走四處收拾舊貨什物時，馬公婆記憶川流至過往的地景人物，宛如資深的導遊帶領讀者瀏覽哈瑪星的今生前世。「她謹慎推著嬰兒車走八十八巷右轉延平路，到底時左轉濱海一街走上一段，再右轉前往文龍宮的一條小路接上濱線鐵路。這條過去高雄漁業組合以黑台仔車運送哈瑪星漁獲至中北部的鐵枝路，如今已經荒廢，兩旁掩蓋著低垂濃密的枝葉……當年自車頂掉落的大量魚鮮滋養了肥沃的土壤，蔓

---

38 Michel de Certeau, Steven Rendall trans., *The Practice of Everyday Life*, pp. 101-103.

生糾纏的草藤仍散發著強烈的魚腥味」。[39]馬公婆走累了躺進涵管小憩，意識卻流動到戰時防空洞裡美軍轟炸機空襲過後的殘破死寂，休息過後從「寧靜巷道的底左轉，也就是穿越新鮮的荒野直走，可以看見榮富當鋪的舊址。……當鋪舊址左側是一處繁花盛開的公共庭園，裡頭仍才殘留矗立著幾根希臘柱子。」[40]隔了近二十頁後，小說再度描寫馬公婆沿巷底直走，不遠處有條與濱線鐵路平行的小河，她回憶起日本海員曾經舉辦過「彎彎小河節」的慶典活動，作為引誘年輕姑娘約會的藉口。走走停停之間，讀者彷彿跟隨馬公婆的步伐見證了阿瑪星地區以及她這位居民曾經綻放過青春與盛衰後的滄桑，地理的歷史栩栩地翻頁。

由多重敘述者的行動與行腳、現存的地景與消失的景物組織而成的哈瑪星全面，《濱線女兒》明顯倚重的是遊覽式的空間敘述。值得注意的是，地圖式空間敘述並未缺席，只是以點綴的方式不起眼地出現在某些小段落。小說第一章對於四合院的描述，即是透過外省少年仔這個外人的陌生眼光打量了雜院的方位構造與材料；第二章又藉由房東姨婆的意識，補述了四合院的原圖以迄變造擴建的樣貌。又或者是藉由流動妓女的到來，描述她心裡對此地的認知地圖：鼓元街左轉往前會接上濱海二街、右手邊是一排翻修過的海腳間仔，左邊有一棟南洋風味的三棧樓建築，二三樓陽台用綠釉花瓶短柱做成欄杆，一樓走廊有五個對稱門洞，開了柑仔店和麵攤；這一區白天是流動攤市，遠處靠濱海一街轉角才有小貿易公司、金融機關和報關行。[41]她通常接客的地區在哈瑪星渡船頭東邊的岸壁倉庫，一排磚造外塗水泥牆的倉庫，又長又寬，長長的瓦造人字形屋頂，然後再夾述一段倉庫及碼頭的今昔之別。地圖式空間敘述適用於單棟建築類的點的介紹以及小範圍空間面的描述，同樣可於現在和過去的時間穿梭流動。

綜上所述，《濱線女兒》從一個空間節點，讓不同的敘事者以遊覽式為主、地圖式輔助，逐點、或加上線，局部拼湊出哈瑪星現在的空間面，並且從現在式的點、線或局部面上，間歇性加疊上過去式的點、線或局部面。這樣的敘述方式讓小說空間有個焦點抓住讀者的注意力，再讓背景相異的敘事者漸次踏查各自的街區與時代，既能由核心空間逐步往外介紹出哈瑪星的地方全貌，又能藉由多重敘事線與兩種空間敘述的方式交織替換，讓本質上偏向靜態的地誌書寫不至於太過單板枯燥。今昔地景的適度切換不僅讓敘事更具動態性，歷史的流變亦將平面的地理伸展起立體景深。

三、結論

小說面是角色活動、情節發展的場合，展演出小說眾生相的總和面貌。最基本的書寫策略可以從定點至定點的再三綿延，其中若是包含一個具有節點性質的公共定點，更可發揮角色與敘事線匯聚和輻射的集合效果。如果想要擘劃出特定區域的人文景觀與時代流變，小說為此文字鄉城所設計出的效果就必須更具備整體性的意象，既能給予讀者某種空間感的整體認知，又

39　王聰威，《濱線女兒》，頁三〇。
40　同上註，頁五六。
41　同上註，頁二〇八—二〇九。

得凸顯敘事的主旨。將定點排成單街、街區加街區，或者以邊線圈畫出區塊的範圍輪廓，皆是有效的造鎮筆法。如果再鑲嵌入不同時間軸裡的點線面組合，擴建出的小說空間益發立體多端，地貌地景宛如在縮時流動中快速展演著起塌興衰。搭配敘事的節奏與布局，作家不管是選擇遊覽式或地圖式敘述、或兩者兼具，皆能靈活有效地構建出文字的城邦。不論運用何種方式，當有意打造出一個具有整體形象特徵的區域時，長篇小說通常會在文本的開頭幾章就大致畫出雛形、後面頂多陸續補述；短篇小說才比較會隨篇慢慢擴建。不過，這只是從已出版的成品中做原則性的暫時觀察。小說家構思中的小說空間跟書寫、發表的先後順序與因果並不盡相同，究竟作家是在腦海中構思完整的空間地圖後再書寫、還是邊寫邊塑形、甚或寫完再整建、拆除都有可能，難以斷論小說篇幅與空間面構建上的絕對關係。畢竟小說是高度個人化的藝術創作，即使與現實空間有千絲萬縷的株連，點線面的運用還是因人而變化萬端。至於受到現實空間影響會讓這三種基本的空間型式彼此間產生什麼雜燴變異，將於後續討論。

變異空間

第五章 複合空間

在人類的社會環境中，空間的定位與功能充斥著有形與無形的編碼，體現社會關係裡的秩序與價值。小至家戶空間的設置大至社區環境的規劃，既是個人能否安於其所的立足點，亦可作為評量個人身分地位甚至現代化國家的指標。在什麼地方該做什麼事，是成長過程的必經教育，透過一整套空間符碼的規範與規訓，反覆操練具備禮儀素養的主體建構。在對應社會空間的運作邏輯下，文學裡對空間的應用亦須合乎常態性的想像。角色在做什麼事情時該出現在那個地方，那個地方的可能形態與樣貌適合設計出什麼意象或象徵，一連串的時地人發展出來的事件配合上修辭美學，必須能夠凸顯小說試圖表現的主旨。小說的空間型態在襯托或暗示人物與事件的作用上各有其突出的功能。

萬物各有其位或許是種理想的狀態，真實社會卻不可能總是如規劃般井井有條，現實空間和小說中時不時會出現一些混雜複合的空間型態與功能。其中常見的一種變異空間，姑且稱之為複合空間。複合空間，亦即一個空間具有不同作用，因時因地或因人因法而轉換空間的屬性。一般來說，小說中出現的定點空間例如家庭與公司，通常分別負擔私人與公共不同屬性的意象或功能。有時候甚至在家庭這個單一定點中都會以客廳、廚房或臥房區分出公私領域的象徵。小說中的線，如道路，通常作為暫時性的開放空間，屬於一種過渡性的公共通道或中介。然而，台灣文本中單一定點和路線具有多重功能或屬性的例證屢見不鮮，有時是定點與路徑各自的定位出現挪用混用或占用的情形，有時候點與線的分野亦不明確、甚至線與面的分界都可變動。假如說原型空間代表的是空間功能的常態或理（想）性，複合空間意味著的則是常態性的逸出、秩序的混淆或轉變。將雙重或多重功能壓縮在單一物質空間上，宛若變形金剛般變換空間性質的原因極其複雜，有時是出自個人因素、有時是特定文化經濟發展或人口分布的因素、部分是執政單位的默許或鼓勵、部分則牽涉到地理條件與區域的地緣政治變化。它是地理的、歷史的與美學的交織結果。

複合空間往往反映了不同階段時期的經濟社會現象，深具在地生活文化特色，形成了特殊的空間再現美學。某種程度上說，複合空間是理解在地性的另類窗口之一。本文將從三個面向分頭探究台灣小說中混種的空間樣態。第一節先討論個人家戶空間中的複合使用狀況，第二節則延伸析論私人空間與公共空間的混用，最後一節探討公共空間屬性的時效性調整轉變。至於小說角色個人的、偶發性的空間挪用，罕見同時期或有同類型相似作法、不具備集體性的文化指標意義者不在探討之列。隨著時代的推移，有些複合空間不復需要而消失，曾經「非常的」、「脫序的」存在會被「進步的」社會遺忘或刻意掩藏。檢視書策中殘留著的時空間陳跡，對台灣在現代化進程中空間使用與規範的沿革應有更生活化、全面性的回顧。更重要的是，這些特殊文化脈絡下的空間實踐，對小說的空間表述模式有什麼殊異的美學作用？

一、家庭空間的複合使用

空間理論大師列斐伏爾（Henri Lefebvre）在發人深省的《空間的生產》一書中說明，任何生活中的地點，已然是特定的歷史、地理、政治、經濟等條件下定義的產物，既是社會行動和關係的中介與結果、前提與再現，也是生產與再生產的鬥爭場域。空間既是生產的工具和目的，亦是形塑各種社會關係與再生產的基地。[1]家庭、學校、職場和城鄉這些個體生存活動的場所，不管我們要以倫理關係、生產關係或權利關係來理解，都必須在一定的地理範疇內，規範編碼其空間意義以及居住者的行動與互動，持續性地透過某些象徵界定並實踐主流文化價值。穩定明確的空間功能與型態有助於指認個人的社會位置及其身分認同。任何可資辨認的空間即已被制度與秩序收編滲透。空間性幾乎是社會性具體而微的再現。空間形同某種核心，總綰各種體系勢力交織或折衝的癥結。空間的故事透露著人在其所處社會中的物質條件和身分意識，反映著時代與環境賦予空間使用和想像的易動。

1 Henri Lefebvre, Donald Nicholson-Smith trans., *The Production of Space*（Cambridge, Mass: Blackwell, 1991）.

縮小範圍、具象一點觀察，大衛哈維（David Harvey）從巴黎這個城市如何經歷現代性的變革，揭櫫空間關係的組織與金錢、性別、階級、勞動力、消費力、道德、科學、美學、國家與地緣政治的株連。空間關係牽扯到的金融資本、土地利益與國家環環相扣，都市重建的更新又牽涉到土地的開發、房地產的建造、區位的價格波動。在時間空間結構朝向現代化邏輯轉型中，住宅的購買或租賃對資產階級和勞動階級皆是嚴峻的問題。然而，一個滿足飲食睡眠等令勞動者恢復元氣的休養場所，卻是保障勞動力再生產不可或缺的基礎條件。住宅預算拮据的家庭和單身者的因應方式不外乎合擠於斗室或者住到較破舊或偏遠的區域。因此，居住在巴黎的哪個區位哪種建築，區隔出你是誰和身家品味的大致模式。社會階級以有形的距離表現於空間生態，同時反映於抽象的道德秩序的再製。[2]撇開西方都市的發展演變、不援引馬克思主義的論述，天下寒士也能對千年前杜甫「安得廣廈」的喟嘆心有戚戚。單從個人的經驗層面思忖，在全球化資金流動時期身受高房價所苦的當代人，對房屋用地和建造費用要求的經濟基礎以及其背後隱藏的身分位階的體會，絕對不亞於十九世紀的巴黎人。個人的空間實踐不但與國家總體性的空間規劃和文化想像脫離不了關係，例如空間的價值、空間使用的範圍、個人與他人的空間距離或公私領域的分野等等，對台灣人來說更與移民和被殖民的歷史亦密不可分。

翻開一頁台灣房舍設計變遷史來看，現今習以為常的家屋形狀、結構與功能，不過是近半世紀以來的事。台灣的傳統建築經過日治時期與西洋住宅文化的交互吸收，在建築外觀和內部空間的位序與功能產生改變，這個改變甚至包括家庭結構之中。明清以來台灣不斷有移民湧入，移民往往代表著經濟能力的薄弱以及勞動地點的不穩定性，居住環境無法太過講究。此外，傳統合院建築中，像廚房若非無固定位置就是簡易設備，衛浴空間甚至放置於主建築外。[3]日本統領台灣以後就不斷詬病台灣環境陰暗髒亂、建物設計不健康和住宅內缺乏浴廁不衛生等等，並訂立一套賦予總督府和地方官員絕對權限的一般建築管理規則。[4]潛藏在公私領域均質管理的背後則是一整套藉由技術與知識將現代國家權力銘刻在空間實踐上的殖民再造。[5]洪孟穎與傅朝卿的研究指出，日治時期殖民政府的重點任務是打造衛生安全的住宅，首先必須定義生活行為，然後統整相同機能屬性空間，確立哪些機能空間該緊連或相互隔離，並以增進家務勞動的效率為設計考量。爾後經過二戰的摧殘和戰後大量移民的遷入，美國的設計概念取代了日本的建築理念，經濟性與住宅的便利性成為快速重建並解決人口膨脹的指標。相關技術與硬體設備的建置以及文化習慣的轉變讓台灣的空間實踐再次展現另一種的理性規劃與設計。例如，從日治到戰後的生活空間裡，單是關於浴廁與廚浴的位置與空間關係就有顯著的變化，而我們當代公寓型住宅規劃的三房兩廳格式直到六〇年代以後才漸趨於定型。[6]從日治

---

2 David Harvey, *Paris, Capital of Modernity*（New York: Routledge, 2006）.

3 沈祉杏，《日治時期台灣住宅發展一八九五—一九四五》（台北：田園城市，二〇〇二）。

4 參見黃蘭翔，〈日據初期台北市的市區改正〉，《台灣社會研究季刊》十八期（一九九五年二月），頁一八九—二一三。

5 詳見蘇碩斌，《看不見與看得見的台北》（台北：左岸文化，二〇〇五）。

6 洪孟穎、傅朝卿，〈台灣現代住宅設計之轉化〉，《設計學報》二十卷四期（二〇一五年十二月），頁四三—六二。

前後至戰後二十年間，台灣空間的運用牽涉到的不只個人立足落戶的問題，亦攸關家庭組成、社群組織以及國族領土、利益與身分的維護或重塑。職是之故，複合空間的存在，適足以由一個歷史與地理的摺縫上折射出所謂空間理性裡的種族、階級和文化的矛盾與張力，生動具體地揭露出人物故事外的結構性網絡。

在每一次政權變異及其推動的不同版本的現代化空間改造中，總有無法立刻跟上時代要求的人。假如說，現代性規劃之一是根據科學理性建立物質社會的順序與組織，並確立生活行為與空間屬性，據此，無法達到主流標準就意味著落後與次等。[7]問題是官僚體系或者權勢者往往會略過理想目標所需要立基的物質基礎，尤其刻意忽視階級、種族和城鄉差距等體制性癥結，一廂情願地簡化為個人努力與否的責任；弔詭的是，當個體無法達標時，被連帶鄙視的還包括他所屬的身分群體，並作為此一身分位置之所以劣等低下的合理化依據。蔡秋桐早在一九三五年創作的〈理想鄉〉中就點破了日本殖民政府強調秩序與潔淨的均質空間下被隱匿的現實困境。小說一開始先描述了主角乞食叔的房間，「乞食叔的房間是兼牛寮，他的眠床是置在牛寮的一角，它的房間或是牛寮，總是任人去判斷」。然後敘述者以聽似譴責的口吻埋怨，「乞食叔他怎麼不起牛寮，何可將伊的房間充當牛寮用呢！」[8]但在更前行段落開頭時，敘述者就描述乞食叔一早起床看見眠床上有牛屎，氣憤地去踢水牛，以這個嫌惡的動作暗示他並非不愛乾淨之人，睡在牛寮一事顯然情非得已。諷刺地，這個困頓貧窮得無法改善自己生存環境、而被慣稱為「乞食」的主角，每天最主要的活動就是服從管制者的命令從事全村美化工程。小說裡村裡最有權勢的日本管理階層，中村大人夸夸大談清潔衛生的重要性與進步性，但是他既不從提升村民的基礎物質條件做起，對他們私領域的環境亦漠不關心。中村大人明著為了向上級邀功、暗地控制村民的經濟與勞力，強力指揮全村打掃清潔的都是上級會來巡視以及跟他自己利害相關的地方。市街上看得見的空間的確明亮整潔，符合現代性空間規劃的標準，彷彿躍升為帝國的理想鄉民，但村民原本擺在戶外的農具材料只好隱藏在家戶內，房間反而變成了雜碎間。本來就缺乏生產工具促進勞動生產的乞食叔，落得連僅有的勞動力也得在「奉公」的大纛下無償貢獻，每天又累又餓地重複人畜同籠的生活。小說首段描繪的那個集臥房與牛棚於一處的複合空間，隱約批判彼時日本殖民者推動所謂台灣「生活改善運動」下隱匿的治術：一方面指控本地人的落後髒亂、落實次等種族的偏見並合理化空間區隔，另一方面則全面監控剝削台灣人的勞動力，讓他們根本沒有多餘的勞力與收入來提升自己的生活環境。[9]蔡秋桐的〈理想鄉〉藉由揭露所謂改善衛生和居住條件的偽善，對日治時期的殖民現代化空間改造提出深刻的諷刺。

　不可諱言，現代化空間理性裡彰顯出的種族與階級優越性，對許多貧無立錐之地的台灣人

7 參見John Law, *Organizing Modernity*（Cambridge, Mass: Blackwell, 1994）.

8 蔡秋桐，〈理想鄉〉，張恆豪編，《楊雲萍、張我軍、蔡秋桐合集》（台北：前衛，一九九一），頁二二一—二二二。

9 除了〈理想鄉〉從空間環境面向反思，蔡秋桐的其他小說則探討「生活改善運動」提倡的現代化文明的可能弊端。相關討論參見陳建忠，〈新興的悲哀——論蔡秋桐小說中反殖民現代性的思想〉，《台灣文學學報》第一期（二〇〇〇），頁二三六—二六二。

確實散發出致命的吸引力。日本文化給施叔青《三世人》中台灣人主角掌珠的衝擊，除了典麗的和服，還有作為幫傭的她第一次參觀的日式廚房——各式料理廚具繁複而井然。潔淨講究的廚房讓她想起她身為養女時期的悲慘待遇，「十二月寒冬，鋪了草蓆睡在土灶邊，靠灶裡燒柴火的餘燼取暖。才睡下不久，穿木屐的腳死命踢她。……終年穿黑衣，綁黑頭巾的寡婦阿嬸夜半來磨豆腐，她必須起身做幫手」。[10]養女掌珠童年居住的複合空間，既是睡鋪、廚房、也是工作坊，什麼都混在一起，在日本人連料理盒都要求分殊有條的廚房對比下，她的階級與種族的次等身分暴露無遺，確立了她從此嚮往日本文化的心。類似的空間對比也出現在方梓描寫日治時期女性移民的《來去花蓮港》。小說的日治時期由雙線分頭進行，一個敘述者是原居桃園鶯歌的福佬女性前往與在花蓮墾地的未婚夫會合，另一線則是十年後原居苗栗三義的客家寡婦決定去後山尋找生命的契機。兩人抵達花蓮時，來接待的親人，前者是未婚夫、後者是大哥，不約而同向她們介紹在日本人建設開發下的花蓮市街已經多麼文明繁榮，尤其是日本移民居住的吉野村，配有進步的水電與衛生的下水道系統。一路吹噓走向本地移民者的區域，入目的房舍越來越簡陋破舊，而她們未來的家，前者是用一半竹篙一半木頭自建的克難屋，後者則是租來的木造小屋。在仄小到擠不下兩個大人做事的小廚房裡，一間是水缸過去有塊布簾子遮著洗澡，另一間則是「廚房最後用竹片隔起來圍著一塊藍布說是洗身的地方。藍布塊上頭有幾處補丁和幾道縫線，應該是舊衣拼湊的，裡面放了一只木盆和壺殼木杓。」[11]小說裡對她們遷居前的屋舍配置並沒有描寫，但是從她們瀏覽新居時都特別留意到廚房兼浴室這點，似乎暗示這樣的複合空間是她們的新體驗。不過或許對移居將要面對的艱困環境早有心理準備，她們皆對能有棲身之所感到萬分滿意。十幾年開墾有成之後，福佬女性一家終於也在皇民化運動的日台同化「德政」下搬進嚮往多年的吉野村，切身見識到現代化家屋與村莊的空間實踐，象徵主角慘淡將就的過渡期結束。

廚房兼浴室的複合空間並未隨著日治結束而終結。戰爭摧殘後的台灣經濟復甦緩慢，居住條件的改善並非當務之急。橫渡台灣海峽的大陸新移民面臨到空間使用的窘迫，比起日治時期翻山越嶺去後山開墾的西部漢人有過之無不及，光是室內空間混用已不敷使用，這部分在下一節詳談。不過即使同為住在西部平原的漢人，也會透過複合空間來顯示彼此的差異。由於台日之間的種族問題不復存在，廚房兼浴室此一複合空間轉而成為彰顯城鄉差異的焦點。鄭清文的小說〈檳榔城〉描寫了一個簡單的故事，大抵就是居住在台北的女主角突然心血來潮跑到南部農村同學家拜訪的事情。故事發生在畢業典禮那天，農業系畢業的女主角注意到有個農家出身的同學缺席，出於關心與好奇，她決定南下拜訪。同學只是因農忙時期無暇參加那種形式上的典禮，女主角的臨時造訪反倒打斷了同學家緊湊的農務。自恃同為農業系學生，女主角自告奮勇參與農務，然而只有實習農場勞動經驗的她，真正下地後不只手忙腳亂還跌得一身泥濘，只好在主人家清洗乾淨。結果她發現，「他們家並沒有浴室，洗澡的地方就是在廚房的一角，沒有一點遮掩」，「廚房裡只有一個小小的窗子，窗子一關，還可以外面有一些綠色的影子在晃

10 施叔青，《三世人》（台北：時報，二〇一〇），頁三四。

11 方梓，《來去花蓮港》（台北：聯合文學，二〇一二），頁一〇九。

動，大概是那些檳榔的葉子吧。」[12]為了讓她安心盥洗，同學的姊姊還得幫她守在門口。晚餐時同學母親特地殺了一隻土雞款待這位不速嬌客，怕胖的城市小姐礙於雞皮而難以下嚥。一天不到，即使女主角覺得田園景色優美靜謐、同時對即將轉行從事貿易工作而心懷愧疚，她確知自己未來只會是農村的過客。小說對這個複合空間並無貶意，而是真實簡樸的農家縮影，照鑑出只從書本裡認識農村的知識分子的知行落差。相較於之前其他文本總是把浴廚合一的複合空間作為前現代的負面匱缺，驅動現代性的追求欲望，鄭清文卻回歸一種原鄉情懷。這種差異或者緣由作者個人寫作風格，又或者創作於一九七九年的這篇文本顯現出經過逾半世紀對現代化的追逐，台灣已邁向了反思的階段。

二、私人空間與公共空間的相互挪用

複合空間在家戶內的權宜使用既然肇因於經濟上的匱缺，將活動機能混用只能算是消極的將就之法；更積極的做法是讓私人空間具備工作空間的性質，提升家庭空間的生產價值，或者將家戶空間往外擴，將公共空間據為己用。這些空間功能的挪用照理說應該是個別化的偶發事件，甚且該是偷偷摸摸的違法行動，但是在台灣迄今未絕，不管在文本或現實空間中。在某些時期，這種公私領域的混和占用不只是政府默許還是被鼓勵的。在小說中被描述的普遍狀況可分為兩大類，第一類是在家庭內兼營手工或代工等家庭副業，第二類則是逕行占用戶外空間為私用，有節日性的短暫挪用、將部分公共空間據為家庭空間，更有直接住在公共空間的類型。

本節將依序探討公私空間界線挪移的案例，並分析在何種歷史脈絡下這些行為竟能被允許或鼓勵。

經濟條件不足的人在各種年代皆有，增加收入的不二法門自然是增加工作，有的是在外面身兼數職，有的則是把外面的工作帶到家裡做，後者對於不方便離家遠行的人尤為首選。傳統的生產模式中常見農民白天與晴天去田裡農作，剩餘的時段就在家中從事手工副業。楊逵的〈死〉裡面描寫鄉下農民阿達叔，房屋裡的大廳除了放飯桌，還有草包、稻草以及編草包的器具，以備居家閒暇時製作成品。[13]這幅農家在家裡兼做手工業、貼補家庭支出的景象，從日治以來在台灣小說中屢見不鮮。但最常利用家庭空間與時間轉變成工作環境的，是負有家務勞動責任的女性角色。普通的做法是，擅長編織裁縫等（或不方便在外全職工作）的主婦會將原本屬於女性陶冶或因應家事的女紅手藝變成生財工具，填補家中經濟缺口。王禎和六〇年代的小說〈永遠不再〉，主角的太太婚後就在家裡幫人做裁縫，家裡的客廳兼做工作室，擺放縫衣機、裁減布料衣物的高架平台，還有幾把待客的椅子。所有人都視她為賢妻的典範。[14]李喬〈人球〉裡的老婆是紡織廠的女工，工作十小時，晚上還在家裡勾織手工，副業每晚可以多賺

12 鄭清文，〈檳榔城〉，《鄭清文短篇小說集》，頁六八—六九。

13 楊逵，〈死〉，收入彭小妍主編，《楊逵全集》第四卷．小說卷（I），頁二六一—三一六。

14 王禎和，〈永遠不再〉，《嫁妝一牛車》，頁一三八—一四〇。

三、四塊錢。[15]李金蓮《浮水錄》的主角在父親入獄後頓失經濟來源，只能靠媽媽去向毛線店承包編織毛衣的工作，居家一邊照顧幼女、一邊做著手工藝維持生計。[16]

是類將私領域的家庭空間轉變為工務空間的方式，通常是因應財務危機時個別、暫時性的手段，一九七〇年代卻一躍成為國家鼓吹的政策，不擅長女紅的主婦也被鼓勵成為從事家庭代工的女工。一九六〇年代後期，台灣從農業轉向以外銷加工為導向的中小型製造業模式，面臨了勞動人力不足的困境。為了快速補足人工，台灣省政府策劃了一系列調查，企圖將家庭和社區裡的剩餘勞力納入勞動體系，並在一九六八年以後陸續提出了幾項重大社區發展計畫。其間「媽媽教室」計畫，旨在培育賢妻良母的現代化家政知識，包括倫理道德教育、衛生和公共健康的課程、家政和生產技能，以及休閒活動和社會服務。計畫項目中的生產技能培訓又搭配另一項「客廳即工廠」計畫，將沒有專職工作的主婦納入生產線行列，制定許多優惠條例鼓勵她們居家從事由工廠發包下游的代工。這項計畫的特點，對家庭而言，就是讓主婦做好賢妻良母的工作之外又有額外的工作價值；對中小企業資方來說，則僅需儲備必要的人力規模與工作空間。長年以來婦女從事家務之餘兼做副業增加家庭收入的模式，正式變成一個官方核准甚至獎勵的國家型計畫。主婦不僅繼續在家裡承擔各項無償的家務養育勞動，還把家庭空間轉變為免費的廠房與宿舍。在這項冠冕堂皇的國家計畫中，婦女以不務正業的閒散人口之名被合理地動員，她們的剩餘價值在家庭結構與資本市場中被雙重剝削，卻牢固地被壓制於父權資本主義體系的從屬位置。[17]客廳即工廠這個複合空間，不啻為展示婦女壓縮在家庭與工作雙重勞務的窗口。

當代讀者可能難以理解「客廳即工廠」計畫如何跟傳統婦德掛勾鉤，謝霜天《春晨》中的描述容或得以解惑。小說敘述的是在多災多難的台灣歷史中，一個普通客家村家庭苦盡甘來的故事，其中國民政府的不少「德政」發揮了關鍵助力。這部著作描述到幾個歷史事件時的立場與官方論述一致，甚至不無宣揚國策的意味，正好可以補充此計畫真實操作的細節。故事中藉著敘述者與友人的交談，回顧主角家經濟好轉的轉折。時間約莫落在一九七〇年冬和一九七一春天，也就是「客廳即工廠」大力推動的階段，起初只是她的媳婦去鎮上接洽一家針織廠的毛衣車邊和縫袖的工作回家做。看到這種貼補家用的好辦法，左鄰右舍的婦女聞訊前來探詢加盟分工，最後她家竟然變成毛衣加工的承辦中心。由於盛況不歇，加上政府透過銀行提供優惠貸款，她家乾脆自行開設小型毛衣工廠，訂購五台大型織衣機安裝在以前的臥房，另一間房當成纏線房，聘請附近女工織好毛衣，再分給鄰人加工。敘述者認為此舉的好處並不僅於增加收入而已。原本做完例行家務就群聚非議東家長西家短的街坊婦女，天性中「隱含著勤勉向上的意志力」獲得了啟發與引導，再也沒有閒功夫八卦，鄰里之間從此更加和睦。[18]當事人的自述不啻印證了政府的遠見，家庭副業的開辦提升主婦品德並改善了家庭的經濟環境，農耕本業非但

15　李喬，〈人球〉，《李喬短篇小說精選集》（新北：聯經出版公司，二〇〇〇），頁一—一二。

16　李金蓮，《浮水錄》（台北：聯經出版公司，二〇一六），頁五三—九二。

17　關於此一計畫內容以及與性別政治的關係，詳見Ping-chun Hsiung, *Living Rooms as Factors: Class, Gender, and the Satellite Factory System in Taiwan*（Philadelphia: Temple University Press, 1996）.

18　謝霜天，《春晨》（台北：智燕，一九七五），頁二五八。

沒有荒廢，更為偏僻貧窮的鄉村引進大量工作機會，促進鄉村鄰里的和諧與繁榮。以當代的眼光挑剔的說，為了鋪墊出下個世代台灣經濟起飛的奇蹟，將婦女—家庭—社區銜接在父權資本主義產業鏈中的最末端，對政府與作者而言似乎是一件天經地義的事。

如果不從婦女的立場來看，客廳即工廠帶起的家庭代工模式的確受到許多家庭歡迎，計畫停止後從事加工品副業的婦女還是相當普遍，直至今日依然不少台灣主婦會在客廳進行黏貼娃娃眼睛、組裝聖誕燈泡等等代工，在其他發展中國家或已開發國家亦不絕如縷。是類非正式經濟，通常並非是政府視線外發展的經濟模式，而是在容忍或鼓勵下的新的控制方式，因此會隨著歷史社會的需求產生極大的變化。從事非正式經濟的人口接受比一般勞工更低的薪資或更惡劣的勞動環境，女性、少數族裔和年幼者等社會中的弱勢成了主要人力資源。[19]由於具有社會身分的共同性，他們一起工作時更容易彰顯出與外界的區隔，某些時候會使他們更封閉於弱勢者的小圈圈，有時候這些弱勢者卻可能凝聚成更大的力量。鍾肇政的〈阿枝和他的女人〉就讓讀者對所謂「家庭」代工的空間面向有不同思考。小說主角阿枝在行乞的路途中、最喜歡經過某個路段、在普通人家的門口走廊下，常會聚集一些好心的婦女，「在一面聊天一面做手工。好比用毛線勾花啦，串小玻璃珠子啦，也有縫手套的。據說這些活兒都是外銷貨。這些婦人，有的是小職員的太太，也有些電力公司工人太太等。」[20]這些太太們彼此總是很開心的聊天，對待行乞的盲人也親切大方，偶爾言談中還會吃他一點小豆腐。有意思的是，這段描述無疑暴露了「客廳即工廠」的兩個概念假設有問題。其一，女性聊不聊天跟有沒有工作並無必然關係，（群聚終日豈不給婦女更多東家長西家短的機會？）假借關注婦言的名義鼓吹家庭副業只是為剝削披上一層道德的外衣。其二也是更重要的，它假設台灣家庭內的客廳有足夠的面積施作，但是我們從上一節的文本裡已經看到許多戶內空間不足的將就混用。即使原意將婦女代工區劃於家庭之內，一旦人數眾多卻也可能產生外溢的效果，從客廳延展到門口甚至到街廊，將過道性質的公共空間據為私用。這篇小說中的女性顯然把代工場所常態性的外移到了簷廊，顯見客廳空間不夠容納工作物品或人員，附近的居民對她們占用公共空間而且吱吱喳喳似乎習以為常，沒人抱怨或舉發她們妨礙通行。理由應無關乎她們為家庭增加收入的高貴動機，或許是因為她們友善，或者她們占用的時間與空間尚在可以容許的範圍。畢竟在居住空間狹窄的台灣，違法占用公共空間比比皆是，給別人方便就是給未來的自己方便。只不過這些容忍，都需在某種文化或歷史條件的範圍之內。在下一段的案例中，我們會討論更多個人或集體性地將公共空間轉為私用，有些僅能維持一小段時間，有些最後甚至就地合法的狀況。

在台灣早期的文化中，某些婚喪喜慶的日子是允許將道路短期地作為個人有公共聚會時的空間，在馬路中的一段搭棚辦理出殯或婚宴的習俗至今在不少鄉鎮中還保留著。此種打擾鄰人安寧的作法偶而會引來糾紛，但多數民眾會在同理心的因素下容忍。有些特殊狀況，如果社區

---

19 台灣大規模從事家庭代工的高峰期已經結束，但是類工作在世界經濟體系中非但沒有消失，反而有了新的趨勢，請參考Manuel Castells & Alejandro Portes, "World Underneath: The Origin, Dynamics and Effects of the Informal Economy," in Manuel Castells and Lauren A. Benton, eds., *The Informal Economy: Studies in Advanced and Less Developed Countries*（Maryland: The John Hopkins University Press, 1989）, pp. 11-37.

20 鍾肇政，〈阿枝和他的女人〉，《鍾肇政集》（台北：前衛，一九九一），頁一一一—一一二。

有不成文地慣例也會允許個人將道路轉作聚會場所。洪醒夫的〈入城記〉，描寫從鄉下搬來台北的友人新居落成，就在巷口辦桌宴請親友，「因為客廳實在太小，所以只得把總共只有六桌的酒席排在小巷中，對交通影響不算太大，只是不輕不重的打擾了附近鄰家，這，因為事先打過招呼，而且每家辦酒宴時大都如此，便沒什麼要緊。」[21]只不過隨著台灣經濟的發展以及公共意識的抬頭，婚慶喪葬的儀式場合各自轉往餐廳或殯儀館等專業性空間辦理，將道路占為私用的複合性空間已經越來越少見了。

台灣地狹人稠，居住空間本來就稱不上不寬裕，二次大戰後國共內戰加劇、以至國民政府播遷來台，短短四年間突然湧入兩百萬移民，現有屋舍遠遠不足。如何讓大多數攜帶簡便財物逃難的新移民儘快且負擔地得起的入住，不管是尋覓建地或建造房舍，資金與時間上皆非短期內可以一步到位的難題。在無力解決的狀況下，不少居民將公共用地納為私人居家，政府也睜一隻眼閉一眼的默許。不少關於新移民初來台灣的文本皆曾描寫到居住的克難與侷促，稱四〇年代後期到五〇年代初期是台灣居住條件最惡劣的時期應該不為過。

袁瓊瓊敘述四九年大陸遷台故事的《今生緣》，描寫女主角一行人坐船來台灣後安家落戶的過程，可看出運用複合空間的幾個典型。首先是先南下投奔已先來台灣的熟人家，三戶新移民就擠進人家裡打擾一陣。幾天後朋友找了附近一戶農家把空的房子租給他們。「共是兩間，一間是柴房，光線很差，進門一股爛木材味。另一間恐怕從前是豬舍，空置了很久，現在堆了些雜七雜八東西，沒門沒窗。……豬舍外原是空地，第一間隔了個小長巷子，他找了鐵皮把上頭遮起來，木板再兩下一檔，又多了一間。」[22]等到主角的軍人先生來台團圓後搬進眷村宿舍，屋內面積不敷使用，又用鐵皮往外擴增一間廚房，「外頭空地滿大，別人家都搭出去了，不佔還不是白不佔。」[23]退役後搬出眷舍，他們開起了小吃店營生，店面後頭隔了間房當住家。廚房放著兩個大澡盆，白天營業時泡著滿滿的碗筷碗碟，晚上廚房搖身一變成為澡堂，一家五口輪流在澡盆裡洗淨。[24]關於五〇初年代眷舍的格局，李金蓮《浮水印》中亦有類似而更詳細的導覽。「推開大門，穿過院子，走進呈L形的水泥房，屋內客廳和臥室相鄰，右邊是廚房，洗澡就在廚房的邊邊角角，沒有廁所，全村共用的公共廁所蓋在廣場邊，村辦公室的後面。」[25]文中還特別敘述到，上骯髒惡臭的公廁成了主角姊妹倆生活中最大的痛苦，連某年婦聯會官夫人來視察時亦驚駭色變，直到慶祝光輝國慶，國防部撥下經費讓村里每戶人家就廚房外邊的空地，合法地擴建出廁所，結束兩姊妹漫長的如廁噩夢。

雖然整體規模偪促簡陋，但在居住條件那麼緊張的時期，軍眷社區已經算是寬裕有規劃的了。許多移民因地制宜就在公園或空地上搭建起臨時遮蔽處所，人數一多、時間日久竟也成為固定聚落，列入正式地址戶籍。最極端的占用公共用地居住的著名案例當屬台北的三板橋公

21 洪醒夫，〈入城記〉，《田莊人》（台北：爾雅，一九八二），頁一四五。
22 袁瓊瓊，《今生緣》（台北：聯合文學，一九八八），頁六八。
23 同上，頁一六〇。
24 同上，頁三四四。
25 李金蓮，《浮水錄》，頁四三。

墓。施叔青在《微醺彩妝》中對於這塊地基的淵流解釋得頗為完整，「台北南京東路、林森北路一帶，從前被稱為『三板橋』，因早期的居民在一條大水溝上，用三塊木板橋通行而得名。」「三板橋的對面，昔日為日本人的墓地及神社。」「民國三十八年，國民政府撤退來台，來自山東的軍人為了宣傳反日情結，索性就在這兩千多座墓堆上，築建起他們的家，成為來台後的落腳之處，過起了人鬼共枕的日子。老兵拿日本鬼子的墓碑當門檻，故意把公共廁所蓋在神社旁邊，把總督陵墓外的牌樓用來晾曬衣服。」[26]軍中作家楊念慈以過來人的身分再三描述過這個他來台的第一個落腳處，根據他的說法，在此處落戶的人家並不都是軍眷，共有七百多戶、男女老幼約三千多口，來自各種省分的移民都有，並稱之為全台北市唯一的貧民區。[27]由於當年就地合法，這些雜亂狹隘的違章建築一直到九〇年代後期經由強行拆除，才恢復成公園用地。

將公共空間據為家用空間在戰後移民潮時期雖然人數最多、方式最顯著極端，事實上不管在何種時期總有無家可歸的人，有的露宿街頭成為遊民，幸運的則還能覓得一處廢棄垣瓦作為常態性棲身之用，通常只要不明目張膽到引來附近居民抗議，執法單位多半得過且過。黃春明〈鑼〉的男主角經年以防空洞為家，他不僅不以為忤，連市政府的人員要發公差給他，都知道要到防空洞來找他。顯然這種將公共空間的占用是被地方上默許的。[28]但是這種以公共空間為家的作法，除了面對公權力不定時的介入，還有來自性別的差別化待遇。李喬筆下的〈阿完姊〉年輕時為愛私奔，被遺棄後返回娘家，她的房間就從原來的閨房挪至樓下小倉庫的榻榻米，精神異常後連家裡的複合空間一隅都容不下她，被趕出家門後住進公園的防空洞，結果被強暴，生下父不詳的小孩。[29]阿完妹的遭遇跟鄉土小說中許多精神官能症女子的處境雷同，幾乎是失去家庭空間或男性庇護的女性的必然下場。文本內男女角色有別的境遇適足以呼應外緣世界中公共空間的男性屬性。

三、公共空間的屬性轉變

公共空間，顧名思義，是眾人共同使用通行的場所，空間的使用功能與範圍並非個人自行定義而是需要集體認可，因此也是公權力具體介入與管轄的空間。任何買賣消費甚或群聚集會等言談行為都必須相應於特定的空間秩序，否則就有干犯眾怒或違法之虞。在某些約定俗成的狀況，公共空間的性質卻能有使用上的彈性。例如將道路從原來的交通過道性質轉變成為商業空間，把線變成了點甚或面來使用，宛如移動商店或特約市集。這種將公共空間複合性運用的做法通常是民眾自發性的暫時性挪用，公權力默許下後甚至可能成為慣性。然而政府對公共空

26 施叔青，《微醺彩妝》（台北：麥田，二〇〇二），頁二四〇—二四一。

27 楊念慈，〈陋巷之春〉，《陋巷之春》（高雄：大業，一九五五），頁一—二六。

28 黃春明，〈鑼〉，《莎喲娜啦．再見》，頁七八—一七一。

29 李喬，〈阿完妹〉，《告密者》（台北：自立，一九八〇），頁一七三—一九〇。

間的使用卻不容大眾置喙，當政治目的強烈時，任何空間屬性都能變成公權力的展示場，赤裸裸昭示跟權力站在對立面的悲慘後果。

第一種常見的是將道路這種暫時性過道轉換成商業空間。在現代社會中，一般消費買賣進行的地方會是在店鋪或市集等定點，等待需要購買的客人上門，但是在移動性沒那麼方便的年代和地區，或者是沒有足夠資金開設店鋪，有些小販會攜帶貨品沿路叫賣，隨叫隨停隨處交易。王拓代表作〈金水嬸〉，主角金水嬸就是挑著扁擔沿街兜售日常什貨的小販，她或是挨家挨戶拜訪，或者隨意地停在樹蔭下跟想買貨物的婦女做起生意來。[30]在那個女性行動範圍受限、偏偏是負責主要生活雜貨採買的時期，金水嬸這類流動攤販的確解決了許多日常採購的困境。時代進步以後，將貨品或食品挑在肩上徒步的方式也改成以推車或小貨車在街頭巡迴販賣。類似的型態但銷售性質不同的例證，可見於鄉土文學另一篇知名的文本，黃春明〈兒子的大玩偶〉，推銷的不是貨物，而是宣傳行銷。小說中的主角奇裝異服吸引人注意，並將電影廣告看板掛在胸前和背後，稱之為sandwich man，走過大街小巷為新上片的電影宣傳，後來則改以邊踩三輪車邊擴音廣告的方式擴大宣傳範圍。[31]不管是金水嬸或是三明治人，他們都把原本是公眾的過道變成工作的場所，利用道路的流通與公共的性質轉而與大眾交易。這兩種方式越到當代、越都會的地區越式微，沿路宣傳廣告的方式已經少之又少，最常見的是在選舉時期還會被候選人作為宣傳車使用；以車輛沿路販賣貨物食品的方式則較為普遍，只要執法單位沒認定違法。弔詭的是，個人出沒路上販賣商品容易被警察取締，但是如果是一大群人聚在路上做起生意反而比較會被容許，久而久之甚至變成地方特色。最鮮明的案例就是接著要討論的第二種轉變公共空間性質的複合空間，台灣的夜市。

台灣的夜市是個奇特的風景。早期，夜市只是白天營業時間結束後利用簷廊或是馬路邊設置的臨時性攤位，如果成功的吸引人潮聚集的話，攤商會越增越多、攤位甚至會從路邊外溢到路中央或是一條路擴增至鄰近幾條路的區塊，將原本的線連結成面。由於它是權宜、違法的營生，長久以來在輿論以及文本的再現中總被視為髒亂與阻礙交通，夜間營業的性質亦使得它的治安打上問號。然而台灣人對白天是道路、晚上變夜市的奇特現象不僅見怪不怪，它的價美物廉、方便性與多樣性，讓一代又一代的台灣人樂此不疲。政府的態度也從取締、輔導合法到介入整建，近年來更躍居為國際行銷的觀光景點。所謂的觀光，意味著是一種外來者的凝視。約翰厄里（John Urry）強調觀光者的凝視跟其他的視覺凝視一樣經由符號建構，消費者的眼光投向的是已經被設計過的景觀與商品，就算瞥見什麼不快的場景也會以過客的心態浮掠。[32]從觀光客的眼中望去，連莊嚴神聖的名勝古蹟都淪為符號性的表面消費，夜市這種龍蛇雜處的地方如何能被穿透？此一權宜性的複合空間的內部真實是什麼、在地者與空間的關係是什麼？陳雪

30 王拓，〈金水嬸〉，《金水嬸》，頁一九五—二〇五。
31 黃春明，〈兒子的大玩偶〉，《兒子的大玩偶》，頁九—三九。
32 約翰．厄里（John Urry）／約拿斯．拉森（Jonas Larsen）著，黃宛瑜譯，《觀光客的凝視》（台北：書林，二〇一六）。

的《橋上的孩子》從過來人由內而外的觀察呈現出截然不同的面貌。

即使逛夜市可說是台灣人必備的日常經驗，《橋上的孩子》裡主角工作過的夜市種類還是讓人開了眼界。第一種，也是最常見的，鬧區的某段街道。小說裡的區段較為獨特，是在一條連接兩個熱鬧街道的橋上，橋上兩邊蓋滿木造簡陋的違章建築，住著一家老小，橋上還有各種販賣衣服雜貨蔬果小吃的流動攤販。主角的父母在橋上流動擺攤，警察來的時候捲起鋪蓋快跑。第二種算是第一種的升級版，向橋外街上的某家商店租賃騎樓，在車庫門口停放他們載貨的三輪貨車，車後的平台就是他們的衣物展售架。車庫改裝成鐵皮屋後他們續租變成正式的店面，可惜狹長的店面空間不夠，展示架從屋內延伸到走廊，警察來的時候依然得匆忙像以前當流動攤販一樣把占用人行道的貨物收起來以免收到罰單。此種以合法掩護非法的複合型態也是夜市擴增空間的常見手段。幾年後商圈沒落，主角一家搬回鄉下老家，轉做第三種，流動夜市的擺攤。所謂流動夜市，或者美其名為「商展場」，就是「黑白兩道都熟的人運用關係跟勢力租下一塊空地，募集各種行業的攤子，每個星期舉行一次商展，到處都有這種夜市商展，……這是要繳攤位租金、清潔費的合法攤販，不用跑警察也不需付流氓的保護費」。[33] 等到主角大學畢業成了小說家，為了跟情人一起謀生，又重操賣衣服的舊業。由於新手沒有固定攤位，除了夜市，她們還得輪流到菜市場和黃昏市場詢問有沒有臨時空下來的攤位出租，租不到的時候就在市場外馬路邊違法擺攤，警察來取締時再閃躲。租到好攤位又面臨截稿期限的時期，她得趁來客稀少時到市場對面的小咖啡店寫稿，一邊留意人潮過多時得衝回去幫忙。這些擺攤的地點，姑且不論合法性的問題，除了菜市場的地點維持原本的功能，其他夜市、商展場和黃昏市場不是把通道變成賣場，就是將公園或其他公共功能的預定用地時效性地轉為商業用地。線與面的性質渾淆、空間功能屬性時段性的改變，空間的彈性使用充分發揮了經濟上的額外效益，然而支援空間功能的基本設施也必然在權宜性轉換間匱缺或犧牲。最直接影響的當然是在這些空間活動的人，消費者的妥協不過片刻，小攤販俯仰其間的將就忍耐卻是生活的日常。

夜市是《橋上的孩子》裡最鮮明的複合空間卻不是唯一，準確點說，這本書幾乎是各種複合空間的大雜燴。主角的成長過程不僅輾轉於各類夜市，也經歷過上文討論到的許多複合空間類型。在主角一家還沒於夜市奔波前，父親有穩定的木匠工作，母親白天幫工廠煮飯，「在家時就是做各種加工，車衣服縫雨傘做梳子反正什麼都可以做，那個時代我們村子家家戶戶都在做這些加工」。[34]連有錢的地主伯公家也會一起做羽毛球拍穿尼龍繩線的副業，「看起來就像個小型加工場」。[35]懂事的主角不只從小幫忙做加工，父母開始外出打拼時多半留三個幼童在鄉下家中，作為大姊的主角得負責照顧弟妹，每天傍晚有菜販開著三輪車到各個村莊來的時候，有錢時她就要去採買煮飯的材料。小孩們跟著父母去夜市時，三輪貨車的開放後斗四邊裝

---

33 陳雪，《橋上的孩子》（台北：印刻，二〇〇四），頁九八。
34 同上，頁二八。
35 同上，頁一一〇。

上塑膠遮雨棚，將販售的衣物整理平順就變成她們的彈簧床，「這當然是想像的，他們還沒睡過彈簧床。」[36]八歲的小妹還會蒐集衣服拆封後的塑膠袋塞成飽飽的枕頭，三人各有一顆。六歲的小弟有時候還沒忍到收市就睏了，只好如小貓小狗那樣睡進鋪上棉被和衣服的厚實大紙箱裡。有一陣子，在擺夜市之餘父母還要去另一個市場做早市生意，為了節省奔波時間，他們曾在市場租了一間房，「是在市場的牆邊用三合板圍成的四方形隔間，頭頂上是市場的鐵皮屋頂鐵皮，三合板的隔間頂端與鐵皮屋頂之間還有很大的空隙。」[37]這個巨大的縫隙讓主角極度沒有安全感而無法入眠。不僅如此，媽媽還要她眼中還是小孩的主角直接把市場當浴室，已經有了個體意識的十二歲女孩寧可躲進又髒又臭的公廁自己用小毛巾慢慢擦拭身體也無法在路人眼下洗澡。即使在她們從流動攤販晉身合法店面時，那間房子也是以營業為主，店面後方就是一家大小生活的地方，樓下是客廳浴室，樓上閣樓是五個人的睡房。在各種複合空間的經歷幾乎伴隨著主角成長的階段歷程。

不管是合法或非法的市集，如果沒有執法機關的核可、默許或勾結，公共使用的空間是難以被少數人作為生財之道，遑論竄挪了空間原來的功能性。公共場所向來是政治力得以強力介入與控制的具體地點，民間的商業性轉換空間性質只要沒有挑釁公權力的企圖，尚屬可以容許的範圍。一旦公眾的行為被研判為惡行重大甚至對抗政府，執政者有時候會利用公共空間的大眾性轉變成權力的展示場。傳統中國文化裡常見的斬首示眾、遊街示眾和城門曝屍等，都是將馬路廣場等通路性質的中介空間轉為政治空間的悠久作法，當然在許多國家與民族文化裡也不乏類似在公共空間殘忍地警誡的複合性使用。

在台灣的歷史上，最血腥暴力利用空間示眾的一頁，當推一九四七年的二二八事件。二二八事件起因於警察執法過當造成民眾傷亡，隔天民眾聚集廣場請願抗議時又遭到政府開槍掃射。由於台灣剛在二戰後回歸國民政府治下，尚在省籍與文化磨合期間，此舉激起本省籍居民憤怒並引發全面性武力衝突，國民黨遂以暴亂為名大舉清鄉整肅，殺戮人數超過一萬五千名。短期間密集行刑、處決、槍殺的結果，屍橫遍野。執政者有意地利用在公共空間的屠殺與棄屍，以高壓恫嚇被統治者臣服。李喬的《埋冤一九四七埋冤》不只詳述這段歷史，還羅列出全島死傷最慘重的縣市以及種種陳屍地點。犖犖大者包括基隆請願學生，被宰殺後「一律補行削耳切鼻唇之刑，再把生殖器切掉」，「最後，這些殘碎的屍體，被拋置在基隆港邊，有些偏僻但不至於太偏僻的荒野上。這樣處理，可以讓一些人見到而不致太多人目睹；暗中傳述加上增刪變造成為流言，如此效果更高。」[38]三月九號至十二號這四天大屠殺的高峰，「北市街道水溝，街頭街尾屍體縱橫血漬斑斑；在淡水、基隆、草山、圓山各有學生集體被虐殺場景出現。」[39]有的屍體被沉入河底、有的丟棄橋下、坑道或樹叢。嘉義地區四處撲殺底定後，陸續

---

36 同上，頁四六。
37 同上，頁六一。
38 李喬，《埋冤一九四七埋冤》（苗栗：苗栗客家文化廣播電台，一九九五），頁一九九。
39 同上，頁二九一。

在嘉義火車站前空地上舉行幾批公開槍決地方菁英代表，「暴屍三日。未得許可，任何人不得移動屍體！」[40]高雄市府廣場內外、車站、雄中宛如煉獄，大量屍體分棄於三個地點；有些特殊犯人先被凌虐再公開處決，地點除了火車站前，有的還被綁在升旗台的鐵欄上，命令一個班的軍人射擊十發子彈，直至犯人成為一堆碎肉。宜蘭媽祖廟前庭空地大坑草草集體掩埋遺體，大雨沖刷出屍身也不准收屍，直到軍部批准才能確認領回。二二八事件一開始是偶發衝突，當局者大可以安撫民怨，即使有傷亡亦可予以安葬撫卹；嫌犯亦可仿照後來白色恐怖時期的秘密審訊行刑，民眾雖然耳聞但無法確知發生什麼事。然而以開刑求或棄屍的方式作為衝突的解決方式，顯然意不在懷柔。將公共空間變成任意的刑場或墳場，或許是為了高壓嚇阻剛剛回歸的台灣人，以便讓視覺的殘暴見證催化恐懼並快速傳播。

幸而這種將公共空間高度政治化轉用的做法後期鮮少出現，取而代之的反而是民間自發性地占用公共空間作為對公權力的抗議。八〇年代中後期興起的社會運動一再上街頭遊行示威，衝撞出公共空間的鬆綁。政府主要機關所在的博愛特區以及中正紀念堂附近的街頭廣場成為台灣政治主題小說中常見的複合空間。只不過，當代的抗議性複合空間的前提是符合政府的申請規範，否則輕者被駁回驅離，重者可能當街再被公權力懲罰。

四、畸零地

複合空間是透過空間的彈性使用達成某種調節的效果。所謂的調節，意味著某些狀況在改變，因為經濟、社會、政治上的突發性或暫時性失衡，試圖增加空間的使用率或轉變功能性以便縮短達成秩序或標準的時間。從上面三節的文本案例中，我們看到的是家庭空間格局的提倡及貶抑如何反映階級、種族和城鄉意識；私領域和公領域的界線何等曖昧，資本缺乏的個人合法的將公領域的工作引入戶內、違法的甚或將戶內空間擴展到公共空間，反過來執政者也會利用這種曖昧掩護國家對資本與勞力的需求；公共空間的屬性在政治性的盱衡權宜中，可以從交通過道變成商業用地甚或刑場墓地。複合空間是時代社會的畸形。不過某些具有特殊性的複合空間，久而久之有的甚至變成是某種文化或節日的印記。像夜市轉型為台灣觀光風景，而有些二二八屠殺的慘烈地點變成當代的人權地標。點線面這三種空間原型各有小說設計上的美學需求，複合空間這種混淆點線面分界與屬性的變異空間，反而最能顯現具有特殊性和社會性的時空印跡。

　　複合空間的社會功能鮮明並非否認它的美學意義。當小說角色生活在複合空間時，通常是用來凸顯個人與大環境標準的落差，暗示角色處於某種轉型或尚未安居的階段，不管是出於個人的原因或是政經歷史的因素。此外，居室空間的混用，從私人角度來說也象徵著某種流動混沌的狀態。有極少數小說會運用複合空間的方式暗喻欲望的逾越流淌，朱西寧的〈偶〉和施叔

40 同上，頁四四四。

青的《風前塵埃》是代表性的兩篇。〈偶〉的老闆是個中年鰥夫，兒子已成家了，但他並未與兒媳一家同住，白天的剪裁工作檯就是他夜晚的床鋪。小說前面大半段在敘述他怎麼忍著心中的不快伺候一對打烊前才來量製衣服的夫妻，對那位挑剔囉嗦的女客戶尤其不耐煩，然而就在近身碰觸的過程中，他長年壓抑的欲望逐漸抬頭。關上店門後，櫥窗裡剛除下衣服的假人模特兒成了他狎邪的出口、赤裸裸地被他搬上床鋪，而剛剛被女客人試穿過的展示服提供了嗅覺觸覺上的感官支援。[41]類似但藏得更深沉的複合空間出現在施叔青的《風前塵埃》。小說裡的日本女性與原住民男性談了當時絕不可能通融的異國戀情，每一次的約會都要避人耳目，甚至冒著生命的危險。為求安穩，日本女性趁著祭典忙亂時將原住民男性帶進日本移民村的神社地窖，好長一段時間原住民情人就藏在地窖之中等待日本女伴尋隙前來歡好。[42]這兩篇小說對複合空間的運用顯非出於寫實性的考慮而是文學象徵上的豐富性。〈偶〉的主角不是經濟地位上的弱勢，畢竟他已經是個僱得起師父的裁縫店老闆，而且業已栽培兒子成家接班。就現實層面考量，他並不需要克勤克儉地睡在工作案氈上。但是工作檯轉換成睡鋪的方式，巧妙地模糊了公事與私慾間的倫理，讓原應是檯面下躁動的情慾擺上了檯面。工作需要上的裸體的人偶一躍而成床伴，清楚展示出失偶多年的鰥夫欲求。《風前塵埃》的異國戀情誠然不易找到幽會處所，但將愛巢搬進村內的做法豈不是險上加險？不過就文學效果而言，神社地窖轉為幽會殿堂的複合空間充斥著無奈的諷刺：形而上的是普渡眾生的祝禱，形而下的現實卻是黝暗隱遁，無法曝光、無法言說的禁斷之愛。這類複合空間是作家基於文學性功能而構建的，是個人化而不是集體性的使用，比較難以被統合歸類，在實際批評中發現類似用法的篇章亦不多見。本文只好對複合空間的純美學功能先行割愛，來日或得其他專家學者補充。

41 朱西甯，〈偶〉，《狼》，頁一一九—一三一。

42 施叔青，《風前塵埃》（台北：時報，二〇〇八），頁一〇六。

第六章 邊界

小說裡的空間各有作用。基礎的定點空間通常聯繫的是個人在社會中的常態定位，路線是對此定位的暫時性脫離，面則是側重集體性的呈現。然而就像現實世界裡既定空間未必能滿足所有需求，空間功能或意義並非牢不可破，空間總是在劃界與越界的重整中產生。小說空間裡也會出現某些變異空間，讓點線面的基本功能產生變異或挪用，以秩序的轉變或曖昧指涉角色的生活、心理或社會的狀態與調整。除了上一章談到的複合空間，另有一種不常出現、出現時篇幅不多，但是寓意宏觀深遠的變異空間，模糊點線面的三種空間型態卻同時具備三者的功能，就是邊界（borderline）。

邊界，在一般意義的理解是指一個國家與另一個國家領土相鄰的邊境（boundary）上，畫上一條區分各自領域的界線或豎立起界碑、城牆，甚或設置關口派駐戍衛駐防，作為國境標示。踏出界外不只代表離開熟悉的家國更是踏入陌生殊異的風土，過此一步重逢迢迢的孤絕感油然滋生，「春風不渡玉門關」、「西出陽關無故人」等詩句傳述了千古旅人們的惆悵。詩意的情懷遮掩了其修辭生產的物質基礎，讓我們忽略掉當我們提及所謂邊界，主導的想像其實是大陸、接壤型國家的邊界，一種在陸地與陸地相連的國境間標誌出肉眼可茲辨視的區隔。陸地中心的思維讓我們遺忘了另一種截然不同型態的邊界——海島型國家的邊界。海島型國家，如台灣，四面環海，與鄰國的邊界不管是領海和領空的分際，皆無法以一條明顯的警示界線劃分。海島型的國家邊界到底在哪裡？海島國家離人的臨界感是在哪裡產生？

海島國家的邊界問題除了地理性條件還牽涉到歷史性的狀況。以台灣而言，島外的海洋連接的除了外國，還有隸屬國境之內的金馬澎湖等大大小小離島。某些歷史時期，島外的海洋接引的尚有「內地」，有時指的是日本（有時涵蓋滿洲國或朝鮮），有時指的是中國；一旦前者或後者被稱為內地，另一邊即被定位為異國。離開台灣本島，不見得就是離開國境。就國際法而言，領海或領空同是判斷國界的標準，但以海洋與天空作為國家屬地界線和方位，更是肉眼難以判別的虛線。從經驗論說，平民百姓的臨界感，有時出現在港口／海關、機場出入閘口、甚或是登上輪船與飛機，對邊境關口的感知彷彿比邊境線清晰而強烈。作為國界，界線的功能似乎可以被定點置代。延續但更為複雜的是，邊界兩邊相應的面的議題，亦即是國與國的問題。不管是利用何種交通工具、出入何種邊界關口，因為前往的國家不同、原因與目的不同，文本中的人物心理以及文本的主旨意義都會有相應的改變。即使同樣前往中國、日本和美國，有鑑於不同時代中該地與台灣關係的屬性與變化，小說中人物角色出關入關時明顯有殊異的心情與表述語彙，甚至連帶影響故事的情節走向與悲喜劇結局。邊關此一定點，不僅是邊境線的濃縮、旅程的起末，亦且是國境雙邊關係的交疊。點、線、面，三位一體。

點轉喻線、線轉喻面，重重修辭的過程衍伸出邊關這個地理位置，同時是牽涉心理與語意作用的戲劇性空間。地理與歷史交匯的特質賦予此處豐富的心理張力，「域外」的元素額外增添了想像的層次。文本內的異國想像仰賴對文本外雙邊權力關係的理解，小說人物、作者與讀者方能在共同的脈絡下營造氣氛與意義。只不過預設的共識有時為本國讀者搭建出與異國文化接觸的邊境或越界，有時則建構或強化了刻板的異國形象，在象徵體系中為我國與他國劃下疆界。語言文字等象徵符號介入臨界感的空間極大。當富含象徵作用的邊界出現在敘事文本中時，此一曖昧空間的功能是什麼？海島型國家如台灣的邊界再現是否有異於大陸型的國家，台灣旅人的邊界感在何時與何處產生？以下我將先探討所謂邊界的概念然後分析台灣小說中出關與入關，尤其是來往日本、中國和美國等最常出現在文本中的異域時，不同歷史階段、處境和交通工具（船舶或飛機）中邊界與跨界的表述與功能。地理、心理、語言這三種系統如何聯繫起來，並統合起點線面這三類小說空間原型，將是本文企圖處理的學術議題。

一、地／心理的轉喻點

談論疆界（boundary），我們無法不想起最早注意到空間問題的社會學家齊美爾（G. Simmel）的卓見，疆界不是由社會後果造成的空間事實，而是社會事實在空間上的自我形塑，既分離又連繫空間的模式。疆域、界線、通道、橋梁，讓客觀形勢變成心理上的空間現實，然後指引在空間上的主體。諷刺的是，社會空間的人為區隔不但無法在心理空間上導致全然的阻絕，相反地，物品、人物、地方的分離永遠會籠罩在對它們連接物的幻想或危險中。[1]現實空間如此，文本空間裡的疆界更是一個剪不斷理還亂的中介線。德塞杜對邊界的雙重性有非常發人深思的辯證。他指出邊線，是連接和斷裂兩方的線、接觸與拒絕的共同點，扮演第三方的調和角色，包含著互動與相互觀看。這條界線亦可視為某種裂縫間隙，象徵交換與交往，通過此處，將中介轉換成穩定，將空虛轉化成豐饒。這種曖昧性正是故事最偏愛的特質：邊界誘惑著跨越，河流無非是橋梁。橋又是一個具備雙重人格的含混事物，在對雙邊禁制的同時又隱含著邀請，對外部遞出橄欖枝，對內部則傳遞挑戰我方律法的潛能，以離去作為逾越限制或者掌握權力的可能。對於未知外界的想像有賴於內部的認知建構，而對他方的想像與接觸亦可能引起我方因應外部因素的重整，允許境外的變數衝擊境內。弔詭地，即使沒有出界，界外已經存在於界內了。劃界本身就是將內部開放給外部的橋。[2]

邊界這種介於而超乎兩方、蘊含辯證與矛盾的空間，充滿了戲劇性的效果。不過在文學作品裡，國境內與國境外的邊界還有不同的意義與象徵需要進一步釐清。莫拉提在他影響深遠的《歐洲小說圖誌》中直指邊界是歷史小說的核心，但國內與國外的兩種邊界對敘事邏輯的影響有別。他認為，國境內的邊界比較像是時代的開關，讀者知道以前的邊界在哪裡，邁入那個空間彷若進入了朝代。因此對歐洲歷史小說而言，國內邊界的出入通常牽涉到背叛、叛變或是界線的擦拭，內在邊陲整合進更大單位的州或國的混合整併過程。至於外在的邊界，亦即國界，就是冒險的位址。一旦越過國界，即是前往未知、危險、驚奇與懸疑。正因為即將邁入陌生的環境，人們更需要借助語義素描，越接近國境，越容易激發比喻。比喻可以讓人表述即將遭逢的未知同時又涵蓋它。如果兩國彼此是對立的領域，國界更容易碰撞出敘事。[3]

齊美爾、德塞杜和莫拉提的邊界研究提供我們珍貴的思考軸點，卻也讓我們察覺到台灣的地理歷史處境如何與歐美大陸中心的論述架構格格不入，地理特徵影響下的文學象徵因之迥異。齊美爾在強調空間是社會性構成的同時並未排除自然環境的約制，還以山居地形與外界接觸不易為例，進一步解釋疆界會強化內部居民的凝聚力。[4]台灣作為一個島嶼，在一八九五年被劃入日本版圖、一九四五年回復中華民國版圖、一九四九年後又變成中華民國的總部對抗新成立於中國大陸的中華人民共和國。台灣的海岸線始終是天然的邊界，無論跟哪些板塊強行劃入同一領土範圍、改稱哪一塊土地「內地」，但政治意義上頻繁地邊界重劃卻也干擾了島嶼內部居民形成共識。此種關於身分歸屬的矛盾適巧補充說明了齊美爾未及討論當社會性疆界與自然性疆界相互制約的狀況。歷史上台灣島雖曾有荷西等不同勢力占據統理，並未在島內劃出明顯的邊境，因此台灣的歷史小說不可能如莫拉提研究的歐洲歷史小說那般以島內的邊界處理今

1 David Frisby and Mike Featherstone, eds., "Spatial and Urban Culture," in *Simmel on culture: Selected Writings*（London: Sage Publications, 1997）, pp. 137-174.

2 Michel de Certeau, trans., Steven Rendall, *The Practice of Everyday Life*, pp. 127-129.

3 Franco Moretti, *Altas of the European Novel 1800-1900*, pp. 33-47.

4 David Frisby and Mike Featherstone, eds., "Spatial and Urban Culture," in *Simmel on culture: Selected Writings*, p. 142.

昔對比和身分悖反。倒是同樣的海岸線，對台灣小說而言既是國內也是國外的邊界，不管其時中國和日本視為本國或外國。相對於接壤型國家的人為劃界，海島是自成一格的疆域，自外於其他陸地；不必劃界，但德塞杜說的島外因素與勢力始終存在於島內。海洋既是島嶼的邊界也是橋梁，屏障保護著島嶼卻在潮來潮往間帶入友善與不友善的外來事物。海洋的連接性既牽引又卻阻著島民對海外的興趣。海洋究竟該視為島嶼天然的邊界，還是橫亙在其他國家板塊間的邊境，是島嶼的延伸、液態的領土？如果邊界在大陸型的歐洲小說中是激發比喻的空間，自島國出入境的戲劇性只有過之，不管彼方在行政範域上是隸屬國內還是國外。

邊界的模糊性與多重性使得出入同一地點卻有相異的感受。海岸線可以是賞心娛樂的海灘、可以是島嶼與「內地」之間的渡口，或是本國與外國的界線。多重功能並沒有增加它在文本中的能見度。從台灣小說的實證觀之，通常只有牽涉到角色的身分認同，尤其是國族身分的時候，海岸線才會被視為邊界厚描，一般海灘遊玩或出國旅遊的主題鮮少意識到海岸的邊界性及其敘述的能量。誠如莫拉提的觀察，當國界的兩方是敵對緊張關係時，邊界敘述的分量更會增加。爬梳台灣小說長河，我們還可以感受到這種在出入境時激發出的國族身分焦慮從日治時期以迄一九七〇年代間最為鮮明，不論台灣旅人來往的是日本、中國或美國。邊界猶如橫梗在對立兩方間的弦，跨線的摩擦破壞了靜默的平衡而引發激烈的震動。越線的波動震盪延展為一個小型、過渡性的邊境幕間劇，上演旅人的心情小劇場，暫結去國前的角色發展，並為未來的故事線埋下伏筆。

儘管離鄉去國可能觸動身分焦慮，在小說中更直接的寓意是角色即將開展新的旅程，邁向人生歷程的不同階段，揮別熟悉故舊的感觸發生在旅程的開端，既是心理上的作用也是文學上的象徵，不必然與地理上的疆界重疊。鍾理和的〈奔逃〉可以幫我們釐清這個空間感的幽微心理認知。〈奔逃〉講述一對遭受家庭反對的戀人決定從台灣私奔到中國東北，這一路私奔的過程顛躓迢遠：從故鄉坐火車到高雄、從高雄碼頭搭郵輪北上隔天行駛到基隆港暫停、然後在日本門司上岸、接著再渡海到對岸的下關搭船到韓國的釜山、而後從釜山搭火車到中國的奉天下車，最後再搭馬車到北陵（瀋陽）。彼時這些地方雖然同屬日本勢力管轄的範圍，仔細從地理屬性區分的話，是從一個海島到另一個海島、再到另一個半島然後到大陸，跨越了日、韓、中三個國家的邊界，主角的越界感卻只有發生在從台灣到日本的這一段，即使日本本土名義上是台灣的「內地」而非外地。同樣是搭船，從日本航向韓國釜山，主角並沒有邊界感；交通工具從船隻換乘火車，從釜山開往中國也沒有再越界的感覺。更有趣的是，從高雄港啟程航行到基隆港這一段明明猶在台灣境內，出關的感受按理說應該發生在從基隆駛離台灣本島之時，但主角們的哭泣與愁緒卻發生在自高雄離岸之際。隔天抵達基隆港停泊半天後再度啟航，真正離開台灣邊境了，主角的內心並沒有類似的情緒，接續興發的只是前途茫茫何處容身的孤絕感。[5]空間移動橫跨三國的〈奔逃〉，離愁竟然發生在台灣境內的海關之間，顯然地理位址並非產生臨界感的唯一因素。

按理說，島國的邊關內外尚為國境，越過海關並不等於越界，離境的表述應該與大陸型的

---

5 鍾理和，〈奔逃〉，收入彭瑞金主編，《鍾理和集》（台北：前衛，一九九一），頁一六五—一七七。

模式不同。接壤型的邊境在閘口之外可能還輔以人為藩籬（牆、格柵、鐵絲、標線）或自然屏障（河、山、路、植物、地貌）等一整組明確的警誡，從視覺上就得以分辨我方與他方的地界。越過關口即為越線，看得出兩端的分隔，因此擷取最鮮明的點，如「陽關」「玉門關」等關口取代邊線在修辭學上順理成章。這種以點取代線的方式即是修辭學中的轉喻（metonymy），以部分或旁鄰的物品替代全部，是大陸型中國文學裡常見的出境想像。但〈奔逃〉的島國型臨界感同樣濃縮在關口，運用類似的轉喻修辭。先是對親人故鄉揮別，「海岸上的人越來越小，小到已分不清面孔，只有頭上的手巾仍在揮動。台灣——故鄉已在向我們告別了。」然後「高雄不見了！壽山也逐漸向後退，一點一點地遠了，遠了，中央山脈只有不規則的起伏。三小時後，台灣島變成一條暗綠色的線，橫擺在東南一角。這條線越變越薄，越薄越模糊，終於在視野中隱逝，只剩下藍色的天空和藍色的海。」[6]也就是由人至土地、由近至遠，一部分的轉喻單元（人→面孔→手巾）串聯另一部分的轉喻單元（高雄→壽山→中央山脈→海岸線）連接起文字的邊界。

類似的修辭模式除了表述慣性的影響之外，亦有地理歷史與物質條件上不得不然的因素，台灣邊界的浮動性無異增強了表義系統（signification）在空間認知的作用。相較內陸型國家邊界的兩邊陸地皆能提供視覺辨識，海島型國家的邊界兩端，一方是陸地一方則是海洋，陸地上的視覺景觀尚能感受到離境，海洋則無跡可尋。偏偏海岸線具有娛樂和邊界的多重性，作為邊境線也太漫長蜿蜒，關口相對容易聚焦。無垠海洋的彼方難以度量，無法如接壤型邊境踏出一步就是異邦，幾番國境領域的時代變動更加劇國界感知的浮動曖昧，根本無法從視覺上識別航向的是國土內的離島或國外並滋生相應的情緒。沒有與其他國家接壤的海島型離境無法僅以步行或是輕車穿越，僅能仰賴輪船和飛機等完全無法操之在己的大型機械工具，加增抵達的困難度與不確定性。隱形邊界加上大型現代化交通機具，放大了個人的渺小感和危機感，連帶強化對不可見的彼端的想像。因此，應用類似的修辭策略，海洋型的劃界想像不只依賴視覺（visual）、很大成分上亦是心理上的（mental）轉喻。國族的焦慮移置邊界上，越線的焦慮又移置到邊關上。地理上的關口成為點代線、以線代面的心理轉喻。一小片、一小片邊線景觀的轉喻連結起關於島嶼在離人心理的意義。

既然出境代表的是一段旅程開始，有開始就有結束。相對於出境的邊界敘述著重在旅人啟程的那一端，而非抵達彼方時的邊界，當旅人返程，邊界敘事是否發生在回程之始、離開異國邊關之際？從下文將會舉證的許多小說來看，離開異國邊界時的敘述強度並不若抵達台灣邊界時強烈。正如踏出故里是人生新歷程的隱喻，踏入故里方是此一歷程的完結。換句話說，出入母國的邊境才是旅途的起點與終點。出境與入境既是同一地點，入關的敘述與出關同樣大量依賴轉喻修辭，海路和空路皆然。只不過，邊界進出勢必擾動國族身分的焦慮，有鑑於兩國關係與層級的差異，出境與入境引發的情緒和再現隨之不同。身處亞細亞的孤兒的位置，台灣人前往日本、中國與美國此三個最常出現在台灣文學的異域，都是處於從弱勢向強勢靠攏的權力隱喻，而返鄉則是權力隱喻的倒轉。面對國族與權力關係的絕對差異和旅途上潛在的險阻，小說

6　同上註，頁一七一。

角色為什麼做出離返台灣的抉擇，是否不以地理跨越的方式就無法脫離故事當下的處境？若是如此，越界此一情節與整體小說結構的關係是什麼？以下我們將更仔細區分出境前往日本、中國與美國、然後再討論從這三國入境，輔以由船隻到飛機的交通工具轉變，思考邊境進出的想像在小說敘事中扮演的功能。

二、出界

從十九世紀末到二十世紀中葉，台灣的國家定位與國際關係三度變異，島嶼的形狀始終如一，它的國界卻屢屢被強行扭轉連接至截然不同的方位。每一次國境重新畫界即是一次主體性的斷裂與嫁接，誠如安佐度亞（Gloria Anzaldua）沉痛地指陳，邊界是用不自然的線畫出你我的領域，它更大的暴力還在於硬生生切斷我們的身分與歷史。[7]十九世紀末，對從中國領土轉變成日本殖民地的台灣人來說，以前視為祖國的中國現在成為異國，同文同種的人變成最熟悉的陌生人；以前視為敵國的日本一夕成為母國，「倭人」「小日本」成為統治者。一九四五年以後，日本人又變回台灣人的敵人，割讓台灣的中國則以祖國的高姿態接管教化被殖民「奴化」的台灣人；一九四九年國府遷台後，台灣與大陸再度成為對立關係。世局詭譎變異，不變的只有台灣的邊緣地位。不難想像，在港口搭上船舶離境是一個多麼掙扎與矛盾的劇場，希望、無奈、恐懼與身分認同的混音對話。船，在傅柯的想像中，是異質空間（heterotopia）的終極範本，它是一個浮動的空間斷片，抹除地方性的地方，自我封閉卻又有無限性，從一個港口航向到另一個港口、從一個妓院轉往另一個妓院，航行到遙遠的殖民地開拓冒險。[8]此類白人殖民者式的浪漫奇遇與英雄情懷，絕對不是殖民地台灣的菁英所能擁有的奢侈想像。即使結束殖民狀態的戰後，即使交通工具從船舶轉變為飛機，離境大多不是快樂的出航。

（一）戰前

日治時期台灣青年前往日本求學的典型心情可見諸楊雲萍寫於一九二六年的〈到異鄉〉，還有吳濁流的《亞細亞的孤兒》，小說主角同樣都因為感受到台灣的落後保守以及被歧視的種族身分，才決定留學爭取新契機。楊雲萍的主人翁對於去日本求取更高的文憑並沒有多大的憧憬，多的是更多的不甘願與無奈，不滿台灣的封建社會制度和家庭制度。「帶著不安和愼重的心理狀態，而似近於神經過敏般」坐上了船，海浪的顛簸一下就讓他無法站立，只能狼狽地攤在「在船內的三等席上，一面在吐那膽汁和胃液，一面在想他的故鄉，思他的父母，戀他可愛的女朋友。」[9]《亞細亞的孤兒》裡的主角胡太明則是「交織著惜別過去的甜蜜和憂傷，以及期待於未來的不安等複雜的情緒」，[10]一直佇立在甲板上眺望著岸上逐漸遠去的人影與陸地。以日治為背景的小說中，對船隻航行存有最接近傳柯式浪漫冒險懷想的，大約要到兩千年後出

7 Gloria Anzaldua, *Boderlands/La Frontera: The New Mestiza*（San Francisco: Aunt Lute Book）, p. 3.

8 Michel Foucault, "Of Other Spaces," 22-27.

9 楊雲萍，〈到異鄉〉，收入張恆豪編，《楊雲萍、張我軍、蔡秋桐合集》，頁三三。

10 吳濁流，《亞細亞的孤兒》，頁八二。

版的《睡眠的航線》中的主角三郎了。懷抱著建造飛機的夢想，三郎成為自願應召前往日本學習機械技術的少年兵。一開始坐上巨大的運輸船時他興奮驕傲不已，覺得離嚮往的先進機器文明更進一步，等到船起錨後波浪輕巧地托起沉重的船身，挫阻了航行的方向與速度，他見識到了真正大海與想像中的大海的絕對差異而感到渺小與恐慌。之後儘管他成為熟知機械知識與操作的少年兵，他的航海經驗讓他越來越感覺所謂現代化科技的運輸艦不過是滄海之一粟，海的寬廣與力量足以吞噬任何文明。[11]總的來說，對日治時期的台灣人而言，去日本就是一個被殖民者向強勢種族與地區求知或求生的舉措，混和著對故鄉失望不滿和認可統治者優勢的屈辱。即使已有心理準備，連三郎這類嚮往宗主國或現代化文明而離境的人都很快體認到，出境的凶險遠比原先預知的多。

不惜以屈辱或風險為代價也要前往日本，在小說裡的基本作用是作為一種改造身分或解決衝突時的手段。因為需要鋪陳情節與角色心理上的掙扎轉折，出境往往發生在故事承先啟後的中段換場或作為故事發展的結局。日治時期台灣人前往中國跟前往日本的功能雷同，儘管不同的國籍身分與認同對角色造成的困擾不一，作為情節開展所需的「新天地」契機或庇護象徵則是差不多。此外，日本與中國雖然是不同的地理區塊，隨著日本侵華戰爭的進行，某些地理上的中國逐步被劃入日本統治的版圖，例如滿洲國，領土界線的變動重劃更造成了認同上的混淆。不同的是，出境前往中國和日本雖同樣有期待有危險，在身分認同的問題上去中國似乎更加困惑，不確定如何定位台灣人跟中國人的關係。國族歸屬的疑惑，在主人公離開邊境的敘述中就會為他往後的遭遇埋下伏筆。譬如《亞細亞的孤兒》的胡太明，他以去東京留學作為脫離在家鄉困境的手段，畢業後並無法讓他在日本社會取得一席之地，返台後也無助於擺脫次等人的工作與生活。再度陷入苦悶處境的他揣想，中國大陸也許有較平等的機會，在長輩引薦下決定前往中國就職。抱持著在中國定居的想法離台，「三千噸的汽船離開碼頭的時候，送行的人群頓時熱烈飛舞著手帕，青蔥的雞籠山開開緩緩地移動。汽船駛出港外，暮色已從西方垂下來，船身開始猛烈搖晃」。[12]碼頭、人群、手帕、雞籠山這個上文已有類似形容的邊界轉喻，緊接著的是境外「暮色」降臨的隱喻。西方，太明前往國度的方向，出現暮色的意象暗示著前景並不樂觀。第二天太明吟作了一首詩明志，其中一句「豈為封侯歸故國」，幾番推敲後改成「遊大陸」。國族身分的猶豫預告了他即將在中國遭逢的際遇。果然隨著國共戰爭與中日戰爭的加劇，他的台灣人身分被懷疑是日本漢奸而逮捕入獄，倉促間只好拋棄所有潛逃回台。

去中國，對胡太明是個逃離日本殖民困境的可能，對鍾肇政《滄溟行》的主人翁卻是投奔祖國、反抗日本的政治寓言。《滄溟行》描述日治時期陸家兩個兄弟，哥哥努力學習當個日本好國民，弟弟則是越來越有抗日意識。在進行一連串反抗運動被追緝後，弟弟決定遠走中國。當汽笛響起的時候，主角站在船上對著岸上送行的人拼命搖著彩紙條直到：

> 再也沒法分辨誰是誰了。不過還可以認出一個一個的身影輪廓。在朝陽下，整個基隆

11　吳明益，《睡眠的航線》（台北：二魚，二〇〇七）。

12　同上，頁一四一。

港被那青山碧水環抱著，顯得又美麗又安詳。而這一切，繼續地在變小……
……他祇是一股勁兒地望著那白雲、青山、點點屋舍。
……不知過了多久，在淚眼模糊裡，故鄉美麗山影已經再也無處可尋了。極目盡是蒼蒼茫茫的海水與藍天，白雲輕浮，白浪舒捲，哪兒是海，哪兒是天，都無由分辨了。[13]

基隆港、青山、屋舍、碧水、藍天、白雲，從港口延續起海岸線的空間轉喻，以一種漸次遠去的台灣整體意象呈現。無獨有偶，《滄溟行》主角也跟胡太明一樣吟誦起漢詩，而且引據的是杜甫的詩句「巨鯨破滄溟」，連帶在最後一頁揭露小說書名的典故與寓意。有趣的是，在杜甫的〈贈翰林張四學士〉裡，原詩是「鯨力破滄溟」。把「鯨力」改成「巨鯨」應是刻意性的誤用而非筆誤。[14]此詩倘若只是主角的明志之用，鯨力與巨鯨兩者皆通，甚至原文鯨力還更適合形容抗日的不可為而為之的力量。但鯨魚與台灣島嶼形狀相似，以「巨鯨」比喻台灣更加貼近此書作為「台灣人三部曲」之第二部的題旨。在滄溟中航行的，明的雖是主角，最後一幕邊境的眺望暗喻的其實是台灣的處境。

《滄溟行》、〈奔逃〉和《亞細亞的孤兒》裡的邊界敘述具有類似的結構。主角皆是先將港口至海岸線的地景修辭連接成富有意義的語彙，然後在一定的距離外從海上回望。拉出距離造成的視角轉換同時帶出身分的切換。海洋就像是彈性的海岸線、凸顯島嶼的外緣畫框，將台灣匡列成一面風景畫、簡化成為可被解讀的意象，允許已然置身境外的主角，以外部者

（outsider）的眼光全景式眺望或俯視所由來處。在關於地方與空間、在地人與外來者的區分中，一般認為在地人是從內部審視卻只能局部認知自己的地方，外來人由外而內的凝視則是捕捉到浮泛的全景。[15]當主角從土生土長的島嶼脫身、浮游在無邊無垠的海洋之際，恰是他從賦有經驗情感與文化歸屬的地方（place）分離、邁向遼闊虛無的空間（space）之時。漂浮在海上失所失根的主角透過回眸返顧自己的本源（origin），從結構化的島嶼意象的詮釋中投射身分認同的想像。這個由點至線至面的邊界想像是藉由語言結構串聯起地理和心理的敘述技術，也是敘事至某個段落的角色事件總結，以及下一節故事的預告。地理邊界往往亦是前後故事段落的轉折邊界。

（二）戰後

二戰前台人出境的目的地不是日本就是中國，二戰後日本成了戰敗國，而中國大陸上的國共內戰惡化，脫離日本殖民又未捲入國共戰火的台灣相對安全穩定。想當然戰後初期台灣文本裡的遷移潮多是移入而非移出。日本不僅不再是高高在上的宗主國，在台日人也落得狼狽遣返

13 鍾肇政，《滄溟行》（台北：遠景，二〇〇五），頁三八五—三八七。

14 耐人尋味的是，杜甫的〈贈翰林張四學士〉原是一首向達官自薦的詩，用來比喻主角去中國求發展的處境也頗為貼切。但鍾肇政似乎刻意斷章取義，讓主角不記得其餘詩句，不知是要避免此一比擬或是只想突出巨鯨破滄溟的意象。

15 參考Yi-fu Tuan, "Intimate Experiences of Place," in *Space and Place: The Perspective of Experience*（Minneapolis: University of Minnesota Press, 1977）, pp. 145-146.

的下場，在這種大氛圍下台灣人還要出境前往日本，通常只有一個原因：逃離更恐怖的國民黨對島嶼的統治暴力。鍾肇政的《怒濤》描述了二二八事件的衝擊導致主角決定（逃）離台赴日本深造。作家在「終章」的邊界想像時也偷渡一段政治批評。迥異於其他小說中對好山好水的故鄉的眷慕和離情，《怒濤》主角抵達基隆碼頭時再現的不是眼前的美景，而是禁忌歷史場景的想像。「眼前這蔚藍的海如今也失去了原本的光彩，顯得那麼灰樸樸的。不為什麼，只因她不久前才呑噬了一大批生靈——傳聞中，許多人被抓起來，用鐵絲把手掌或者腳踝串聯在一起給推入海浪裡。才不多久以前，還有浮屍出現。早已浮腫、腐爛，一碰皮肉就一塊塊的剝落，剩下一把把枯骨……」[16]同樣運用轉喻修辭，鐵絲、屍塊與枯骨串聯起另類的邊界，以殺戮規訓築起生死藩籬。籠罩在愁雲慘霧之中的故鄉前景不言可喻，主角離境的回眸全景徒有「船吐著黑煙，漸漸被雨幕呑噬了……」[17]愁雨慘霧的意象，傳遞出作者沉痛的政治控訴。

隨著島內島外秩序的穩定與經濟的發展，台灣人又陸陸續續啟程，只不過目的地轉變成美國，交通方式也逐漸從船舶改由飛機取代。五〇年代實施戒嚴以後管制自由出國，台人出國的原因跟戰前類似，主要都是留學或就職。這波出入境最顯著的文學類型，約莫集中在六、七〇年代的留學生文學。過往，不管前往日本或中國，主角在邊境敘述總是有種不得不然的無奈感，連結到的焦慮多是與種族或國族身分有關。相較之下，美國連結的往往偏向個人的追求。如果涉及種族歧視或國家地位的問題，小說通常會在主角在美國境內生活時描述，而不是發生在邊界敘事。明顯的案例見諸白先勇的〈謫仙記〉，主旨是哀悼中國的衰敗，移民菁英們在美國感受到中國榮光繁華的一去不返。[18]然而小說裡四位女性角色在出境時皆是迫不及待要往更寬廣天地飛去的躊躇滿志，直到在美國生活多年後才滋生出國族的焦慮。或許超級大國的生活總是令人充滿遐想，台灣文學中出國前往美國雖然也包含了斷捨離的過程，但不像前往日本與中國那般混雜著國族矛盾。主角在邊境敘事時的重點主要偏向個人生涯的取捨與發展，對大環境的問題頂多還是模模糊糊的擔憂。

台灣留學生文學的先行者於梨華在長篇《焰》裡，描寫了五〇年代三個經歷各異的台大女學生最後都出國留學的故事。很寶貴的是，這部小說書寫了當時台灣的國際機場——台北松山機場——的景觀，讀者不僅看得到海關閘口外道別的樣貌，還能看到現時已不存在的送行至停機坪的歷史畫面。出境的情節在文本中出現了兩次。第一次是其中一名女主角的哥哥出國，全家人暨一干親朋好友到機場送行。在出境大廳和眾親友拍照告別後，父母猶能拿著兩張入口證陪同乘客送行到機艙前。強忍著離愁別緒，兒子「猛然的，一步跨幾級，他衝上飛機的扶梯。在機上，他才遲鈍地轉過身，對父母看了一眼，五分鐘的一眼，然後他被吸進那個不知什麼叫做別離的機器裡。」[19]在這個場景裡，由於飛機停泊在國境內，以飛機艙口替代邊界而非地理和法律上的界線或關口，更清楚顯示邊界感受的心理作用；角色的心緒波動顯然肇因於與家人

16　鍾肇政，《怒濤》（台北：草根，一九九七），頁三八八。
17　同上，頁三九七。
18　白先勇，〈謫仙記〉，《謫仙記》（台北：大林，一九八一），頁二三九—二七一。
19　於梨華，《焰》（台北：皇冠，一九六七），頁二七四。

的分離，是個人情感因素而不涉及即將面對的國族種族議題。第二次、也是小說的結尾，其中兩位閨密歷經大學時期的風風雨雨，決定結伴去美國深造追求更好的生涯發展，送行的場面類似但更仔細。在廣播催促上飛機後，兩位乘客及父母們走入了閘口，女主角突然意識到了界線的意義。「她們和親友被隔在欄杆的裡外。一長條橫槓所隔絕的是未來的斷然不同的生活，再也不會相同的情感，以及見不到的可能性。除非欄杆裡的人忽然跳出去，或欄杆外的人自願跳進來，他們的生活將愈離愈遠，而他們的感情也將逐漸陌生了。……她已是他們之外的人，她已是一個客人了。」[20]這裡的欄杆當然還在國境之內，但透過比喻，在主角心裡形同跨出了國界，劃出了未來歸屬之別。當飛機起飛到一定高度後，她們往窗外張看，「白雲底下，是翠得叫人樂觀的稻田，還有黃沙的公路，細黑的煙囪，豆腐形的房屋，倚在一起的竹林，偶爾的溪流，更偶爾的烏龜形的汽車。」這一段從空中俯視的視角雖然跟搭船從平行、遠眺的視角不同，但是選擇性地將空間景觀連續組合起台灣意象的觀看模式與修辭技巧是類似的。跟日治時期的旅行者前往優勢國度時的不安自卑不同，五〇年代的她們並沒有把「弱勢」的國族身分與自己合一。鳥瞰著眼下的國境，「她們消磨了跨進二十歲以前的最燦爛的少女的四年光陰的土地！是祖國，也是異地。是家鄉，也是客居。」兩個閨密說，這是台灣，「這麼小的一個地方。」「是呵，所以我們應該到別處去看看。」[21]沒看過小說的讀者，由「是祖國也是異地」這句話也可以推測她們是戰後才遷移來台的外省人，但即便缺乏對台灣土地的認同感，以中國人身分自居的她們在跨出國門時也沒有失根的中國人即將在白種人國度寄人籬下的悲涼。反而有一種坐看家鄉小、迫不及待要加入大千世界的渴望。這種個人主體身分大於國族身分的邊界敘述是日治時期的旅人難以想像的信心。

明明是跨越邊界，為什麼去日本中國和去美國會有這麼大的差別？誠如上一節德塞杜關於邊界的雙重性的洞察，對界外的想像根據的其實是界內的預設認知，界外是界內的人經過想像與論述建構起來的世界，反映界內的人如何詮釋歷史現實下兩者的利益價值與權力關係。在還沒跨線親臨其境之前，彼端的異同與特色無非是在我端境內的想像。台灣與日本、中國來往悠久且頻繁，在日常生活中與台灣人身分間的扞格衝突是可見可知之事，美國畢竟遙遠而且交往不多，美國夢猶新興未艾，出境前尚無法具體想像種族身分的劣勢。此外，戰前台灣殖民地的地位，不只造成台灣人被統治的自卑感，日本統治者更在日本彼端製造大和民族優勢神話並透過種種意識形態國家機器在台灣島內傳播教育，亦即薩伊德（Edward Said）戳破的殖民敘事常見的操作手法。[22]戰後國族意識形態的操作剛好相反。黨國教育論述中強調中華民國是打贏二戰的四強陣營，即使五〇年代後實際管轄地只有台澎金馬。即使是前往世界強國，彼此間並無從屬關係，不像日本、中國之於台灣，國族身分相對沒那麼緊張。日治時期台灣人去日本或中國，混和著期待、危險或者身分認同的危機，這種國族焦慮到了五、六〇年代漸次和緩，角色個體的轉機與自我超越的因素加重。然而不管出國的原因為何、不管由海路遠眺或是天空俯

20 同上，頁五〇七。

21 同上，頁五一四。

22 Edward Said, "Narrative and Social Space" in *Culture and Imperialism*（New York: Alfred A.Knopf, 1993）, pp. 62-80.

視，國境的逼近正好是故事矛盾與衝突在此呈現、整理、並暫時了結的戲劇性幕間。跨過這條邊界，人生與小說旅程似乎就翻到另一個嶄新的篇章。綜而言之，跨出國境的想像是此前角色故事段落的小結、接續故事的暗示、以及人物所處的空間文化裡對雙邊關係的意識濃縮。真實與想像間的差距張力，有時在兩端的中介，透過描寫隱約透露出端倪，為即將開啟的下一章預留伏筆。

三、入界

既然出境帶有某些被建構虛幻的想像，角色真正經歷過在異域的文明與生活後返國呢？如果說出國是角色解決危機或自我超越的方式，那麼返國代表什麼？邊界的再臨是否還有身分意義上的焦慮？在踏入國界之際，角色如何看待故園，邊界修辭是否一如出境之際？在小說敘事中，入境的邊界想像擔負何種作用？必須強調的是，返國時的邊界敘述不是發生在異國端，而是在臨近台灣這頭的邊界，一如出境。換言之，出境時的邊界想像產生於行旅之初，而入境時產生於行旅之末。同樣的都是在家鄉這端的邊界觸動濃重的情感。因此我們會看到同一本書中若有描寫到入境和出境的情節，都是在同一地點、只是離與返不同情緒的狀況。以下依然是依循戰前與戰後，日本、中國和美國的順序來分析。

（一）戰前

從上一節的小說中，很遺憾地顯示一個事實，從日治時期以迄戰後初期，台灣旅人都是以一種追求更好教育、工作、文化資源等取經的心態前往日中美。彼方總是以一種更文明、更發達或更宏偉的意象存在，台灣則是卑屈、落後的蕞爾小島。主角在這些發達繁榮的異鄉即使遭遇到身分的歧視，但克服了這些歧視生存下來並達成既定目標，即是一種自我完成與超越。可惜相對於角色自我認知到的進展或具體成果，台灣並無法在相同的期間內迅速展現不同。一個經過異國文化洗禮過、更「進步」的旅人，如何觀看「落後」的家鄉、面對我與故土故人間的異同。假使說出境意味著困境或自我的超越，入境毋寧是對根源的回溯或與自我身分的整合，只是已經拉開的隔閡有時會造成更分裂或無法合一的痛苦。倘若角色是抱著大展長才或改造故鄉的理想返鄉，更容易在熱忱與現實的巨大落差中產生幻滅。周金波〈志願兵〉的主角在東京留學時雖然長年孤獨而哀愁，返回台灣時卻是懷著陰沉冷漠的心情下了船。他的表弟在留學休假期間特地返台探望懷念的家鄉，一下基隆港就為台灣的停滯落伍而大失所望。[23]周金波這篇皇民化運動的代表作雖然充斥著日尊台卑的偏見，小說角色們返台時的心情倒是頗為典型。意識形態截然不同的《亞細亞的孤兒》，主角也有類似返國感受。闊別久違的故國海岸，他想起的是東京的風景與人事，一走上了苦力很多的基隆碼頭立刻感覺比東京遲緩落後，失落沮喪的情緒頓時湧上心頭。[24]

在某些政治局勢緊張的時期，返鄉與否不再是單純的生涯規劃，留在僑居地或返回台灣都

---

23 周金波，〈志願兵〉，《周金波集》（台北：前衛，二〇〇二），頁一三。

24 吳濁流，《亞細亞的孤兒》，頁九八。

牽涉到存亡的考慮。不管從日本或中國返回台灣皆非簡單平順的事，旅人不但得在船上面對不同政體勢力的監控威脅、在海上遭遇魚雷或砲彈的攻擊，回到台灣也面臨到警察的監督以及戰火的威脅。譬如太平洋戰爭後期，鍾肇政《插天山之歌》裡的異議分子主角和同志們從神戶港返台時，在日籍船上不僅受到日本警察的監視，而且還不幸遭受到盟軍潛艇的炮擊，如之前往返台日航路的「高千穗丸」和「高砂丸」郵輪一樣。主角在海上漂流，所幸獲漁夫搭救上岸才撿回一命。[25]在這種多邊混戰、敵我難分的動態中，小說角色在分辨「異」或「己」的歸屬中不僅動搖了主體身分的認同，連帶衝擊對台灣的國族定位的認知。台灣被清朝割讓而引起台灣抗日運動並成立台灣民主國時，中日台三方乍時關係詭譎緊張。東方白《浪淘沙》裡移民台灣的第一代成員適巧回到中國探親，在選擇留在中國或者返回台灣的時代變局中，他決定回來跟台灣的妻小一起。彼時日本軍隊嚴格封鎖台灣海岸，輪船公司因此拒絕搭載中國旅客，只剩原本輪送貨物的小輪船冒險載客。搭乘輕簡的小貨船航渡黑水溝險象環生，不僅船上機師水準參差、乘客雜沓擁擠，海上的風浪濃霧此起彼落，幾度險險撞上巖礁。當主角終於靠近島嶼時，作者饒富深意地用了一大段具體而微的寫生，描寫從淡水外海看見台灣海岸的景象：

那廣闊的淡水河在陽光下閃閃爍爍地顫抖著，河面漸遠漸窄，最後消失在帆檣林立的群船之中。河的右邊，矗起在那片沙洲之上，便是那蒼翠的觀音山，山腰叢生著綠草，竹林和榕樹，幾座茅舍和村屋錯落地點綴其間。……淡水這小鎮便靜躺在河與海的交界處，在那一簇低矮的民屋之間，可以看見中國海關的白色建築，那屋上的旗桿

> 空空的什麼旗也不掛。在海關的後面聳起一座小丘，丘上巍然聳立著那座紅磚建造的「紅毛城」，仍然如二百五十年前荷蘭人新造時的雄渾與壯觀，稍遠一些便是加拿大傳教士馬偕的教堂和西洋風的神學院了……[26]

就像前一節討論到出境時的空間轉喻，入境同樣是由一個一個的空間轉喻串聯起邊界。事實上不管是出境還是入境，看似再自然不過的地景的擇取與轉喻皆隱藏著語言學的雙軸結構。語言學大師雅克愼（Roman Jakobson）曾經指出任何表意符號都包含兩種配置：組合（combination）與選擇（selection）。組合軸是實際出現的字句，根據的是連接毗鄰的邏輯，就像修辭裡的轉喻（metonymy）；選擇軸則是隱形的系譜軸，根據聯想的邏輯從相似的辭庫中挑選，猶如修辭裡的隱喻（metaphor）。此二軸為語意符號提供了兩組詮釋。[27]正如語言學裡的詞語連接是從類似的比喻中挑選而後組合成有意義的文句，狀似客觀連接的邊界空間其實是精挑細選的語意敘述。它的語義不只顯示在作者組合起來的文句，還在於他「選擇」什麼性質的空間符號群。在這一段引文裡，首先是全景式描寫自然景觀，接著人文景觀（茅舍與村屋），

---

25 鍾肇政，《插天山之歌》（台北：遠景，二〇〇五）。

26 東方白，《浪淘沙》（台北：前衛，二〇〇五），頁四五。

27 Roman Jakobson, "Two Aspects of Language and Two Types of Aphasic Disturbances," in *On Language*, edited by Linda R. Laugh and Monique Monville-Burston（Cambridge: Harvard University Press, 1990）, pp. 115-133.

最後點到幾個歷史建築：中國海關、荷蘭人的紅毛城、加拿大傳教士的教堂與神學院。這幾個建築符號的相似處在於皆是歷年來統治或影響台灣的外來勢力。將這群叱吒一時的政治空間符號安排在一大段美麗山水的描寫之後、包圍在一般民宅之間，宛若點綴其間的遺址。暗喻儘管台灣處於數股國際勢力的衝匯，「河與海的交會處」，外在勢力並不擁有這塊島嶼，潮來潮往後終將撤退，一如中國海關上空蕩蕩的旗幟（以及尚未懸掛的日本國旗），徒為土地上的陳跡。作者選擇多個國際化地標的並置與棄置，暗示統治勢力的交替與短暫，凸顯了首段自然景觀的恆久性和土地的主體性。這段以空間轉喻組合成形的邊界敘述恰是貫穿《浪淘沙》全書的政治寓言。

台灣小說裡堪稱出入境最頻繁的主角胡太明當然也不乏從中國返台的經歷，還兩次，而且都比他從日本返台悽慘。上一節曾經提及，《亞細亞的孤兒》胡太明抱著永不回頭的心情移居中國，他的台灣人身分卻被中國政府懷疑是日本漢奸，不得不倉皇跑路。這一次返台的過程驚險狼狽，充分顯示台灣人身分夾縫間的屈辱。當他在南京碼頭向一艘日本籍郵船表明國籍身分並請求庇護搭乘至上海租界區，儘管日籍船長譏諷他只有這種時候才願意承認是日本人時，他獲准上船後「就像到了故鄉的船上一樣，內心立即安定下來」。[28]到了上海租界區，日本憲兵隊卻懷疑台灣人是中國漢奸，只好隻身逃回台灣。到了基隆上岸還來不及有返鄉的興奮與安全感，水上警察和海關就對他嚴密檢查，一路跟監到他返家，日後無時不有警察監視著他。但即使不被信任，當中日戰爭熾熱而徵調台灣青年入伍時，太明一樣被日本海軍徵召入伍被遣送至中國。以敵對身分返回中國目睹戰場上的殘酷暴行後，太明大受刺激病倒而被遣送返台。兩次狼狽的入境徹底解構了他對身分定位的認同，分裂主體的他終至完全瘋狂。

（二）戰後

戰爭結束雖然結束了砲火流彈，危險並未因此結束，反而因為幾個政體的重新洗牌而陷入新一輪的混亂與殺戮。最明顯的改變是台灣人再次面對國家身分的塗寫，以及島內的新衝突和國共內戰波及下大量湧進台灣的移民潮。從一九四五到一九五〇年這短短數年間，出入境的性質從自願的旅行轉變為遣返、逃難或逃亡，抵達彼岸時伴隨著的是更迷惘的身分與未來。前一節曾談及興沖沖赴日本當志願兵的《睡眠的航線》的主角，戰後被遣返回台，當船隻終於靠岸時，隨船的日本軍人發放證明文件給岸上的中國軍人，上書「此人已確實移交中華民國政府。二、此人已除去日本國籍，並入籍中華民國」。[29]簡短一張證明文件，少年返回熟悉的故鄉，卻踏進了新的祖國。出入同一條邊界，硬生生切開身分的兩種歷史。鍾肇政的《怒濤》對此時期的混亂詭譎有更詳細的描寫。故事時間設定在戰爭結束後一年多，在來往海峽兩岸執行運送難民任務的船上，被遣送回台的人包括被日軍強征的軍夫、志願兵、看護婦、通譯、農業挺身隊、被日本軍政府徵用的雇員和軍屬等，以及隱瞞罪行的漢奸。這些身分殊異而且相互猜疑提防的人，即使船離了岸也忐忑不安。「浪頭是被沉沉暮色隱去了，但似乎並沒有變小，因為仍

---

28 吳濁流，《亞細亞的孤兒》，頁二一一。

29 吳明益，《睡眠的航線》，頁二七〇。

有對岸幾盞幽邈的燈光反照出細碎的粼粼微光，而且船身也好像依然在輕輕擺盪……」[30]同樣是被遣送回台灣的難民，彼此間對所謂同舟共濟、患難與共的說詞不存幻想，因為他們見證到戰前的說詞在戰後立刻換成另一套。「終戰像條清清楚楚的界線，把終戰前與終戰後劃開」，「但是現實卻是殘忍的。他們只知道在舊秩序崩潰後迫在眼前的嚴厲事實：逃難、流浪、威脅、危險，外加飢寒。」[31]

國共內戰加劇時，台灣成為許多大陸人躲避戰火的暫時庇護所、中途之家，相繼前來台灣避難工作或定居。即使國民黨政府正式遷台以後，不少人還是樂觀地以為這只是暫時的分治。或許不覺得台灣是「境外」，描寫這個時期逃難潮的小說偏重的是流離失所的艱辛而非身分的異動，如張漱菡的《江山萬里心》和袁瓊瓊的《今生緣》並沒有在出入境時對邊境特別著墨。[32]比較特別的是一本五〇年代在香港出版，似乎立意向域外讀者介紹今日台灣的《日月潭之戀》，頗為詳細地描述了躲避烽火尋找發展契機的大陸青年離開大陸來台灣的出入境風景。輪船離開黃浦江時，主角看到江面一片混濁，想起自己最想逃離的就是無止境的紊亂與混濁。心中喃喃自語，「像是祈求，又像是祝福：——別了，我的祖國，我的故鄉，我的家！別了，我的老朋友——紊亂與混濁！……」[33]在他的預想中，若是台灣不如預期就再往其他東南亞國家找出路。在「靜靜的」台灣海峽航行了一天兩夜後，第三天上午，「從甲板上遠遠就看見一線青山，在湛藍的海波之上，成為海與天的分野。」[34]駛進基隆港後，看到的建築雖然殷實，但是都有砲火摧殘過的痕跡，岸上的挑夫穿著補釘過的舊衣，卻堆滿溫順的笑容又負責任守秩序，給了主角深刻的感念。此一海岸印象埋下了此後全書的基調。全書裡顯示的台灣就是一個基礎建設良好，逐步從戰火中恢復更新的地方。目睹台灣的建設蒸蒸日上，對比大陸的紊亂與貧窮卻逐年惡化，主角後來決定放棄安樂鄉的生活，潛回故鄉向世人報導鐵幕真相。

國族認同的抉擇並未隨著戰後地緣政治的穩定而消散，隨著兩岸鬥爭延燒到國際舞台，台灣孤立的國際處境再度觸動身分焦慮。這個時期，小說中返回台灣與否不只是左傾或右傾的政治路線選擇，還隱含著某種國族定位的寓言。張系國的《昨日之怒》描寫的即是美國保釣運動前後台灣知識分子不同的路線與際遇。保釣運動高潮過後，許多留美台灣人面對冷卻的理想都有些無所適從，躊躇在留美國、去大陸、回台灣的三條路徑。其中一位主角也在三條道路間舉棋不定，適逢父親生病，他決定先返回睽違十年的台灣看看再做打算。當他

第一眼看到台灣的海岸線，心臟整個收縮起來。到了！到了！他從心底狂喊著：台灣，我美麗的故鄉，我終於又回到妳的身邊了。他試圖辨認海岸線的位置。飛機自北朝南飛，這該是基隆南方的海岸吧？從機窗口下望，由蔚藍而淺藍而近乎青綠色的海洋，清楚呈現在眼底。一道道白色的條紋，該是撲向岸邊的浪頭。緊接著海岸線便是

30 鍾肇政，《怒濤》，頁六。
31 同上，頁一三。
32 張漱菡，《江山萬里心》（台北：明華，一九五九）；袁瓊瓊，《今生緣》。
33 龔聲濤，《日月潭之戀》（香港：亞洲出版社，一九五四），頁三。
34 同上，頁一五。

一塊塊方形的田畝，那麼細緻，那麼井然有序，然後是灰色蜿蜒的公路。海面上現出現一個黑色的小島。又是一個。島嶼外延也圍繞著一圈圈的白線。好美的島！……飛機轉了一個彎，便斜著飛進一條河的河口。他毫無困難認出了淡水鎮。越來越近了，他的心也越跳越快。田地逐漸為房屋所取代，道路也更多更密。飛機沿著基隆河飛著，他緊貼著窗口，恨不得看飽每一寸土地。他看到了半個灰色的台北市，就在他腳下，他幾乎可以摸著它。道路和房屋都越變越大，行人和車輛也清晰可見一切都在增大、增大、增大，都移動得更迅速，從他眼前滑過。然後轟然一聲，飛機著陸了。[35]

一等解開安全帶，他迫不及待地擠到機門口搶著下樓梯。踏到停機坪的水泥地面時，他激動得幾乎想跪下來吻一吻那不是土地的土地。想當然爾，這趟返鄉之旅確定了他學成歸國的決心。

值得注意的，《昨日之怒》從飛機返台的航道跟《浪淘沙》的船舶航道皆是取徑淡水入境。雅克慎的表意二軸說提供了我們比較的重點。相較於東方白特意選擇淡水河口幾棟具有國族色彩的人文建築，張系國不僅一概忽視，連基隆河畔必經的、最具有統治象徵的中國宮廷式圓山飯店也略而不提。整組選擇的聯想符號偏重的是自然空間。自然景觀、海岸線、小島礁、田地、河川以及點綴其間的公路與房舍、車輛與行人，依序自然至人文景觀的空間組合。此段邊境敘述中凸顯的是土地的意象。或許也只有以土地的連結——理性又非理性的理由——得以解釋彼時留美台人為什麼不留在更富裕、更安全的美國，而選擇返回在國際動盪局勢中如扁舟飄搖的母國吧。

八〇年代以後台灣經濟起飛，兩岸和出國旅行的禁令漸次解除，台灣人出國的目的五花八門，目的地除了美日中，還有歐亞非等其他戒嚴時期較少前往的地區，相對於其他國度終於不再處於絕對弱勢的位階。然而越是與他國頻繁接觸，越是觸動國族身分的敏感神經。即使揮別悲情，「我是誰」，往往是台灣人在國際局勢中揮之不去的主體焦慮。返回台灣、重新認識這塊土地的故事，以便為自己和台灣釐清定位，還是當代文學裡時有所見的主題。陳玉慧的《海神家族》即是其中最具代表性的作品之一。小說裡的家族成員連結不同的國度，有日本來回、中國來回、還有歐美洲來回，從日治時期至當代各自因為移民、結婚、逃難、探親、留學、工作等形形色色的原因離返，幾乎是一頁二十世紀台灣的遷移史。儘管小說中坐船的坐飛機的、甚至連開飛機的都有，但是只有故事一開頭、離開台灣二十年的敘述者帶著她的外籍先生返台時，出現關於邊界的描述。以入境為序曲，這部著作向讀者預告的是它的尋根主旨。小說一開始，機艙播放降落廣播，艙外天空清澈廣袤，只有巨大厚實的雲層漂浮著，後座響起某位陌生母親教導女兒的聲音，「這邊是台灣，那邊是中國」，似乎為藍天白雲的渾沌畫出了界線。敘述者俯視窗外，「亞熱帶區的田野展現堅毅的綠色」逐漸清晰，喚起她深藏記憶中的情感。[36]然而走出海關，出口自動門打開時，她卻覺得所有接機人群投注在她的臉上的眼光似乎好奇

---

35 張系國，《昨日之怒》（台北：洪範，一九七九），頁二二五—二二六。

36 陳玉慧，《海神家族》（台北：印刻，二〇〇四），頁九。

著，你是誰？為什麼會和這個外國男人一起出現？當然，這個問號毋寧是敘述者對於身分認同疑問的自我投射，連帶地當計程車司機不過是交際性隨口問她是哪裡人時，她一股腦地將家庭的國族籍貫告訴司機，想從外人的標準確認自己的身分定位。這一節入境敘述猶如全書主旨的提綱契領，為探討台灣這個移民國家的種族與遷移歷史揭開序幕，以質問開場至結尾時完成台灣主體性的認同建構。

邊界不僅僅是我方與他方兩邊政經文化的折衝，也是敘事中幕與幕之間的轉折，偶爾會有作者趁此過場插入小段幕間劇（interlude）豐富小說內涵，例如旅行與性別的關聯。在男女絕對不平等的殖民時期，出境對台灣男性都不免觸動危險且複雜認同的紅線，女性旅行者更多了一重性別身分的設限。在絕大多數的男性旅行故事中，東方白的《浪淘沙》很難得地以女性的視角觸及搭乘船隻的不便經驗。這部講述中國移民至台灣的家族史小說，中間描述了第二代女性成員到日本留學的情節。船一開始向基隆港外駛去時，「她望見基隆的那兩條防波堤如兩隻長臂抱著內海，一只白色的燈塔在防波堤的一端，固定地發射出黃色的信號，船才駛出防波堤中間的出口，便看見一艘黑黑越越的戰艦橫在外海的海面，彷彿是保護港口，又好像是監視港內的活動似地。」[37]迥異於前述男性旅人多以自然或生活景觀作為轉喻，女性角色視角選擇的轉喻反倒是具有陽剛、威嚇意味的防波堤、燈塔、信號、戰艦，似乎以性別政治的比喻類比殖民統治的壓迫。她到東京念書時，果然備受日本女同學欺凌，日夜匪懈苦讀終致病倒。趁著學期間返台休養，航程中，就在傅柯口中航向殖民地、一個妓院又一個妓院、可謂猶如極致夢想載具的船上，又遭受台灣人恃強凌弱的性別歧視。由於船上並未規劃女性專屬設備，主角不僅與其他男性乘客共用艙房，還必須忍受他們抱怨有女室友而無法放鬆；即使是人人有權使用的公共澡堂，女性，一如所有男乘客在浴桶裡浸泡的洗浴方式，卻被其他男性咒罵，因為女性——次等人種——「汙染」過的澡缸被視為不潔。同船的男性同胞們不只沒有體諒、禮讓女性旅行者的處境，時不時還給予言語霸凌，直到他們在暴風雨中領受到她的照顧和關懷，才終於對與女性同行改觀。[38]性別身分造成的旅行障礙在戰後以飛機為主要交通工具的小說中已不復見。或許是承平時期旅行不必再冒著生命危險，而且飛機的設備更現代化、飛行時間更短，相對弭平了性別身分在旅行經驗上的差別待遇，也或者是性別關係逐漸改善。從早期於梨華的《焰》到當代陳玉慧的《海神家族》，性別身分不再是出入境時的難題。

四、結論

小說基本的元素是敘述人物的行為發展及其來龍去脈，當角色或故事遭遇到某個局限，時空環境的跳脫不失為一種改造身分或解決困境時的手段。逾越固有的框線，人生與小說旅程似乎翻轉到嶄新的一頁。邊界作為前塵與後事之間的變異空間、斷開又連接兩者的中介，透過旅人交換和交流的腳程將時空轉換至另一種語境。然而當時空環境的跳脫拉高到國境的層次，邊

37 東方白，《浪淘沙》，頁四五九。

38 同上，頁五五五—五六一。

界的作用就已經超越敘事的基本功能，進一層指涉身分認同的議題以至角色所處空間文化裡對雙邊關係的意識濃縮。邊境敘述隱藏的正是國族身分的矛盾、衝突以及調和的期待。梳理二十世紀台灣小說，描寫出入境時激發出的國族認同焦慮特別集中在身分政治較為波動的幾個時期。假使說出境意味著對僵局、自我的超越或對境內現況的不滿，入境毋寧是與自我身分的整合或對本源的回溯與回應。出入國境象徵著人生某階段旅程的出發與完成，因此邊界敘述皆發生在母國國境而非異國彼端。由於海島的邊界綿長蜿蜒，海洋彼端的國度又難以目測，空間的認知相對浮動，在視覺之外亦需要借助語言符號串聯起結構化的島嶼意象，以茲旅人識別並投射意義。國界的逼近激活出國族身分的焦慮，邊界的意義又轉喻到邊關的進出，由面至線、由線至點的想像，重重偷渡語言結構組合起地理和心理的隱喻。研究台灣文學的邊界敘述，不僅回顧台灣人國族身分在不同歷史狀況與地理關係中的變化，也能從屢經變迭的國家定位更細緻地分辨出入境時傳遞的權力關係與文本意旨。作為海島型國家，台灣小說對邊界修辭的運用展現出比接壤型國家更複雜幽微的想像。邊界，雖然不常出現在小說中、出現時篇幅不多，卻是個人、國族與文本的交會，模糊點、線、面三種空間型態而又具備三者的功能，寓意宏觀深遠的變異空間。

第七章
結論　延展空間

建構小說中的空間原理，是不是一個太遲了的學術課題？太遲，主要是遺憾小說理論中的空間研究被延遲太久，如今才來看見小說空間，是否已時不我予？作為文字藝術的小說在屈居文學類型邊緣的幾世紀後雖在二十世紀躍居主流，在進入文類與媒介劇烈嬗變的二十一世紀，本身已然面臨了開到荼蘼的危機。即使敘事研究的重要性被其他學科肯定，但在小說的形式、內容、類型、媒材、讀寫、流通模式和影響力迎來巨變的此時，能讓邁入夕陽文類的研究更加完整，又有什麼意義呢？許多小說從業人員的擔憂，以紙本文字作為出版形式的現代小說在新紀元裡將不敵影像文本。或許小說書籍的閱讀人口相較於上個世紀的確有流失的現象。然而如果我們將敘事視為小說的核心，從最古老的、最陽春的說故事，以迄當代各種不同影像媒介、電視、電影、舞台劇和動漫畫等等，敘事的功能與魅力反而有增無減。從國際交流的角度來看，文學的翻譯、閱讀、改編和傳播從十九世紀以迄當代皆以小說為最大宗。小說如何講述故事，不僅對其他影像媒介有參考作用，也能影響本國和外國文學讀者的認知模式。正因為認識到敘事的重要性，如我在緒論章所述，許多社會科學和生物科學研究裡逐漸出現了敘事轉向的趨勢。本書的論述中，偶爾會夾帶對外國文學和其他藝術類型的比較，也是因為相信小說研究在比較文學和文化上的潛力。儘管敘事的空間原理是個被耽擱了的研究課題，它能應用參照的範圍與時效無窮。

前幾章的論述，就三個基礎空間和兩個變異空間，分別討論小說中點、線、面、複合空間與邊界的作用。這樣的做法是確保個別的空間型態能獲得充分的闡釋，足以調整、挑戰對小說原理的既有認識，以便未來和其他元素進行整體和連動性的整合。由新的空間知識延展出去的思辨層面非常多，儘管本書的篇幅有限，不妨在結論中就貫穿各章的一些共通議題，做綜合性的思考。這些探討，勉強說是提綱契領式的見解，倒不如誠實說是拋出筆者苦思多年而尚未有定論的初步觀察，留待賢達為下一階段的敘事研究做鋪墊之用。從空間裝置反思小說原理的三個關鍵面向，我認為可以分從時代性、動態性和類型性談起。

延展面一：小說的空間模式有沒有時代性？

在這本彰顯空間重量的論述中，時間因素始終存在於每一章的討論，不管是分析空間再現的現實脈絡、文學流派的時代性演變等，或者談及點線不同的順序排列會製造不一樣的敘事行進節奏。囿於各章主軸雖無意詳談，字裡行間都指向另一個至要的研究議題——空間與時間的關係。所謂小說的時間，範疇很多，我們可以從時代這個基礎層次開始。一般而言，專業的讀者即使閱讀到陌生的小說，多少能從人物塑造對話、情節鋪陳或敘述者的變化等等，推估它是什麼年代的作品。既然本書立足空間換位閱讀，小說的空間模式是否能如上述種種裝置，顯示出文本的創作年代，至少是浮泛的時代範圍，傳統、現代和當代？

跟我們的問題儘管不直接相關，帕維在《虛構世界》一書中關於小說空間的觀察，為我們的思索提供很有啟發性的起點。帕維提問的命題是，小說的篇幅跟小說世界的尺寸是否成正比？是不是長篇小說描寫的空間大，短篇小說敘述的空間小。答案是不盡然。他同意短篇小說專注處理的是生命小片段、長篇小說描述的是廣袤豐富的宇宙的概略性說法，但是認為類型不同關注的世界幅員也各自迥異。每個時代又有不同的主流類型，其篇幅和題材的變革都會影響文本內空間的面積。他也從讀者接受的角度提醒，文本的長度跟讀者能認知的幅員有關，就像戲劇和電影不能超過觀眾耐心的時限。因此，小說世界的幅員反映的是文類和讀者感知的局限。[1]從帕維的論述一葉知秋，影響小說空間的因素很多，光是探討文本內空間的大小，就至少牽涉到包括文學本身條件（篇幅、類型）和文學外緣的讀者與年代等等。這些書寫的內外緣因素跟時代變遷有關，但帕維並未將文學空間的大小依文學史沿革羅列說明，顯示線性發展並不適合理解文學空間的變易。

小說空間的形成，即使先鎖定在小說形式來談（內容部分後面再論），至少得考慮到敘述

1　Thomas G. Pavel, *Fictional Worlds*, pp. 94-102.

人稱、敘述模式和小說流派的變化。單就最直觀的小說空間的數量來說，最直覺的反應也許會聯想到小說的長短。但正如小說篇幅與空間尺寸不能逕行畫上等號，小說字數的多寡跟空間數量的多寡不能說沒有關係，卻不是唯一和最關鍵的因素。如何講故事、誰在講故事的影響更為直接。在敘事學研究傳統裡，最廣為人知的敘述模式二分為講述（telling or diegesis）和顯示（showing or mimesis）。[2]在同樣的字數篇幅裡，採用講述的方式會需要較多具體描寫的仿真顯示法容納更多空間數。「西市買駿馬，東市買鞍韉，南市買轡頭，北市買長鞭」，蜻蜓點水的講述能在短短二十字內跑遍四個定點，這是需要摹真空間的顯示模式難以達成的。再者，敘述者的設定也會牽動到空間的多寡。古典小說最常採用一個說話人告訴讀者／聽眾某個人的故事，這個敘述者通常是以一種全知的上帝視角講述，而不存在於故事世界，所以故事裡的空間經歷皆是角色們的經歷；即使少部分是主角現身說法，敘述者也等同主角，經歷的是一樣的空間。到了現代小說，敘述者的發聲位置不再是在渺渺雲端，他可能是參與故事裡的角色，也可能是置身故事外、但處於同一世界的講述者，因此敘述者與角色經歷的空間不同。換言之，敘述者可能會增加文本的空間數量。同理，當小說增加敘述者，尤其將故事線由單線變成是複數線時，文本中的空間數往往會隨著更多敘述者的空間歷程而增多。這種複數敘述者或故事線的運用又跟文學流派有關，現代主義以後的各種實驗性質強烈的小說技法比較會採用這種變化型。只不過，即便空間數量差不多，點線面組織的形狀是不同的。傳統小說因為跟著單一主角的時間序鋪陳，文本內的空間是水平面、連續性展開，現代小說在敘述者的多種切換中，文本的空間可以是平行、重疊或立體、跳躍性的，因此也是凌亂與斷裂組織型態。[3]我在第二章談論到王文興、郭松棻、平路、駱以軍對定點的錯落安置，第三章舉例賴香吟用文本內線與點的空間型態調換凸顯線性敘事的封閉性，第四章談論到白先勇以及王聰威將過去式空間如何鑲嵌進現在式空間中，都已經展現出現代主義與後現代主義流派對空間型態的裁剪安排如何迴異於寫實主義式的傳統敘事。

在中文小說的歷史裡，講述是比顯示更早出現、運用也更普遍的敘述方式。講述法比較古老、能夠容納的空間數多，顯示法比較現代、能夠容納的空間數少，但敘述者的增衍卻是現代的變化。將敘事模式和敘述者兩種因素的發展相加考慮後，單就時代進程觀之，無法作為空間數多寡改變的依據。然而，我們倒可以從那個敘事模式的歷史性改變，或是從哪個年代被大量採納，約莫看出空間形式的時代性變化。與其說不同年代的小說家偏好不同設置空間的方式，不如說是小說書寫方式的變遷，間接影響了小說內的空間布局，包括整體的空間數量、設計與組織。重點是，不管是傳統的或先鋒的敘事模式，一旦這些小說技巧被熟悉吸納、累積成文學資產時，就又會失去時代的辨識性，因為只要是符合創作需要，即使是當代也會有許多作家熱愛運用最復古、保守的敘述方式。安全一點講，若真的要單從小說的空間形式判斷它的創作年代，頂多只能說它是什麼年代以後才出現的作品、或者某個時期流行的方式。

2　Suzanne Keen, *Narrative Form*, p. 2.

3　關於現代主義文學的空間形狀可以參考，Joseph Frank, *The Idea of Spatial Form*, 以及戴維・哈維的《後現代狀況》，頁二四九—四〇六，後者還有對後現代主義文學的空間形狀的分析。

延展面二：小說的空間模式有沒有動態性？

既然空間的數量和組織形式有別，不管肇因於什麼敘述技巧，我們接下來必須探問空間的多寡和組織方式（水平連續或零散斷裂），在敘事效果上會造成差異嗎？就上段所述，有的文本的點線數量多或者連結形式變化多，敘事的節奏會受之影響而加快或拖慢嗎？這個議題又牽涉到空間與時間的老糾葛。時間（time），除了上一段談論到的時代性，另一個更重要的概念指涉的是推進與動態——甚至可說是小說理論長久以來偏愛時間而忽略空間的癥結所在。時間的行進特質使得它具有帶動人物和情節發展的驅動力，較之似乎僅是「靜態性存在」的空間，對敘事的重要性自不可等量齊觀。過去二、三十年間的當代新空間理論已經不厭其煩地論證空間同樣是持續或間斷變動的這個事實。我們要在這裡進一步挑戰的是小說理論中將動態完全歸諸時間的偏見。既然事件和敘述者並非無「地」放矢，空間多寡與連結圖式的變化難道不會影響到故事的行進？空間幾何真的不具備任何時間動態足以牽引敘事速度與效果嗎？

班特立（Phyllis Bentley）早在四〇年代討論小說動力（power）的章節時約略提過空間的貢獻。他明確地指出，空間與時間的動力加乘能讓小說家的能動性變成大驚奇。時間與空間製造出的動態性能為角色生命增加多樣性與真實性，不只有助於突破情節上的物理性局限，還能厚實心理深度。[4]可惜其後的篇幅，他也是聚焦在小說家如何操縱時間快慢的問題，並沒有對空間的能動性多加說明。後繼的研究者接續他在時間效果上的討論，進一步讓小說時間系統性地理論化。其中居功厥偉的學者當屬簡奈特，不管討論小說時間或是動態都不能不從他的研究談起。小說理論裡，時間概念通常會細分為兩種，故事時間（story time）和敘述時間（discourse time）。故事時間是角色情節發生的時間長度，敘述時間則是前者被敘述的時間，也可以量化為字數行數或頁數。故事時間與敘述時間的關係會製造出速度感，簡奈特稱之為時限（duration）或速度（speed）。兩者相仿稱為場面（scene），前者長於後者為概述（summary），前者短於後者為擴述（expansion），若是故事進行、但敘述暫停為省略（ellipsis），故事暫停、但敘述進行則為停頓（pause）。這五種基本的節奏（tempo）可以調節敘述動態（narrative movement）。[5]此外，事件發生次數與被敘述的次數關係稱為敘述頻率（frequency）。[6]小說家可以把發生過一次的事件敘述一次或多次、發生多次的事件敘述一次或多次等等技巧，來營造出重複性、多元性或單調性等不同的敘述節奏。在這五種敘述運動中，場面是敘述與故事時間等速。概述和省略可以加快敘述速度。擴述則放慢速度，例如厚寫某些細節、人物或意識流動，推遲情節進展，讓節奏緩慢。停頓則是乾脆暫停故事時間，專注開展敘述的時間，它可以在故事開始前作為背景介紹，也可以對人物或物件豐富描繪，或者是

4 Phyllis Bentley, *Some Observations on the Art of Narrative*（NY: The Macmillan Company, 1947）, pp. 28-31.

5 Gerard Genette, trnsalated by Jane E. Lewis, *Narrative Discourse*, pp. 86-112. 簡奈特在最初的版本中稱為時限，但後來直接將這一章的名稱改為速度。請參見Gerard Genette, trnsalated by Jane E. Lewis, *Narrative Discourse Revisited*（Ithaca, NY: Cornell University, 1988）, pp. 33-37.

6 同上註，頁一一三—一六〇。

敘述者／作者自己跳出來做議論性的敘述，無限拖延故事進行的速度。

有意思的是，簡奈特比賦所謂速度（speed）是定義時間面之於空間面的關係（每秒幾里），認為小說速度可視為是時間度量（故事時間）與空間度量（文本長度）的關係。[7]敘述時間因為量化為長度與頁數、轉而類比為空間，此空間與文本空間的關係卻被略過。然而，在針對時間長短、次數和關係的分析裡，簡奈特談到，有時候因為描寫而造成故事時間停頓的現象時，稱之為描述性停頓（descriptive pause）。[8]描述通常不是針對人物就是針對空間，尤其當敘述聚焦在空間做靜態性且大篇幅的描寫時，故事時間的行進的確會受到了遲緩的干擾。簡奈特或許並未意識到，（包含空間的）描述會讓故事時間停頓的說法，等同為空間的敘述會造成敘述速度變化的說法留下重要線索。借用簡奈特的五種節奏，我認為同樣適合說明空間敘述能造成的動態效果。場面，敘述時間與故事時間等同時，通常也會配合著一致的空間。擴述，是花長長的敘述時間去講述短短的故事時間，常用的技巧如加入角色心理活動或者意識流。空間可以混在意識流動中作為過去事件的發生場地出現，甚至脫離時間成為某種意象切片或蒙太奇出現，例如第二章舉例王文興《家變》中的空間敘述，作為時間的插敘、取代或取消，製造出敘述節奏緩慢下來的效果。空間的概述與省略則是讓敘述節奏加快的常見方式。第六章分析鍾理和〈奔逃〉，小說講述一對私奔的情侶從高雄坐船到日本下關、換船轉往韓國釜山、再搭火車逃向中國奉天。從高雄離港到駛離台灣的路程，作者寫了三頁，接下來的航程直接省略，下一節直接以「一到日本門司」開頭，抵達釜山後只花潦潦兩行的概述就到了奉天，旋即快速結束。由於這篇小說的重點放在主角為愛不得不離鄉、異國求存的心理掙扎，擴寫的空間選擇在離境之際，讓緩慢的敘述節奏凸顯其離愁別緒，其他旅程上的風光景色既然與主旨關聯不強，自當以空間概述和省略的方式加快敘述節奏以便結尾。五種速度皆顯示，空間跟時間一樣，是能獨自、也能兩者搭配，調配出不同敘述節奏的元素。

撇開簡奈特的模式不談，點、線、面這三種空間原型本身就隱含著時間效果。定點，作為起居、工作或娛樂的空間，與之連結的事件能發展的時間較長；路線作為中介性的過度空間，事件時間較短；日常熟悉的點線往返串聯起的面能產生一種恆定感，陌生而不規則的點線串接則會製造出驛動的暫時性。作家當然也能利用這種一般的空間認知進行時間效果上的翻轉。除了點線面個別的時間效益，點線面數量的多寡與連結的方式都能對敘事節奏產生影響。空間是事件發生的地方，同一個空間可以發生單一事件、也可以連續發生好幾樁事件，但是空間轉換時必然是有不同事件。寫實性的小說通常是隨著故事的進行推出一個又一個點和線，空間是以水平式、延續性的方向呈現，類比於角色的生命經歷之流。因此按邏輯說，小說裡空間轉換多時事件會比較多，敘述節奏因此加快。第二章裡談到辜顏碧霞的《流》前三分之二的場景完全在家庭內，超過一百頁的篇幅，敘事節奏緩慢凝滯。相較之下，吳濁流的《亞細亞的孤兒》，

---

7 同上註，頁八八—八九。

8 同上註，頁九九。簡奈特特別註明，停頓並不是只由描述而造成，還包括評論。描述也不一定只是敘述時間單獨進行，有時是連接並推動故事時間。台灣文學的案例如白先勇的〈遊園驚夢〉，一開始對竇公館的空間描述就是與故事時間並行的。

主角不僅在台灣各種定點間頻繁移動，甚至在日本和中國間往返，每個定點的連續停留約莫僅有數頁的敘述時間。每當空間移動發生時，原本連結在該空間上的人物故事時間勢必被打斷，敘事節奏雖然快速，卻因為故事時間一再被停歇而顯得斷裂。站在傳統時間本位的研究者或許會堅持，這些節奏是因為事件而產生，空間只是承載事件的地點。問題在於，許多事件之所以成為值得書寫的特別「事件」，並非事件本身，而在於事件發生的空間。在家鄉求學、工作或結婚只是尋常的成長過程，但是必須去國離鄉做這些事情就有異樣的故事可說。主角在日本、中國和台灣三個空間面奔波，無法在任一地點上安居樂業，每次邊界跨越時就必須調整身分認同（第六章），猶如中止人生的前行章節而開啟另一篇章，最終驗證天下之大竟無容身之處。小說敘述的快速而間歇性節奏源自於空間短暫的停留與迅速轉換，截斷主角穩定持續的生命之流，營造出「亞細亞」地緣政治情勢裡的孤兒感。

與寫實性小說迥異，實驗性小說的敘述模式不再是順時性、水平性的開展。不同時序中的空間可以無限插入現在時序的空間中，如上一段談到的擴寫或第四章談到王聰威的《濱線女兒》，造成敘述節奏的緩慢。有的小說可以混淆空間與時間序位，如第二章談到駱以軍的《遣悲懷》，有的甚至模糊敘述時間與故事時間的分野，讓空間與時間浮游於破碎的敘事斷片中，如第二章平路的〈五印封緘〉與第三章賴香吟的〈愛麗絲夢遊仙境〉，用大量的空間數量與變換幾何加快卻打破敘述節奏。這些垂直性、斷裂式或任意性的空間配置，擾亂了敘事規律，讓小說的節奏在快慢之外又添了虛實和迴旋的交響。

另外一種度量敘事節奏的方式，帕維提出的是根據情節中移動的次數與文本長度的比例。

他注意到西班牙和英法流浪漢小說（picaresque novel）移動的次數非常高，到了十九世紀時敘事節奏緩慢了下來，像《湯姆瓊斯》（*Tom Jones*）和《浮華世界》（*Vanity Fair*）的移動少得多。二十世紀初的敘事節奏幾近停滯，像《追憶逝水年華》和《沒有個性的人》（*The Man Without Qualities*）的主角可能幾百頁才移動幾下。[9]遺憾的是，帕維並未對他觀察到的現象多做剖析和演繹。移動，意味著空間的變動。假使我們把空間代換成移動，再仔細推敲帕維的說法，我們也只能得到空間數量越來越少的、敘事節奏越來越慢的摘錄。倘若繼續追問，影響變化的主因究竟是時代或流派，我們卻只會回到上一節結尾時的結論。何況，即使西方敘事文學中的空間數量越來越少、節奏越來越慢，這種趨勢在中文敘事文學中並不鮮明。不過，帕維的觀察倒是提醒我們推敲另一個可能相關的層面——類型和主題。

延展面三：小說類型和主題有沒有特定的空間模式

在上兩節裡，我們論證了空間配置跟小說的形式息息相關，接下來我們該來思考空間配置之於小說類型和主題的關係。誠如帕維舉證的流浪漢小說，此類型的小說必然包含著許多浪跡路上的情節；換言之，大量的空間變換，不管是定點和線。不只是流浪漢小說，跟特定空間具有連結性的類型小說不少。舉其大者，在西方小說傳統中，沒有城堡或莊園的小說能稱為哥德

9 Thomas G. Pavel, *Fictional Worlds*, p. 103.

小說（Gothic novel）嗎？集中營小說不外乎在集中營或逃出後的經歷，生態小說的重心一定著重在土地與環境的描述與關懷。在台灣文學中，常見的鄉土文學和都市文學就是以背景空間作為主要的分類區隔；軍中文學和眷村文學雖然有時指涉的是作家背景，大致脫離不了軍營或眷村這兩種空間。有些類型小說中的空間甚至會搭配特定的情節套路。武俠小說中，洞穴引出的情節往往是療傷或奇遇；客棧是友人或仇家相逢的地點，如果是後者就可能再觸發一波短兵相接的事件；但是真正的高手過招不會是在這種市井空間，而會在具有象徵意義的山巔和頂峰譬如華山和光明頂。可見類型與主題跟小說空間的選擇與配置的確有某種程度上的關聯。

不過，同時期、同類型的小說雖會出現類似的空間景觀，文本內的主要空間和空間配置還是會依文本個別主旨的不同而變換不定。如同我在第二章談到的，絕大部分小說的主要空間都是設置在定點，而且很高比例是在家中。有些文類如旅行小說，顧名思義會認為它們跟流浪漢小說一樣有大量的空間變換，主要空間則是在路線上，其實有的是在路上的定點（如旅館）。科幻小說或許會架構一個龐大的星系與星際秩序作為故事背景，然而文本的主要空間常常不在浩瀚無垠的宇宙空間，反倒是在密閉的太空艙定點裡。例如黃崇凱的〈如何像王禎和一樣活著〉的時空設定是二十二世紀地球人移民的火星上，主要空間卻是在一間復古風的小餐館裡。[10]既然多數小說的主要空間都是定點，類型和主題的影響似乎也不是絕對的。

既是如此，除了以文類作為空間配置的依據，或許可以更細部地以空間原型的功能如何支持或暗示角色的身心活動作為其排列組織的考慮。定點作為一種穩定性的空間、支撐日常性的社會活動，線則是作為一種流動性的中介、提供不確定性與偶然性的可能，性質不同的點線排列就會組合出特定的層面。當角色面臨某種轉變時、尤其暗示著角色的成長或蛻變時，小說中往往會出現由點到線的空間連結型態，例如從家庭外出。這種模式橫跨許多古今不同文類、通俗與嚴肅的小說。史詩英雄都是從離家歷險開始，如同武俠小說的主角先是家破人亡、浪跡天涯後意外習得一身武藝。女性書寫常被責難只局限在家庭空間，但是即使在古典羅曼史，珍奧斯丁（Jane Austen）的《傲慢與偏見》（*Pride and Prejudice*）中女主角伊莉莎白必得離家旅行時才能意外重逢達西先生，製造出告白與和解的機會。白朗蒂（Charlotte Bronte）的《簡愛》（*Jane Eyre*）一定要逃離莊園，從野外求生的歷程後站穩，女主角確定了自己主體和經濟上的獨立性，再以自主平等的身分重返定點。強調女性解放的小說，從點到線的模式更是必要的變化，從聶華苓《桑青與桃紅》和袁瓊瓊〈自己的天空〉都看得到易卜生的娜拉的空間歷練。即便是溫和保守的女性小說，如辜顏碧霞的《流》和蕭麗紅的《桂花巷》，兩個深宅大院的貴夫人也都在小說後期以常常外出甚至出國旅行，代表她們個性與地位上的轉變。第六章談到的出國當然更是人生與小說章節的轉折。不管是哪種類型或主題，當小說的情節牽涉到踏出穩定定點的舒適圈、邁向充滿挑戰與危險的道路時，角色就會採取了某種行動離開生活現狀，成為了小說中的action hero（ine），並伴隨著由點到線的空間配置。有趣地，若角色經過一番摸索轉變後，重新回到穩定的社會位置與秩序，並不見得會出現由線到點的空間連結。有的小說會寫完這個程序，但基本上只要角色的心意已決，即使人還在路上，故事就可以結束了。

10　黃崇凱，〈如何像王禎和一樣活著〉，《文藝春秋》（新北：衛城出版社，二〇一七），頁五七－七八。

愛情小說常被詬病為題材狹隘，文本中有限的空間變換則成為支持這種說法的罪證之一，七〇年代由瓊瑤小說改編而成的愛情電影常被嘲笑為三廳電影，男女主角活動的範圍大多在餐廳、客廳和咖啡廳這三種空間中轉換。[11]在瓊瑤小說改編的電影中，餐廳、客廳和咖啡廳通常會有不同的人物組合並有著展示家庭價值、世代衝突以及約會談心等不同的空間功能。然而比較瓊瑤的原著，文本中男女主角的活動空間和一般小說無異，並未特別局限於這三種定點空間。三廳的設定，與其說是題材不如說是表現媒介的因素。對小說來說，場景的轉換、多寡、大小、精簡或細緻，僅需要文字造景，考驗的是作家想像和場景掌控的能力，頂多拖延完稿時間而已。但在影像媒介上，每換一個空間意味著人員和機器的搬遷、景觀的設計與布置，不只代表時間和成本的增加，有時更牽涉到拍攝的可行性。因此將電影空間控制在必要或具有象徵意涵的幾個地點是合理且嚴謹的（不管從經濟或美學的意義說）。換言之，小說這種文類在空間選擇與配置上自由得多。忽略小說空間的重要性，即是忽略文字敘事的一大優勢。擔心小說地位將被影像取代的創作者，不妨多留心如何掌握文字敘事在空間造景上的優勢。

以上三個面向是我認為本書的空間原型能夠激發既有的小說理論，進行再思考的幾大層面。我個人目前能提供的見解相當淺顯，幾番躊躇是否該將這些尚待發展的概念書寫問世。回想在埋首爬梳小說研究經典史籍的過程中，每當在泛黃的書頁裡閱讀到兩三句跟空間有關的說法，猶如在茫茫學海中終於與人搭上了話，漫無頭緒的想法似乎也找到一個能與之對話的立足點。這個經驗讓我鼓起勇氣記錄下點點思緒。在探索小說空間理論的漫長旅途中，或許我散漫的足跡也能成為後來之人的踏腳點，逐步建構更完整全面的小說理論。除了理論的意義，本書論述的空間模式希望也能有批評上的刺激。對台灣文學批評家來說，或許可以看出台灣作家偏好運用哪些空間類型及組合去傳達什麼文學意念與效果，側重再現了台灣文化社會中空間與人的哪些關係。為什麼是這些空間？哪類空間是屬於歷史性社會性的影響，哪類空間是屬於敘事內緣傳統的因襲變化？對比較文學文化有興趣的讀者，或許能進一步追溯出台灣小說中的空間原型與組織哪些屬於中國文學、日本文學或西歐拉美文學的傳播接受，屬於台灣特有的美學表現又在哪裡？從空間模式的異同，或許能在世界文學的系譜中辨識出台灣文學的一席之地。

11　相關電影現象與情節公式，參見李天鐸，《台灣電影、社會與歷史》（台北縣：視覺傳播藝術學會，一九九七），頁一五三。

參考書目

一、中文

七等生，《來到小鎮的亞茲別》（台北：遠景，一九七六）。

王拓，《金水嬸》（台北：九歌，二〇〇一）。

王文興，《家變》（台北：洪範，一九七八）。

王家祥，《金福樓夜話》（台北：小知堂，二〇〇三）。

王禎和，《玫瑰玫瑰我愛你》（台北：遠景，一九七四）。

————，《嫁粧一牛車》（台北：洪範，一九九三）。

王聰威，《濱線女兒》（台北：聯合文學，二〇〇八）。

王德威，〈序論：我華麗的淫猥與悲傷——駱以軍的死亡敘事〉，收入駱以軍著，《遣悲懷》，（台北：麥田，二〇〇一），頁七—三〇。

方梓，《來去花蓮港》（台北：聯合文學，二〇一二）。
巴赫金（Bakhtin, M.M.），《巴赫金全集》第三卷（石家庄：河北教育出版，一九九八）。
平路，《五印封緘》（台北：圓神，一九八八）。
白先勇，《謫仙記》（台北：大林，一九八一）。
——，《台北人》（台北：爾雅，一九八三）。
——，《孽子》（台北：遠景，一九八三）。
甘耀明，《神祕列車》（台北：寶瓶文化，二〇〇三）。
司馬中原，《加拉猛之墓》（台北：文星書店，一九六三）。
史書美，〈台灣理論初探〉，收入史書美、梅家玲、廖朝陽、陳東升主編，《知識台灣：台灣理論的可能性》（台北：麥田出版，二〇一六），頁五五—九四。
朱西甯，《將軍令》（台北：三三書坊，一九八九）。
——，《狼》（台北：三三書坊，一九八九）。
朱天心，《時移事往》（台北，三三書坊，一九八九）。
——，《我記得》（台北：三三書坊，一九八九）。
——，《古都》（台北：麥田，一九九七）。
朱天文，《世紀末的華麗》（台北：遠流，一九九二）。
朱國珍，《夜夜要喝長島冰茶的女人》（台北：聯合文學，一九九七）。
成英姝，《好女孩不做》（台北：聯合文學，一九九八）。

伊塔羅・卡爾維諾（Italo Calvino）著，吳潛誠校譯，《如果在冬夜，一個旅人》（*If on a Winter's night, a Traveler*）（台北：時報，一九九三）。
伊格言，《拜訪糖果阿姨》（台北：聯合文學，二〇一三）。
李昂，《殺夫》（台北：聯經出版公司，一九八三）。
——，《花季》（台北：洪範，一九八五）。
——，《暗夜》（台北：時報，一九八五）。
李喬，《告密者》（台北：自立，一九八〇）。
——，《埋冤一九四七埋冤》（苗栗：苗栗客家文化廣播電台，一九九五）。
——，《李喬短篇小說精選集》（台北：聯經出版公司，二〇〇〇）。
李天鐸，《台灣電影、社會與歷史》（台北縣：視覺傳播藝術學會，一九九七）。
李永平，《吉陵春秋》（台北：洪範，一九八六）。
李金蓮，《浮水錄》（台北：聯經出版公司，二〇一六）。
佐藤春夫著，邱若山譯，《殖民地之旅》（台北：草根，二〇〇二）。
吳明益，《睡眠的航線》（台北：二魚，二〇〇七）。
吳濁流，《亞細亞的孤兒》（台北：草根，一九九五）。
宋澤萊，《打牛湳村系列》（台北：前衛，一九八八）。
沈祉杏，《日治時期台灣住宅發展一八九五—一九四五》（台北：田園城市，二〇〇二）。
周金波，《周金波集》（台北：前衛，二〇〇二）。

東方白，《浪淘沙》（台北：前衛，二〇〇五）。
林海音，《城南舊事》（台北：爾雅，一九八九）。
——，《綠藻與鹹蛋》（台北：遊目族，二〇〇〇）。
林崢，〈從舊京瑣記到城南舊事——兩代遺／移民的北京敘事〉，收入梅家玲主編，《台灣研究新視界：青年學者的觀點》（台北：麥田，二〇一二），頁一一—四二。
於梨華，《焰》（台北：皇冠，一九六七）。
佛斯特 (E.M. Forster) 著，李文彬譯，《小說面面觀》(*Aspects of the Novel*)（台北：志文出版社，一九七三）。
波赫士 (Jorge Luis Borges) 著，王永年等譯，《波赫士全集I》（台北：臺灣商務印書館，二〇〇二）。
追風著，鍾肇政翻譯，〈她要往何處去〉，收錄於賴和等著，葉石濤、鍾肇政主編，《一桿秤子》，（台北：遠流，一九七九），頁三—三六。
洪醒夫，《田莊人》（台北：爾雅，一九八二）。
洪孟穎、傅朝卿，〈台灣現代住宅設計之轉化〉，《設計學報》二十卷四期（二〇一五年十二月），頁四三—六二。
施叔青，《微醺彩妝》（台北：麥田，二〇〇二）。
——，《風前塵埃》（台北：時報，二〇〇八）。
——，《三世人》（台北：時報，二〇一〇）。

姜貴，《旋風》（台北：九歌，一九九九）。
約翰．厄里 (John Urry)／約拿斯．拉森 (Jonas Larsen) 著，黃宛瑜譯，《觀光客的凝視》（台北：書林，二〇一六）。
袁哲生，《寂寞的遊戲》（台北：聯合文學，一九九九）。
———，《秀才的手錶》（台北：聯合文學，二〇〇〇）。
———，《羅漢池》（台北：寶瓶，二〇〇三）。
袁瓊瓊，《今生緣》（台北：聯合文學，一九八八）。
韋勒克 (Rene Wellek)、華倫 (Austin Warren) 著，王夢鷗、許國衡譯，《文學論》(*Theory of Literature*)（台北：志文出版社，一九七六）。
凱文．林奇 (Kevin Lynch) 著，方益萍、何小軍譯，《城市意象》(*The Image of the City*)（北京：華夏出版社，二〇〇一）。
張大春，《雞翎圖》（台北：時報文化，一九九〇）。
———，《四喜憂國》（台北：時報，一九八八）。
張系國，《昨日之怒》（台北：洪範，一九七九）。
張漱菡，《江山萬里心》（台北：明華，一九五九）。
張愛玲，《傾城之戀：張愛玲短篇小說集之一》（台北：皇冠，一九九一）。
張誦聖，〈現代主義與台灣現代派小說〉，《文學場域的變遷》（台北：聯合文學，二〇〇一）。
郭松棻，《奔跑的母親》（台北：麥田，二〇〇二）。

陳雪，《橋上的孩子》（台北：印刻，二〇〇四）。
陳玉慧，《海神家族》（台北：印刻，二〇〇四）。
陳紀瀅，《荻村傳》（台北：重光文藝，一九五五）。
陳映真，《山路》（台北：遠景，一九八四）。
陳建忠，〈新興的悲哀——論蔡秋桐小說中反殖民現代性的思想〉，《台灣文學學報》第一期（二〇〇〇年），頁二三六—二六二。
陳淑瑤，《流水帳》（台北：印刻，二〇〇九）。
黃凡，《黃凡小說精選集》（台北：聯合文學，一九九八）。
黃春明，《兒子的大玩偶》（台北：皇冠，一九九〇）。
——，《莎喲娜啦．再見》（台北：皇冠，一九九〇）。
——，《看海的日子》（台北：皇冠，二〇〇〇）。
黃崇凱，《文藝春秋》（新北：衛城出版社，二〇一七）。
黃蘭翔，〈日據初期台北市的市區改正〉，《台灣社會研究季刊》十八期（一九九五年二月），頁一八九—二一三。
楊守愚，施懿琳編，《楊守愚作品選集（上冊）》（彰化：彰化縣立文化中心，一九九五）。
——，《楊守愚作品選集（下冊）》（彰化：彰化縣立文化中心，一九九五）。
楊念慈，《陋巷之春》（高雄：大業，一九五五）。
楊雲萍，《楊雲萍、張我軍、蔡秋桐合集》（台北：前衛，一九九一）。

楊逵，彭小妍主編，《楊逵全集第四卷‧小說卷（Ⅰ）》（台北：文化保存籌備處，一九九八）。
辜嚴碧霞著，邱振瑞譯，《流》（台北：草根，一九九九）。
葉石濤，《三月的媽祖》（高雄：春暉，二〇〇四）。
葉陶，〈愛的結晶〉，收入葉石濤編譯，《台灣文學集》（高雄：春暉出版社，一九九六）。
劉紹銘，〈山在虛無縹緲間〉，《聯合報》副刊，一九八四年，一月十一—十二日。
魯迅，《魯迅全集》第一卷（北京：人民文學，一九九八）。
歐陽子，《秋葉》（台北：晨鐘，一九七九）。
蔡秋桐，〈理想鄉〉，收入張恆豪編，《楊雲萍、張我軍、蔡秋桐合集》（台北：前衛，一九九一）。
蔡素芬，《鹽田兒女》（台北：聯經出版公司，一九九四）。
潘人木，《蓮漪表妹》（台北：純文學，一九八五）。
———，《馬蘭的故事》（台北：純文學，一九八七）。
鄭清文，《鄭清文短篇小說選》（台北：麥田，一九九九）。
賴和，《賴和小說集》（台北：洪範，一九九四）。
——著，林瑞明主編，《賴和全集：小說卷》（台北：前衛，二〇〇〇）。
——等著，葉石濤、鍾肇政主編，《一桿秤子》（台北：遠流，一九七九）。
賴香吟，《霧中風景》（台北：印刻，二〇〇七）。
———，《翻譯者》（新北：印刻，二〇一七）。

駱以軍，《遺悲懷》（台北：麥田，二〇〇一）。

鍾理和，《鍾理和集》（台北：前衛，一九九一）。

鍾肇政，《鍾肇政集》（台北：前衛，一九九一）。

————，《怒濤》（台北：草根，一九九七）。

————，《魯冰花》（台北：遠景，二〇〇四）。

————，《滄溟行》（台北：遠景，二〇〇五）。

————，《插天山之歌》（台北：遠景，二〇〇五）。

謝霜天，《春晨》（台北：智燕，一九七五）。

戴維·哈維 (David Harvey) 著，閻嘉譯，《後現代狀況》（*The Condition of Postmodernity*）（北京：商務印書館，二〇〇三）。

聶華苓，《桑青與桃紅》（台北：時報，一九九七）。

蘇碩斌，《看不見與看得見的台北》（台北：左岸文化，二〇〇五）。

瓊瑤，《窗外》（台北：皇冠，一九六三）。

龔聲濤，《日月潭之戀》（香港：亞洲出版社，一九五四）。

二、英文

Abbott, H. Porter, *The Cambridge Introduction to Narrative* (UK: Cambridge University Press, 2008).

Anzaldua, Gloria, *Boderlands/La Frontera: The New Mestiza* (San Francisco: Aunt Lute Book).

Bakhtin, M.M., *The Dialogic Imagination: Four Essays.* Ed. Michael Holquist, Trans. Caryl Emerson and Michael Holquist (Austin: University of Texas Press, 1981).

Bentley, Phyllis, *Some Observations on the Art of Narrative* (NY: The Macmillan Company, 1947).

Castells, Manuel & Alejandro Portes, "World Underneath: The Origin, Dynamics and Effects of the Informal Economy," in Manuel Castells and Lauren A. Benton, ed, *The Informal Economy: Studies in Advanced and Less Developed Countries* (Maryland: The John Hopkins University Press, 1989), pp. 11-37.

de Certeau, Michel, *The Practice of Everyday Life*. Trans. Steven Rendall (Berkeley: University of California Press, 1984).

de Saussure, Ferdinand, *Course in General Linguistics.* Ed. Charles Bally and Albert Sechehaye, Trans. Wade Buskin (New York: McGraw-Hill, 1966).

Foucault, Michel, "Of Other Space,"*Diacritics,* 16 (1986): 22-27。

Forster, E. M., *Aspects of the Novel* (New York : Harcourt Brace & World, 1927).

Frances, Joseph, *Narrating Postmodern Time and Space* (Albany: State University of New York, 1997).

Frank, Joseph, *The Idea of Spatial Form* (New Brunswick: Rutgers University Press, 1991).

Frisby, David and Mike Featherstone, ed, *Simmel on culture: Selected Writings* (London: Sage Publications, 1997).

Genette, Gerard, *The Narrative Discourse: An Essay in Method.* Trans. Jane E. Lewin (Ithaca, NY: Cornell University Press, 1980).

——, *Narrative Discourse Revisited.* Trans. Jane E. Lewis(Ithaca, NY: Cornell University, 1988).

Greimas, Algirdas-Julien and Joseph Courtes, *Semiotics and Language: An Analytical Dictionary*. Trans. Larry Crist, Daniel Patte, James Lee, Edward McMahon II, Gary Phillips, and Michael Rengstorf (Bloomington: Indiana University Press, 1983).

Harvey, David, *The condition of Postmodernity* (Cambridge, MA: Blackwell, 1990).

——, *Paris, Capital of Modernity* (New York: Routledge, 2006).

Herman, David, *Story Logic* (Lincoln: University of Nebraska Press, 2002).

——, Manfred Jahn and Marie-Laure Ryan, *Routledge Encyclopedia of Narrative Theory* (London: Routledge Press, 2005).

——, James Phelan, Peter J. Rabinowitz, Brian Richardson and Robyn Warhol, *Narrative Theory: Core Concepts & Critical Debates* (Columbus: The Ohio State University Press, 2012).

Hsiung, Ping-chun, *Living Rooms as Factors: Class, Gender, and the Satellite Factory System in Taiwan* (Philadelphia: Temple University Press, 1996).

Ibsch, Elrud,"Historical Changes of the Function of Spatial Description in Literary Texts,"*Poetic Today* Vol.3, No.4 (Autumn, 1982): 97-113.

Jakobson, Roman, Linda R. Laugh and Monique Monville-Burston ed, *On Language*, (Cambridge: Harvard University Press, 1990).

James, Henry, "The Art of Fiction (1884, 1888)," in *The Art Of Criticism: Henry James on the Theory and the Practice of Fiction*, ed. William Veeder and Susan M. Griffin (Chicago: The University of Chicago Press, 1986), pp. 165-196.

Keen, Suzanne, *Narrative Form* (Hampshire: Palgrave Macmillan, 2003).

Law, John, *Organizing Modernity* (Cambridge, Mass: Blackwell, 1994).

Lefebvre, Henri, *The Production of Space*. Trans. Donald Nicholson-Smith (Cambridge, Mass: Blackwell, 1991).

Levi-Strauss, Claude, *The Raw and the Cooked* . Trans. John and Doreen Weightman (Chicago: University of Chicago Press, 1983).

Linde, Charlotte and William Labov,"Spatial networks as a site for the study of language and thought,"in *Language* 51.4 (1975): 924-39.

Mazierska, Ewa and Laura Rascaroli, *Crossing New Europe: Postmodern Travel and the European Road Movie* (London: Wallflower Press, 2006).

Miller, Hillis J., *Topographies* (Stanford: Stanford University Press, 1995).

——, *Reading Narrative* (Norman: University of Oklahoma Press, 1998).

Moretti, Franco, *Atlas of the European Novel 1800-1900* (London: Verso, 1998).

——, *Graphs, Maps, Trees* (London: Verso, 2005).

——, ed., *The Novel* (Princeton: Princeton University Press, 2006).

——, *Distant Reading* (London: Verso, 2013).

Pavel, Thomas, "Border, Distance, Size and Incompleteness,"in *Fictional Worlds* (Cambridge: Harvard University Press, 1986).

Phelan, James and Peter J. Rabisowitz, "Narrative Worlds: Space, Setting, Perspective," in David Herman, James Phelan, Peter J. Rabinowitz, Brian Richardson and Robyn Warhol, *Narrative Theory: Core Concepts & Critical Debates*, (Columbus: The Ohio State University Press, 2012). pp. 84-110.

Phillips, R. *Mapping Men and Empire*（London:Routledge, 1996）.

Prince, Gerald, *Narratology: The Form and Functioning of Narrative* (Berlin: Mouton Publishers, 1982).

Ryan, Marie-Laure, Kenneth Foote and Maoz Azaryahu, *Narrativing Space/Spatializing Narrative* (Columbus: The Ohio University Press, 2016).

Said, Edward, *Culture and Imperialism* (New York: Alfred A.Knopf, 1993).

Scholes, Robert and Robert Kellogg, *The Nature of Narrative* (New York: Oxford University Press, 1966).

Smethurst, Paul. *The Postmodern Chronotope: Reading Space and Time in Contemporary Fiction* (Amsterdam: Atlanta, GA, 2000).

Stanzel, F. K., *A Theory of Narrative.* Trans. Charlotte Goedsche (Cambridge: University of Cambridge, 1986).

Storm, Carsten, "Mapping Imaginary Spaces in Li Yongping's *Jiling Chunqia* 吉陵春秋 (Jiling Chronicles), *Studia Orientalia Slovaca* 16.2 (2017): 1-38.

Todorove, Tzvetan, *The Poetics of Prose*, Trans. Richard Howard (New York: Cornell University Press, 1977).

Tuan,Yi-fu, *Space and Place: The Perspective of Experience* (Minneapolis: University of Minnesota Press, 1977).

Wellek, Rene and Austin Warren, *A Theory of Literature* (New York: Penguin, 1942).

Zoran, Gabriel, "Towards a Theory of Space in Narrative,"*Poetics Today* Vol.5, No.2 (1984): 309-335.

論文出處

第二章〈小說中的定點〉，《台灣文學研究學報》第二十四期（二〇一七年四月），頁一四五—一六八。

科技部補助研究計畫 103-2410-H-004-151-MY3（1）

第三章〈小說中的線〉，《台灣文學學報》第三十期（二〇一七年六月），頁二七—五二。

科技部補助研究計畫 103-2410-H-004-151-MY3（2）

第四章〈小說「面」面觀〉，《台灣文學研究學報》第二十八期（二〇一九年四月），頁一三九—一六九。

科技部補助研究計畫 103-2410-H-004-151-MY3（3）

第五章〈小說中的複合空間〉，《台灣文學學報》第三十六期（二〇二〇年六月），頁一—二八。

科技部補助研究計畫106-2410-H-004-164-MY3（1）

第六章〈台灣小說中的邊界〉，《台灣文學研究學報》第三十三期（二〇二一年十月），頁一〇七—一三七。

科技部補助研究計畫106-2410-H-004-164-MY3（2）

第七章〈延展空間〉，《Taiwan Lit》3.1（Spring 2022）。

科技部補助研究計畫109-2410-H-004-146-MY3（1）

國家圖書館出版品預行編目資料

小說點線面：敘事中的空間原理/范銘如著．
初版．新北市．聯經．2024年8月．256面．14.8×21公分
（台灣與東亞）
ISBN 978-957-08-7463-1（平裝）
[2024年10月初版第二刷]

1.CST：小說 2.CST：文學理論 3. CST：文學評論

812.7 113011432

台灣與東亞

小說點線面：敘事中的空間原理

2024年8月初版　　定價：新臺幣400元
2024年10月初版第二刷

著　　者　范銘如
叢書主編　沙淑芬
內文排版　菩薩蠻
校　　對　王中奇
封面設計　沈佳德

編務總監　陳逸華
總 編 輯　涂豐恩
總 經 理　陳芝宇
社　　長　羅國俊
發 行 人　林載爵

出 版 者　聯經出版事業股份有限公司
地　　址　新北市汐止區大同路一段369號1樓
叢書主編電話　(02)86925588轉5310
台北聯經書房　台北市新生南路三段94號
電　　話　(02)23620308
郵政劃撥帳戶第0100559-3號
郵撥電話　(02)23620308
印 刷 者　世和印製企業有限公司
總 經 銷　聯合發行股份有限公司
發 行 所　新北市新店區寶橋路235巷6弄6號2樓
電　　話　(02)29178022

行政院新聞局出版事業登記證局版臺業字第0130號

本書如有缺頁，破損，倒裝請寄回台北聯經書房更換。　ISBN 978-957-08-7463-1 (平裝)
聯經網址：www.linkingbooks.com.tw
電子信箱：linking@udngroup.com

索引

中文

五劃

六劃

七劃

八劃

九劃

十劃

十一劃

十二劃

十三劃

十四劃

十五劃

十六劃

十七劃

十八劃

英文

A

Aleph（阿列夫） 36

Alice's Adventures in Wonderland（《愛麗絲夢遊仙境》） 102-103,216

Anzaldua, Gloria 184-185, 231

Austen, Jane（珍奧斯丁） 219

B

Bakhtin, Mikhail（巴赫金） 20-21, 77-79, 87, 96-97, 224

Barnes, Djuna 66

Bentley, Phyllis 212-213, 231

Borges, Jorge Luis（波赫士） 36, 102-103, 226

Bronte, Charlotte（白朗蒂） 219

C

Calvino, Italo（卡爾維諾） 102-103, 225

Carroll, Lewis 103

D

de Balzac, Honore（巴爾札克） 24

de Certeau, Michel（德塞杜） 95, 129, 139, 178-180, 193

De Saussure, Ferdinand（索緒爾） 63

F

Flaubert, Gustave（福樓拜） 66

Forster, E. M.（佛斯特） 17, 226

Frank, Joseph 21, 23, 66-67, 211

G

Genette, Gerard（簡奈特） 18-19, 135, 213-215

Greimas, A. J. 108

H

Harvey, David（戴維哈維）

70, 148-149, 230
Herman, David 21, 25, 27, 29, 234

I
Ibsch, Elrud 22-23
Ibsen, Henrik（易卜生） 53, 219
If on a Winter's Night, a Traveler（《如果在冬夜，一個旅人》） 75, 102-103, 225

J
Jakobson, Roman（雅克慎） 197, 202
James, Henry（亨利詹姆斯） 17, 233
Jane Eyre（《簡愛》） 219
Joyce, James（喬哀思） 66

K
Keen, Suzanne 21, 25, 27, 49, 64-65, 211
Kellogg, Robert 17, 19, 234

L
Lefebvre, Henri（列斐伏爾） 147
Levi-Strauss, Claude（李維史陀） 62-63
Linde & Labov 128
Lynch, Kevin（凱文林奇） 33, 111, 116, 120, 227

M
Mcluha, M.（麥克魯漢） 70
Michelle Focult（傅柯） 117, 184-185, 204
Miller, Hillis J. 18-19
Moretti, Franco（莫拉提） 24-25, 27, 41-43, 64-65, 178-180

P
Pavel, Thomas（帕維） 23, 49, 209, 216-217
Phelan, James 20-21, 27, 232, 234

Pride and Prejudice（《傲慢與偏見》） 219
Prince, Gerald 23, 25
Proust, Marcel（普魯斯特） 66
Rabisowitz, Peter 20
Remembrance of Things Past（《追憶逝水年華》） 217
Ryan, Marie-Laure 27, 29, 128-129, 232

S

Said, Edward（薩伊德） 193
Schole, Robert 17, 19
Simmel, G.（齊美爾） 177, 179
Stanzel, F. K 22-23, 235
Storm, Carsten（史嘉騰） 124-125

T

The Garden of Forking Paths（《歧路花園》） 102-103
The Man Without Qualities（《沒有個性的人》） 217
Thelma & Louise（《末路狂花》） 90-91
Tom Jones（《湯姆瓊斯》） 217

U

Urry, John 165, 227

V

Vanity Fair（《浮華世界》） 217, 239

W

Warren, Austin（華倫） 17-19, 227, 235, 239
Wellek, Rene（韋勒克） 17-19, 227

Z

Zoran, Gabriel 22-23